靈劇

—鄭手作品集—

目錄

第二部 虎嘯龍翔

第二部 虎嘯龍翔

靈劍

楔子　毒咒和神祕女子

某個陰寒的冬日。虎山腳下的草棚中，一盞昏黃的油燈映照著棚中的一張方桌。桌面的墊枕上擱著一隻乾枯的左手，手的主人生著一張乾枯瘦削的臉，銳利的目光凝望著對桌而坐的大夫。大夫伸出兩隻手指，搭在那乾枯的手腕上，細細診脈。那大夫看來十分年輕，似乎只有二十出頭年紀，眼神中卻有股說不出的深沉蒼老，彷彿人生早已歷盡滄桑，看透生死。

年輕大夫低眉沉思，過了一陣，才道：「你的內傷不輕。是少林金剛掌麼？」

病人點頭道：「醫俠果然高明。」年輕大夫望向病人，說道：「但這該是十幾年前的事了。你卻為何等到今日方來求醫？」病人臉色微變，忽然手掌一翻，扣住了大夫的手腕，右手疾出，亮出一柄藏在袖中的匕首，直往大夫的咽喉刺去。

便在此時，窗外射入一柄飛刀，將那匕首打飛了去，接著一人破門衝入，揮刀斬向病人。病人不及回匕首自衛，被來人砍傷了擒住，制服在地。

這一切不過是幾瞬間的事，那年輕大夫眼望著這一幕發生，始終端坐桌旁，不曾稍動，神色漠然。

發出飛刀相救的正是白虎蔣苓，衝入房中擒拿病人的乃是黃虎柳大晏。柳大晏哼了一聲，說道：「又一個刺客！」望向那年輕大夫，說道：「凌大夫，你沒事麼？」

大夫搖了搖頭，低頭望了那殺手一眼，他的內心似乎隱隱盼望這人暗殺成功，結束了自己的性命。

蔣苓走入室中，撿起飛刀，呸了一聲道：「這是入冬以來第四個殺手了。段獨聖明的不敢來，只來暗的！」

年輕大夫便是凌霄。他默默無語。蔣苓望向他，臉現關切之色，說道：「時候不早了，凌大夫早些回去休息吧。」

凌霄微微搖頭，說道：「不要緊。外邊還有幾個病家在等候，莫讓他們白來一趟。」柳大晏和蔣苓對望一眼，都知勸說不動，柳大晏提起那刺客，和蔣苓走了出去。

凌霄在草棚中看完了最後一個病家，開了藥方，送病家出去，這才輕輕吁了一口氣。他站起身，穿上厚重的冬衣，走出草棚，但見天色已然全黑，烏沉沉的天際開始飄下片片雪花。

他抬頭見揚老揹著藥箱站在不遠處，正與一個矮小的漢子說話，神色凝重。那漢子一身盾甲，全副武裝，正是黑虎馮遁。凌霄迎上前去，揚老點頭向馮遁示謝，師徒二人冒著風雪嚴寒，並肩往虎山上行去。馮遁領著七八名弟子手下，遠遠跟在後面。

揚老歎了口氣，對凌霄道：「以後別再下山了，病人讓我來看便是。」凌霄搖頭道：

「我不願躲藏起來。」揚老歎道：「保住性命要緊。五虎雖日夜守護，但總有他們顧不著的地方。」凌霄道：「我早跟青虎大哥說過，不必多此一舉。誰要殺我，讓他來殺便是。」

揚老聞言一呆，停下步來，轉頭望向身邊這不過二十來歲的年輕人，說道：「這不是明兒會說的話！」凌霄低頭不答。揚老側頭回望，不願讓跟在後面的馮遁見到擔心，舉步繼續前行，說道：「孩子，過去四年來，你身子漸漸恢復，庶幾與舊時無異。但我已很久沒有見到你開懷歡笑了。」凌霄默然不答。

師徒二人回到山上居處之外，剛滿十一歲的雲兒迎出門來，笑道：「爺爺，哥哥，你們回來啦！」

凌霄立時將一切煩惱憂慮全數藏起，臉上露出笑容，上前拉起了妹妹的手，二人說笑著走入屋中。

揚老擔憂地望著他的背影，心中感到一股難言的沉重。這孩子還很年輕呵，他想，就已憂鬱消沉如此，可未來的日子還長著呢！

這日晚間，凌霄趁夜深人靜時，悄悄出門，獨自冒雪步向後山。夜裡風雪漸大，風聲盈耳，森林四下已被一片銀白掩蓋。他來到幼年時曾隨虎俠練氣學棍的虎穴，此時虎穴早已空虛，他摸黑在洞中坐下，感覺冰冷的夜色圍繞在身周，趨之不散。許多年前，即使在這樣的黑暗當中，他也能運用靈能將洞內洞外的事物看得清清楚楚，但是此刻他眼前除了一片漆黑，什麼也看不見。他只能聽見自己的喘息逐漸轉爲粗重，感到體內的氣脈開始蠢動：他知道糾纏多年的毒咒又快發作了。他從懷中取出一塊破布咬在口中，不想讓自己淒厲的叫聲迴蕩在寧靜的後山之中。

他喘著息，伸手抱住了頭，心想或許這是最後一次了吧？或許今夜我就將死在這裡，往後再也不用承受這毒咒之苦了。一了百了，那是最好。他顫抖地從懷中取出一柄小刀，刀鋒尖銳鋒快，他清楚知道讓自己死去最快的方法，便是一刀刺入心臟。他想自戮已不止一次了。正當他持著小刀猶疑不決時，毒咒猛然襲身，凌霄不由自主鬆手放脫了小刀，滾倒在地，全身縮成一團，牙齒緊緊咬著破布，喉頭仍不免呻吟出聲。他不得不用全副身心抵抗毒咒烈火焚身的劇痛，早將自殺的念頭抛去了九霄雲外。那柄小刀靜靜地躺在地上，冷然陪著它的主人，在黑暗的虎穴中承受這無邊的痛苦。

在看不見的黑暗之中，凌霄忽然感覺一隻手伸了過來，拾起小刀。手的主人輕輕地托著小刀，靜立在虎穴之中，凝視著凌霄掙扎扭動的身軀，一動不動。過了半晌，那人將小刀收起，走上前去。

凌霄毒咒發作時，神智往往陷入半昏迷，毒咒過後全不知道自己作了什麼，也不知道發作了多長時間。他偶爾在事後發現自己身上多出了許多血痕瘀傷，想是在毒咒發作時自己弄傷了自己，當時卻半點知覺也無。但是今夜卻與往常不同。他在劇痛中忽然感到有人伸手輕觸自己的肌膚。那是一雙冰冷的手，奇寒如凍，撫摸著自己身上的火燒灼痕，竟能令他痛楚稍減。凌霄睜開眼來，洞中漆黑，更望不見人形，但他直覺知道這是個女子，心中不禁充滿驚訝疑惑：是誰會來到這虎穴？又是誰出手相助自己？

他的驚疑很快便消失，取而代之的是打從心底的感激。多年來沒有任何事物能略略減輕毒咒的痛苦，但是這雙冰冷的手卻有著令人難以置信的神奇功效，令他身上的劇痛略減，變得稍稍可以忍受。那雙冰冷的手在他最難熬的時刻，耐心地，執著地，愛憐地助他減輕苦楚，不曾稍停。他感到神智逐漸清醒，全神貫注於那雙手在自己肌膚各處遊走的覺受，呼吸漸穩，心跳減緩，似乎跨出了烈火，站在火圈之外，雖炎熱難受而不至於受到灼傷。

過了不知多久，毒咒倏然解除，凌霄吸了一口氣，連忙翻身站起，去尋找那相助之人。此時天色已明，洞外透出微光，他已然看清，洞裡只有他一人，那人竟已不知去向。他呆了一陣，伸手抹去臉上身上的汗水，覺得全身疲勞痠軟。他忽然想起那柄小刀，在洞中找了一圈，那柄刀卻已不見。他心中省悟，小刀是被那女子取去了。

數月之後，他又獨自來到後山虎穴之中，等候毒咒發作。此前他已反覆想過無數遍，猜測那女子是否會再次出現。這夜洞外又是狂風大雪，漫天蓋地，他想她是不會來了。

但是，她仍舊出現了，在他最是痛苦翻騰的時候，依然用那雙冰冷的手助他減輕苦楚。凌霄在痛苦初解之際，大起膽子，伸手握住了她的手，說道：「別走！」

那手柔膩滑軟，輕輕一抽，便脫出了他的掌握。凌霄知道她正往洞外行去，忍不住叫道：「外面風雪大，妳別走！」

一個人影在洞口一晃，那人已冒著風雪出洞而去。凌霄忍痛起身追到洞口，但見雪地上更無足跡，那女子竟已如幽靈般消失無蹤。他呆在當地，一時不知是眞是幻。

此後他每回發作，那女子都會出現，但是他從來無法留住她，也從來不曾見過她的面目。他所知道的她其實非常有限：只有那雙冰冷的手，和那柔軟安撫、扣人心弦的輕觸。他對她懷藏著深厚的感激、親近和依戀，然而最讓他感到不安及難以釋懷的，卻是那無法克制的，自己內心對她無盡的遐想。中夜自思，他每每不斷回憶她的輕觸，她的體溫，她的秀髮拂過自己面頰的微癢。不知多少次他感到一股衝動，想將她摟入懷中，感受她的身軀，貼近她的體熱。他內心深處隱隱知道，即使他多年來深自惕守，從不動情，絕不起欲，但是這女子若眞的出現在他面前，他必將再難自持。

一年過去了，他飽受毒咒折磨的的身子雖未見好轉，但也並無惡化。此後他毒咒再發作時，那女子卻未再出現，徒留下凌霄無盡的失望、惋惜和想念。然而他的內心開始抱存一線希望：他可以無止境地忍受毒咒，不再動自殺的念頭，只教有朝一日她會再次出現，再次陪伴在他的身邊。

第三十五章 前塵往事

除夕夜裡，虎山上仍如平時一般清冷靜謐。凌霄隨揚老下山出診，直到過了晚飯時刻方歸。兩人心想遲歸誤了年夜飯，雲兒定要不高興，沒想到來到家門前時，屋中卻傳出陣陣笑聲。凌霄聽那笑聲爽朗開懷，立即認出是誰，喜道：「是近雲來了！」

他快步走入屋中，果見陳近雲和雲兒正對坐談笑，雲兒笑得眼淚都出來了，跑過來拉著哥哥的手，說道：「哥哥，近雲哥哥說他又被逼婚啦，你說好笑不好笑！」

陳近雲忙起身向揚老行禮見過。凌霄驚喜交集，上前抱住了陳近雲，說道：「好兄弟，你怎麼來了？」陳近雲笑道：「兄弟特地來大哥這兒過年，湊個熱鬧啊。」

大家坐下吃了年夜飯。飯後揚老和雲兒早去休息，凌霄與陳近雲對坐飲酒。他見這個義弟仍如數年前一般不修邊幅，風塵僕僕，十分落拓的模樣，心中感到一陣溫暖，露出少見的笑容，說道：「我在這山上深居簡出，卻也聽聞了不少你行俠仗義的事跡，好生爲你高興。怎麼，今年流浪得太遠，不回關中老家過年了麼？」

陳近雲仰頭喝乾了一杯酒，歎了口長氣，說道：「我不能回家。」凌霄見他滿面苦惱之色，忙問：「怎麼回事？」陳近雲歎道：「算命的說我有今年桃花運，眞正不錯。我快被那位小姐纏得煩死了！」凌霄奇道：「誰纏著你？」陳近雲沒好氣地道：「哼，還有誰？便是那梅家三小姐。」凌霄笑道：「原來你不是走桃花運，是走梅花運。快說來聽聽。」

陳近雲道：「那年我們在岳陽梅莊作客，這梅家三小姐還只是個八九歲的黃毛小丫頭，你記得麼？」凌霄對這梅家小妹毫無印象，搖了搖頭。陳近雲續道：「豈知她長大了以後，總記得我曾打敗她最尊敬欽仰的大哥，對我滿懷敵意。有次我路經岳陽，她竟跑來攔路挑戰，我輕易便奪下了她的梅花雙槍。這小丫頭心中記恨，三番四次又來尋我報仇。一回我不小心被她使計擒住，幸好琴心姑娘路過，出手救了我，說是報答我那年在她竹舍外的回護之情。」

凌霄聽他提起琴心，問道：「琴姑娘好麼？」陳近雲道：「那時她在岳州城露了形跡，便決定和師弟一起離開南風谷。她……我當時沒有注意，她竟雙腿殘廢，武功卻練得這般好。我問他們要往何處，她只說要去覓地隱居，專心研究樂理。」

凌霄想起琴心和蕭瑟兩個年紀輕輕，已是一派世外高人的作風，說道：「他們兩位全心沉浸於琴瑟樂理，不是世間人物，但盼他們別再受到俗事干擾才好。」

陳近雲道：「正是。哼，那位梅三小姐若是有琴姑娘一分的優雅嫻靜，我也還能忍受。這小丫頭此後幾年竟陰魂不散，一直纏著我不放。」凌霄笑道：「我瞧她對你癡心得很啊。」陳近雲苦笑道：「這等癡心，那可是要纏死人的。這丫頭不肯死心，後來又找我交手幾次，她打不過我，竟回去岳陽向她父親哭訴，她父親便派人來我家提親，說要招我爲婿……」凌霄哈哈大笑，拍手道：「高招，妙極！」

陳近雲搖頭道：「什麼妙極？簡直不妙極了。我爹聽說梅家是江南有名的武林世家，只道我在外面和這位姑娘結下私情，便一口答應了。我回家去大吵大鬧，說這梅三小姐是個不折不扣的潑婦，萬萬娶不得，我爹媽和我哥竟然說：『就是要潑婦才好，老婆不凶一點，怎麼管得住你這任性的小子？』又說我年紀不小了，早該對上一門親家，逼著我一定要娶。」

凌霄笑道：「你父兄看來文質彬彬的模樣，沒想到作事竟這麼果絕。」陳近雲歎道：「可不是？我父母兄長聯手這麼折騰，我還有什麼法子？只好趕快逃家出走了，我留話說他們一日不取消我的婚事，我便一日不回去。」凌霄問道：「可取消了沒有？」陳近雲側頭道：「我也不知道？我不敢回去問。那已是半年前的事了，我只盼這位梅小姐人老珠黃，趕快嫁了，我才好回家和父母團聚。」

提起梅三小姐，凌霄不禁想起她的兄長梅無問和梅無求兩兄弟，以及他們的妻子盛清清和趙立如。他仍記得在獨聖宮禁室的水晶壁中，段獨聖曾讓自己觀看這兩位姑娘的景象，藉以譏笑自己心想助人卻反害人。他知道水晶壁中的景象未必爲眞，也未必將成眞；盛清清依婚約與梅無問結褵，趙立如並未出家，卻嫁給了梅無求。但他知道水晶壁所示必有幾分眞實：幾年之前，這兩位姑娘確曾暗中偷上虎山來尋找自己。他暗自警惕，故意避不見面，才讓二女死心而去，最後嫁給了梅氏兄弟。他雖問心無愧，多年來仍對梅家兄弟暗懷一抹歉疚。

此時他見陳近雲爲這梅三小姐苦惱，不知該從何安慰起，只道：「我兄弟難得相聚，你便在我這兒多住幾日吧。」陳近雲謝了，笑道：「幸好我還有個大哥可以投奔，不然我一個人流落江湖，獨自過年，未免太過淒涼。」

正此時，外邊傳來敲門之聲。凌霄過去開了門，卻是段青虎和柳大晏提著竹籃送酒菜過來了。他們見陳近雲在此，都是大喜，一起坐下喝酒。南昌五虎當年曾爲凌霄所救，對他極爲感激敬佩，得知凌霄回到虎山後，便決定舉家搬來虎山住下。口頭上各人自說是因爲虎山地靈人傑、風景優美，凌霄卻自然知道他們的用意。他們深信凌霄是維繫武林安危的關鍵，因此決意遷居，就近保護他的安全，免受火教侵犯。凌霄心中感激，多年來與五人相交，深知段青虎剛直重義，柳大晏精明穩重，蔣苓心細如髮，馮遁忠厚嚴謹，閻直豪爽大度，都是極有膽識的好漢子、好朋友。五虎率領一群忠誠的弟子手下日夜守護虎嘯山莊，多年來擊退了無數段獨聖派來的殺手，將虎山守得固若金湯，等閒不敢來犯。

當夜陳近雲與段青虎等賭酒猜枚，喝得爛醉如泥。凌霄心想幾年不見，這個義弟的脾氣仍舊半點沒變，又是好笑，又是溫馨，抱了他去床上睡下。

次日陳近雲酒醒，和凌霄說起武林近況。八年之前，段獨聖一舉失去了神通、咒術和毒術，只能倚靠教法和武功維持勢力。大護法、神通護法和神咒護法先後被處死，唯有張去疾仍舊得勢，升任爲「神教護法」，致力於宣揚神教教義。火教大力拔擢武功高手，任命「萬無一失」四人爲四大尊者，即降龍萬敬、流星趕月吳隙、舌燦蓮花易燃和無法無天石雷。江湖上沒有人知道降龍萬敬是何來頭，只聽聞他武功奇高，長年駐守獨聖峰，過去數年來曾擊敗殺死了十多名意圖上峰行刺的正教中人。吳隙和石雷當年不過是火教中的小小侍衛，如今憑武功得勢，地位已是不可同日而語。易燃一腿雖被武當李乘風斬斷，但他口才便給，致力於闡揚教法，每開壇說法往往吸引上萬信眾，成效卓著。

至於段獨聖本身，傳說他已練成了邪派內功「陰陽無上神功」，周身刀槍不入，也不受內力所襲，成爲不死之身。傳聞練成這邪功的人，不但神功護體、難以殺死，而且壽命增長，超過百歲亦不稀奇。

火教靠著武功和教法東山再起，信徒日眾，財力人力龐大，對正教武林仍是極大的威脅。當年身受烙印、子女被擒而被迫降服的正教各門派首領早已不受箝制，眾人因吃過火教極大的苦頭，決心正式結盟，聯手對抗。雪峰派掌門人司馬長勝重重處罰了其子司馬諒，並親自出面與各派致歉修好，才重新贏得了正派的信任。正教火教雙方多年來衝突不斷，爭鬥頻繁，死傷甚眾。背叛正教的秋霜掌門褚文義被盛暑山莊莊主盛冰殺死，華山掌門江聲雷卻死於降龍萬敬之手，趙自成和兒子趙立平則隱姓埋名，消失無蹤。火教仍不放棄收伏消滅正教各派，同時汲汲於探尋籤辭的最後六個字。

凌霄聽了，心中甚是沉重。即使他當年曾犧牲自己的靈能以克制段獨聖，八年來火教的威脅並未減弱，消滅火教仍是遙不可期。他思量這世上曾獲知籤辭的諸人中，張焯被殺，性覺老僧年邁圓寂，虎俠隱藏不出，當年求得籤辭的少年龍英不知去向，只剩下自己和現任少林方丈空相大師。當年大風谷之役後不久，少林方丈空如大師便傷重逝世，由其師弟空相大師接任方丈。凌霄從少林派遣來的高僧口中得知空相並未能參透那「靈劍泣，野火熄」六字，連第三段的「異龍現，江湖變」也難明其意，凌霄自己也是毫無線索。他知道眼下自己能作的，仍是保護籤辭不令火教探知，以及在段獨聖的毒咒下繼續苦撐，拒絕屈服。

他沉吟一陣，說道：「火教要奪取籤辭，只能從少林和虎山兩處著手。」陳近雲點頭道：「他們此刻還不敢大舉攻上少林或虎山，只因他們知道少林將聯合正教武林傾全力保衛這兩地。火教還沒有消滅正派的實力，因此不敢輕易啓釁。」他望向凌霄，臉色關切，問道：「青虎大哥他們說，這幾年段獨聖仍不斷派殺手來此？」凌霄道：「不錯。頭幾年來得較密，這兩年少了一些。我想他並非意在取我性命，而是想探測我的武功和身邊的人事物。」陳近雲道：「段獨聖手段陰狠，你得小心在意。」

凌霄點點頭，說道：「此地有五虎保護，應是無虞。你獨自在江湖上行走，應當更加謹慎。」陳近雲道：「我理會得。」這幾年來陳近雲輕功劍術大有進步，加上爲人機警，江湖上朋友又多，應足以自保。陳近雲望向凌霄，說道：「大哥，你擔心我，如何卻不擔心雲兒？我昨日與雲兒聊起，她竟完全不知道火教之事。」凌霄歎了口氣，說道：「雲兒還小，我不想讓她聽聞這些黑暗醜惡的事情。」陳近雲搖頭道：「雲兒已不是孩子了。她一個女孩兒家，難道能永遠留在你身邊？她總有一日得嫁人的。況且，她可是你凌霄的妹子，你該讓她有所準備。」

凌霄聽了，不禁一驚。他多年來與妹子相依爲命，從未想過有一日妹子會嫁作人婦、離開虎山。雲兒天眞單純，他始終不忍心讓她知道世間有火教這樣邪惡顚狂的教派，有段獨聖這樣殘忍可怖的人物。連他曾在火教飽受虐待、此刻仍身受段獨聖毒咒所苦等情，他都刻意隱瞞，從未讓雲兒知曉。甚至平日五虎派手下保護凌雲，也都在暗中跟隨，不讓凌雲得知身處險境而擔心害怕。此時他聽陳近雲這麼說，默然點頭，不禁對近雲好生感激，他知道唯有眞心好友會如此規勸提醒自己。

過完了年，陳近雲在虎山待了半個月，聽說師父文風流在曲阜孔廟朝聖，便決定去曲阜拜見師父。臨行前陳近雲想起一事，對凌霄道：「一個多月前，我在武漢黃鶴樓上遇到了一個奇人。這人名叫燕龍，和浪子成達作一道。浪子這人我時有耳聞，但江湖上卻從未聽過燕龍這號人物。我們一起飲酒論劍，我提起義兄醫俠廣學各家劍術，他便請我指點路徑，說想來向你求教。」近年來上山向凌霄挑戰劍術的人仍絡繹不絕，他點了點頭，也沒有放在心上。

陳近雲卻顯得有些遲疑，說道：「我在江湖上行走多年，閱人無數，卻從未見過似他這般的人物。我感覺他應非奸邪一流，才告知了他上虎山的路徑，但盼我沒有看錯了他！這人武功極高，輕功尤其驚人，境界只有『深不可測』四字可以形容，但他行事詭異，出人意表，帶著點邪氣。他若眞來找大哥，你還需小心在意。」凌霄點頭答應了。

凌霄和妹子送陳近雲下山，凌霄道：「三弟寫信來，說過完年要來山東長青派住幾個月，順路來虎山相聚。你拜見了令師，若沒有別的事，便回我這兒來吧。三弟到時，我們三兄弟好一起聚聚。」陳近雲答應了。

凌雲在旁插口道：「近雲哥哥，到了曲阜，別忘了我託你買的楷雕如意。可要替我挑隻上好的帶回來！」陳近雲笑道：「小公主吩咐的事情，我便有天大的膽子，也不敢忘記。」說罷跨上玉驄去了。

雲兒此時已有十五歲，臉上稚氣未脫，但已出落得亭亭玉立，清麗可人。她跟著哥哥在虎山長大，因凌霄醫術精湛，劍術超卓，江湖上對他日益尊重，稱他爲「醫俠」，稱他的住處爲「虎嘯山莊」。附近村落城鎭的人都對凌雲十分恭敬，稱她爲「虎山小公主」，連官府中人都對她禮遇有加。凌霄也教了妹子一些武藝，但她年輕好玩，從沒有用心去學，但就憑著哥哥所授的一些武功，在地方上已是綽綽有餘，少有對手。

這日正是冬末春初，冰雪初融，天氣清暖，凌雲在山莊中待不住，一個人騎馬下山遛達，來到山腳下的平鄉，心中思量著哥哥的生日快到了，該給哥哥買什麼作禮物。正行間，忽聽前面街口人聲喧雜，幾十個路人擠作一堆在圍觀什麼，有的拍手叫好，有的大聲嘻笑。凌雲好奇心起，縱馬上前，卻見圈子當中立著七八名官兵，給人綁成了一串，繩子的兩端牽在兩個騎在馬上的江湖漢子手中。西首的漢子年紀甚輕，凌雲望見他的側面，但見他鼻梁高挺，雙眉斜飛，是個極爲俊美的少年，年紀不到二十。他手裡扯著綁住官兵的繩子，笑道：「官人又怎地？你們這群狗官兵，只知欺壓良民，今日碰上了俠爺，要教你知道厲害！」說著左手使勁一拉，七八個官兵一齊滾倒在地，哇哇大叫。

另一個漢子是個大鬍子，劍眉方臉，生得甚是神氣。他騎在馬上，望著同伴懲訓官兵，哈哈大笑。

眾官兵向來對凌雲恭敬，百般奉承，因此凌雲一直當他們是好人。此時見他們受到戲弄，不由得起了俠義之心，拍馬上前，大聲道：「哪裡來的大膽狂徒，竟敢在光天化日之下欺侮人？快快住手！」

那少年抬起頭，兩道目光清亮明銳，直向凌雲望去，問道：「妳是何人？」

凌雲揚眉道：「本姑娘乃是虎嘯山莊的凌大姑娘，你還不放人，姑娘可要不客氣了！」那少年笑道：「凌大姑娘又如何，妳管得著麼？」凌雲聽他言語無禮，心中有氣，大聲道：「你蠻不講理，人人都管得著！」

那少年左手一拽，一排官兵才剛站起，又被他扯倒在地，跌作一堆，口中紛紛叫喊，向凌雲哀告求救。

凌雲自幼至長，哪有人敢如此不給她面子，不禁惱怒，拍馬衝將過去，長劍出鞘，啪一聲割斷了那少年手中的繩子。少年反手一揮，斷繩飛處，纏住了凌雲的劍刃。凌雲用力回扯，不料少年忽地鬆手放繩，凌雲一個重心不穩，險些跌下馬來。少年和大鬍子一齊哈哈大笑。

凌雲滿臉通紅，拍馬上前，舉劍向那少年刺去。那少年不閃不避，左手不知怎地一翻，竟夾手奪下了凌雲手中的長劍。

凌雲眼見這人武功高出自己太多，如何也打不過，心中一急，便哭了出來。

那大鬍子最怕姑娘哭泣，見同伴將她急哭了，忙道：「兄弟，鬧出事了，咱們走吧！」

那少年哼了一聲，說道：「一個小姑娘流幾滴眼淚，又怎麼了？我倒要看她能在大庭廣眾前哭多久。有膽量打抱不平，卻沒膽量認輸！」

凌雲一聽，立刻強收住淚，莊容道：「你武功高強，我比你不過。你留下名來，我改日再向你請教。」語音猶自哽咽。

那少年哈哈一笑，說道：「妳仗著妳哥哥的名氣，在江湖上還沒給人好好教訓一頓，也是奇事。我姓燕，明日將去虎山拜訪醫俠，就請妳替我通報一聲。成大哥，咱們走！」說完將凌雲的佩劍往地上一擲，與大鬍子漢子並轡往大路上馳去。

凌雲伸手抹淚，見街上眾人眼睜睜地望向自己，臉上一陣發燒，轉向那群官兵發火道：「這等強人土匪都打不過，大家都回家去抱娃娃算了！」說著縱馬到場中拾起了長劍，掉轉馬頭，向虎山飛馳而去。

回到虎山後，凌雲直奔哥哥房間。凌霄見妹子神色不對，忙問道：「怎麼了，發生了什麼事？」凌雲撲在他懷中，哇一聲哭了出來，說道：「哥哥，他欺負我，他欺負我！」凌霄素知妹子向來受寵，方圓十里內竟還有人能欺負她，倒也是奇事一件，當下摟住了她，安慰道：「乖，乖，慢慢說，是誰欺負妳了？」

凌雲哭了好半晌才收淚，說道：「我剛才在平鄉碰到兩個江湖漢子，用繩子綁住了七八個官兵，說他們欺壓良民，該好好懲罰。我見他們這麼欺負人，就過去要他們放人。那個年紀大一些的鬍子漢子還好，在一旁不說話，那個年輕的竟不聽我的話，繼續捉弄那幾個官兵。我氣了，拔劍砍斷他的繩子，他反用繩子纏住我的劍，險些將我扯下馬來。我衝過去刺他，他也不知用了什麼手法，奪去了我的劍。」

凌霄詳細詢問那人奪劍的手法，凌雲說了。凌霄愈聽臉色愈凝肅，這人顯然武功奇高，凌雲身邊雖隨時有四個虎嘯山莊的高手在暗中保護，但聽當時的情景，這人若要出手殺傷雲兒，當是輕而易舉之事。他頓起戒心，說道：「這人功夫不錯，他叫什麼名字？」凌雲道：「他說姓燕，還說明日要來拜訪你呢。」

凌霄嗯了一聲，問道：「他長得什麼樣子？」凌雲道：「大約不到二十歲，身子有些瘦，騎在馬上，也看不出多高。人長得很好看，就是很傲氣。」

凌霄沉吟道：「難道是他？近雲走前，曾提起在武漢遇到一個名叫燕龍的人，近期內可能會來拜訪我，說是要向我請教劍術。」

凌雲奇道：「燕龍？那是什麼人？」凌霄道：「我也不知。近雲說江湖上並沒聽過這號人物。」凌雲道：「近雲哥哥既然沒警告你，看來這什麼燕龍該不會有惡意才是。怎麼他又戲弄我？」

凌霄道：「近雲雖沒警告我，卻說這人的武功深不可測。近雲的輕功已可說是獨步武林，卻自覺比不過這人。他說這人與浪子成達作一道，兩人輕功都是極好，但這人的境界，只有『深不可測』四字可以形容。」

凌雲拍手道：「是了，那另一個大鬍子漢子，我聽那年輕的叫他成大哥，定然就是那浪子成達了。哥哥，這個浪子又是什麼人？」

凌霄聽說過浪子成達的名頭，知道他是個遊跡江湖的俠客，瀟灑風流，到處留情，傳聞江湖上有許多的情人，因此得了個「浪子」的渾號。他不好跟妹子直說，只道：「聽說他是個流浪江湖的俠客。」凌雲問道：「他為什麼叫作浪子？他很花心麼？」凌霄道：「或許是吧。通常叫浪子的，多半很受女子青睞。」

凌雲作個鬼臉，說道：「一個大鬍子，誰會歡喜他了？」凌霄笑道：「是了，雲兒只歡喜小白臉，不歡喜大鬍子。」凌雲臉上一紅，叫道：「哥哥你取笑我！我要你好看！」撲上去就打。凌霄笑著伸臂摟住了妹子，說道：「哥哥最疼妳了，怎敢取笑妳？」

凌雲嘟起嘴道：「我誰也不喜歡，大鬍子也不喜歡，小白臉也不喜歡，就喜歡我的霄哥哥。」兄妹倆都笑了，一時將燕龍之事置諸腦後。

第三十六章　來客如燕

次日早晨，凌霄帶著三個師弟妹在書房讀醫書。約莫四年前，揚老多收了三個徒弟傳授醫藥之道，一個是老劉和劉嫂收養的孤兒，名叫劉一彪，另一個是黃虎柳大晏的女兒柳鶯，第三個是段青虎的小兒子段正平。三個孩子都還只十來歲年紀，甚是認眞好學，凌霄便成了他們的大師兄。當時正逢揚老赴華山會見老友，半年都不在山上，臨行前便讓凌霄指導三個師弟妹。

這日凌霄正帶著師弟妹讀《傷寒論》，段青虎的人兒子段正鼎進來稟報道：「凌世叔，我爹飛鴿傳信來，說山下有個叫燕龍的人，要來拜訪您。」

凌霄心中一凜，說道：「那是我的客人，請令尊讓他上山來。」段正鼎去了，不一會回報說：「燕少俠正騎了馬上山來了。」凌霄點點頭，來到門口等候，劉一彪、柳鶯、段正平等三個孩子十分好奇，也跟出門口來看。

只見一騎馬好快來到了山莊之前，乘客在五丈外勒馬而止，翻身下馬，快步走來。眾人只覺眼前一亮，但見那是個身形修長的少年，約莫二十上下年紀，粗布短褂，腰繫雙劍，丰神俊美，雙目清亮，英氣逼人，臉上神情略帶些風塵落寞，又有一股懾人的豪氣，和一絲淡淡的哀愁。眾人心中不禁都想：「好一個漂亮瀟灑的俠客！」

凌霄迎上前去，抱拳道：「閣下想必便是燕龍燕少俠了。」

那少年回禮道：「正是在下。虎山醫俠名動江湖，燕龍久仰了。」又道：「昨日在山下見到令妹，多有得罪，還請見諒。」凌霄心中清楚，這人昨日只小小戲弄了妹子一下，並未傷她，便是表明了他對虎山並無惡意。當下搖頭道：「那些官兵平日囂張拔扈，原該教訓一下。舍妹不懂事，插手干預了這事，還請燕少俠勿怪是幸。」請他入屋坐下，劉一彪和柳鶯奉上茶來。

燕龍入屋坐定了，抬眼向屋中打量去，但見堂中桌椅都是粗木所製，東首書櫃上擺滿醫書和大大小小的藥罐子，此外更無其他裝飾，素淨儉樸已極，不由得微覺驚訝，說道：「江湖上赫赫有名的虎嘯山莊，原來竟簡素如此。」

凌霄聽他出言率直，答道：「這茅屋原稱不上什麼山莊。山居簡陋，讓閣下見笑了。」燕龍目光回到凌霄身上，說道：「我也未曾料到，名滿天下的虎山醫俠，竟是這般毫不擺架子。」凌霄搖頭道：「什麼虎山醫俠，好事之人胡亂起的稱號，豈可當眞？」

燕龍凝望著他，說道：「我聽聞武當派王崇眞道長，華山派江前掌門，雪峰司馬，還有許多劍術名家，都同聲稱讚閣下劍術高妙，可見凌莊主曾會過不少高手，何須如此謙虛？」

凌霄道：「那是武林同道承讓謬讚了。」

燕龍微微一笑，說道：「凌莊主虛懷若谷，絕無與人爭勝之心，對聲名這等身外之物，自是不會放在心上的了。」他話鋒一轉，說道：「我今日來，是想求凌莊主一事。」

凌霄道：「我義弟近雲曾與閣下有一面之緣，很欽慕閣下的人品武功。在下能有什麼幫得上忙的，自當盡力。」

燕龍拱手道：「如此先多謝了。我今日來貴莊，是想請凌莊主傳授一套劍術。」

凌霄不禁奇怪，據近雲所說，這人武功在江湖上已屬第一流，如何會來向自己學劍？難道他想學虎蹤劍法？便道：「燕少俠說笑了。閣下武功高強，在下只怕不配傳授什麼劍術。」

燕龍正色道：「我絕無說笑之意。我想向凌莊主學的，乃是三十六招秦家劍。」凌霄更是不解，問道：「秦家劍？那是爲何？」燕龍道：「其中緣由，卻不足爲外人道。」

秦家劍派多年來銷聲匿跡，極少與武林中人打交道，唯獨與凌霄偶有往來。凌霄曾從父親凌滿江口中得知，凌家與秦家劍派有姻親關係，他母親的妹子便是嫁給了秦家劍的掌門人秦少嶷。除了一個不知所蹤的父親外，這位姨娘便是凌霄世上唯一的長輩親人了。但這秦夫人脾氣古怪，拒不承認自己和凌霄有任何親戚關係，更加不願見他。反倒是秦少嶷曾親來造訪虎山，與凌霄切磋劍術，並將秦家劍的祕訣傾囊相授。

凌霄沉吟一陣，說道：「這套秦家劍並無不可外傳之規定，閣下想向我學，自也不妨。但我今日須得下山一趟，閣下若不嫌棄，便請在敝莊小住一宿，明日一早，我便可傳授閣下秦家劍。」

燕龍行禮道：「多謝凌莊主。如此我便叨擾了。」

凌霄便讓小師弟段正平領燕龍去客房歇息，又囑咐劉一彪好好招待來客。他想了一下，喚凌雲過來，說道：「我今日要下山一趟，妳跟我一道去吧。」凌雲聽說燕龍已來到莊上，知道哥哥怕自己跟他又起衝突，便道：「好吧。咱們一塊去有個伴兒，我也可以順便到鎮上買些東西。」

晚間兄妹倆回來後，凌霄問劉一彪客人如何。劉一彪道：「燕少俠白日就在院中走走，和師弟妹說了一會話。下午他說想去後山看看，我告知後山有老虎出沒，他說不妨，便一個人去了。他到傍晚時分回來，吃過晚飯，便去休息了。」凌霄點了點頭。

次日清晨，凌霄來到客房門口，見燕龍已然起身，在院前散步。燕龍見到他，微微一笑，說道：「凌莊主好早。」凌霄道：「昨日怠慢貴客，實在不好意思。還盼敝門師弟妹沒有缺了禮數。」燕龍微笑道：「劉小兄弟禮數周到之至，一點也不怠慢。段小兄弟和柳姑娘兩位聰明用功，淳厚懂事，令師和閣下真是教導有方。」凌霄道：「燕少俠過獎了。我這便向閣下演練秦家劍，如何？」燕龍道：「好極。」

凌霄領他來到虎山後一片老松林旁的空地上，說道：「秦家劍的訣竅，在於『輕、穩、奇、準』四字。劍走輕靈，劍勢穩健，劍招奇險，劍出準狠。秦家劍原名石風劍，一共三十六招，各有變化。我先將招式演練一遍。」說完舞動長劍，將一套秦家劍使了出來，口中念著招數的名稱。

燕龍凝神觀看，待他使完，說道：「我試演一次，請你指正。」右手取出繫在左腰的長劍，卻見那柄劍奇薄如翼，色作雪白，長約二尺半，與尋常長劍大不相同。燕龍向凌霄舉劍行禮，便使起秦家劍法來。他一招一式，謹守法度，出劍的方位、力道、緩急，竟無半分差錯。三十六招使過，凌霄不禁佩服，心知這套劍法並不艱深，自己也曾在甚短時間之內學會，但燕龍的記性和悟性之強，竟能在看過一遍後便使得絲毫不差，卻非自己所能及。

凌霄道：「閣下悟性過人，在下好生佩服。待我將劍訣和劍意講解一遍，這套劍法閣下便算學全了。」當下兩人坐在松樹下的大石上，一個講解，一個默記。不到半個時辰，燕龍便將口訣背熟，劍意也全然領會了。

燕龍道：「凌莊主，今日承蒙傳劍，無以爲報，往後燕龍在江湖上行走，凌莊主有何需要幫忙之處，自當供閣下驅策。」凌霄道：「燕少俠不必客氣。只是我有幾個疑問，想請燕少俠指教。」燕龍道：「凌莊主請說。」

凌霄道：「這套秦家劍法並非十分高深的劍法，我見閣下學劍如此快速，武功劍術已臻一流，為何會特地來學此劍？又，我聽舍妹說起前日在城中見你出手時，你多用左手，為何使劍時卻用右手？」

燕龍哈哈一笑，說道：「凌莊主是爽快人，我也當坦誠以對。先說我與秦家劍的淵源。秦少嶷秦掌門，是我的父親。」

凌霄大奇，說道：「秦掌門膝下二子一女，我道都尚未成人，你竟是秦掌門的長子麼？」心想：「秦夫人是我姨娘，但我與秦家疏於聯繫，竟連自己表弟都不識得？」又想：「不對，他又怎會來向我學劍？是秦掌門要他來考較我麼？」

卻聽燕龍道：「我從未見過秦掌門。我娘是在秦掌門成親前與他結識的。她與秦掌門相知相戀，只因種種因緣，未能結縭。那時秦掌門受了奇傷，因他是童子之身而無法施治，我娘為了救秦掌門的性命，獻身給他，秦家劍派的人卻隱瞞真相，反說是另一個姑娘獻身救他，因此他便娶了那位姑娘。我娘離去後，才發現已懷了我。那是將近二十年前的事了。」

凌霄嗯了一聲，不知該如何作答。秦掌門所娶的便是他的姨娘；這少年是姨丈在娶妻前的私生兒子，也算是自己的表弟，想到此處，不由得微覺尷尬。他也沒料到這少年會將如此隱祕的身世告訴自己，然語氣平和，全不覺得自己是個私生子有何可恥。

燕龍又道：「我一直便想去會見秦掌門，因此我向閣下求教這套劍術，便是想對他的武功有多一些了解。我想問他當年怎能如此愚癡，竟然拋棄了我娘，去娶一個他半點也不喜歡的女子？我娘又美麗又溫柔，又是眞心待他。凌莊主，人都是這樣麼？爲了保住自己的名聲地位，或是爲了世俗的道義名節，可以放棄自己喜歡的，去遷就不喜歡的。這不是糟蹋了自己的一生麼？」

凌霄歎了口氣，說道：「這種事是很難說的。」

燕龍抬頭望天，幽幽地道：「很難說，是很難說。秦掌門現在說不定活得很好。我娘呢，卻已死去很久了，秦掌門也全不知道世上有我這個人。」

凌霄聽她說起過世的母親，不由自主也想起自己的母親，以及她爲了拯救自己而犧牲性命的悲慘往事。他感到胸口一痛，不敢再想，轉頭望著燕龍的側面，但見他膚色白皙，長睫挺鼻，是個極爲俊美的男子，想來他的母親生前定然也是個美人。他心中忽然起了一種異樣的感覺，似乎身邊這個年輕人有著一股奇特的吸引力，能讓周圍的人都感受到他神祕而誘人的氣質，好似一張網，不知不覺便將人牢牢繫住。他起了警覺心，站起身來，說道：「但願我轉授的劍法，能有助閣下與令尊團圓。」

燕龍抬頭一笑，說道：「我的話還沒說完呢。這套劍法還有另一半，你可知道麼？」

凌霄奇道：「另一半？那是什麼意思？」

燕龍道：「正如你剛才所說，秦家劍原名爲石風劍。有一套與之相合的雲水劍，卻久已失傳。雲水劍和石風劍配合著使，便是一套精妙無比的劍法。不然秦家劍平平無奇，秦家劍派當年如何能在江湖上闖出這麼大的名聲？」

凌霄愈聽愈奇。燕龍續道：「石風和雲水劍法，須由兩人合使。秦家素以石風劍傳子，雲水劍傳女。後來秦家的女子出嫁的出嫁，又有幾位早逝，慢慢的這劍法就失傳了。我娘當時一心想與秦掌門結縭，千方百計去學會了這套雲水劍，想傳回秦家。但秦家的人不明其中緊要，沒將此當一回事。現下我可知道他們錯了，而且是大錯特錯。凌莊主，我天生左右手一般靈便，我想試試以雙劍合使這兩套劍法，不知你可願與我試招麼？」

凌霄長年沉浸於劍術之中，此時聽說有雙劍合使的奇特劍招，不禁躍躍欲試，當下說道：「自當奉陪。」

燕龍站起身來，在凌霄身前三丈處站定，左手抽出繫在右腰的長劍，也是同先前那柄劍一般雪白而薄，他雙劍交叉，斜指於地，說道：「請進招。」

凌霄持劍回禮，凝神望向他的雙劍，說道：「得罪！」長劍遞出，指向對手左脅。燕龍右手劍使一招石風劍的「亂石迸泉」，擋開了凌霄的長劍；左手劍一招雲水劍的「雲捲落日」，直攻對手面門。凌霄見來勢凌厲，無法化解，向後退開一步，隨即又跨上前去，長劍橫劈。燕龍側身避開，左右雙劍分使不同招術，竟然防守嚴密，攻勢凌厲，數招之間，凌霄便大爲讚歎。他看出這兩套劍法實是前輩高手苦心巧思的結晶，劍法本身平平無奇，但兩人合使，便有莫大的威力，足可敵過江湖上的一流高手。凌霄有心一試這套劍法的威力，劍上帶了七成內力，使出時風聲颯然。燕龍叫道：「好！」移動身形，兩柄劍使得更加靈動，招式中加入各種變化，倍加巧妙。凌霄使動虎蹤劍法，大開大闔，攻勢凌厲，四周的松針受到劍風拂及，紛紛落地；燕龍左右手雙劍一攻一防，右手劍沉穩奇幻，左手劍輕柔流轉，將凌霄的劍招一一接下，不時伺機反攻。兩人過了百來招，各自讚服對方劍術了得。

到了近兩百招時，凌霄長劍由上而下直劈，勢道極強。燕龍雙劍迎上抵擋，三劍相交，相持不下。如此便是比拚內力了。凌霄只覺對方的內力柔而綿長，從雙劍緩緩傳來，與自己的內力相抵，竟不相上下。兩人對望一眼，心中都想：「他的內力，竟也這麼深厚！」都起了惺惺相惜之意，同時撤劍，向後躍開，一齊笑了起來。

凌霄讚道：「好！好劍法！」心下明白，兩人能打得旗鼓相當，實際上還數燕龍的劍法略高一籌，才能以新學乍練的石風雲水劍與自己十多年功力的虎蹤劍法相抗，絲毫不呈敗象。他心中讚佩不已，這幾年來他曾對敵過上百位劍客，見識過多種高深的名家劍法，卻從未遇上如燕龍這般的劍客，也從未看過石風雲水這等雙劍合使的奇妙劍法，心想：「這人年紀輕輕，劍術竟已精湛如此，近雲說他輕功深不可測，沒想到他的劍術也是深不可測。」

燕龍一笑，說道：「劍法是妙，但要對付醫俠，大約要八個人合使才成！」又道：

「而且我總覺雙劍配合並不完美，似乎有些缺憾。」凌霄道：「我也這麼覺得。你兩手劍法迥異，雖是攻防交錯，卻總有陰陽無法協調之感。」燕龍低頭沉思，說道：「我也參不透。」

兩人相對默然。燕龍道：「我向你學了石風劍法，無以爲報，不如我將這套雲水劍教了給你。你將來或可轉授你的夫人，夫婦合使，也是美事。」

凌霄正要道謝，忽聽一個清脆的聲音說道：「我也要學！」兩人向聲音來處望去，卻見凌雲從一棵老松樹後轉出，笑吟吟地道：「哥哥，我學會了這套劍術，以後便可以跟你合使，好麼？」

凌霄道：「雲兒，妳怎麼來了？」

凌雲奔到哥哥身旁，勾住了他的臂彎，笑道：「我看你們去了太久，放心不下，因此過來瞧瞧，正見到你們開始試劍。燕少俠，你教我好麼？」

燕龍道：「傳授雲水劍給妳，自也不妨。」凌霄道：「雲兒就是多事。教了我，不就同教了妳一般麼？」正說時，卻見劉一彪遠遠跑來，說道：「大師兄，村人抬了個牧童上山來，說是給牛角撞了腿，流血不止，請你快來看看。」凌霄轉向燕龍道：「恕我失陪。雲兒，妳領燕少俠回家歇息一會。」

燕龍道：「不如我便留在此地，教令妹雲水劍吧。」凌霄道：「如此多謝了。今日試劍，暢快淋漓，你我甚是投契，今後我便稱你燕兄弟如何？」燕龍笑道：「那我便稱你一聲凌大哥。咱們比劍意猶未盡，明日該當再較量一番，大哥意下如何？」

凌霄笑道：「好極，我正有此意。」

第三十七章　同榻談心

凌霄離去後，便剩燕龍和凌雲二人在林中。凌雲向燕龍伸伸舌頭，笑道：「我要早知道你功夫這麼好，那日在平鄉便不敢去招惹你了。」燕龍微笑不答。凌雲又道：「我看得出來，哥哥很佩服你呢。他這幾年來相交的朋友，你是唯一一位他一來便稱兄道弟的。」燕龍淡淡地道：「我也是很佩服令兄的。」他不再多說，便開始傳授凌雲劍法。

當夜晚飯後，凌霄請燕龍在內廳小酌。兩人談起江湖軼事，武林豪舉，更是相投。凌霄問起凌雲學劍之事。燕龍道：「依令妹的資質功力，大約要教上一個月左右，才能將劍招學全。要學得純熟，還得再下半年的苦功。我不好在貴莊叨擾這麼久的日子，最好還是我將劍法教給了大哥你，你再慢慢轉授令妹。」

凌霄道：「燕兄弟若不便久留，也是無法勉強。但我覺得很與兄弟你投緣，若你現下沒有急事，便請多留幾日，我好與你多切磋切磋。」燕龍道：「我在江湖上到處遊蕩，原也沒什麼要緊事，既然大哥開口留我，如此便叨擾了。」

兩人一直聊到深夜，凌霄道：「時候不早了，你若不嫌棄，便在我這兒通個舖，我們好繼續聊聊。」

燕龍道：「無妨。」兩人便解去外衣，在凌霄的床上並頭而臥。燕龍望向窗外，忽地輕笑一聲，翻過身來，說道：「凌大哥，我說件往事，你可別介意。我睡在這兒，忽然想起一件讓人笑話的事。我一次隨伙伴去杭州一間青樓，我那伙伴找了個姑娘相陪過夜，我便自個兒睡了一夜乾舖。那夜的月光和今晚好生相似，就這麼從窗外清清亮亮地灑進來。過了半夜，一個姑娘剛伺候客人回來，累得很了，爬上床倒頭便睡，渾不管我躺在一旁。她睡得香甜，反倒是我在那兒擔著心，折騰了一夜沒睡好。」

凌霄笑了起來，說道：「這可奇怪了，不是姑娘擔心，反是你睡不著！」

燕龍也笑了，再說道：「凌大哥，江湖上關於你的傳說甚雜，我聽得也多了。但親眼見到你，才知全不是那麼回事。」

凌霄自江湖成名以來便飽受爭議，江湖中人大多仍對他抱持疑忌，充滿戒心。他多年來隱居虎山，向來不在乎這些世俗毀譽，只道：「是麼？」

燕龍笑道：「待我說幾個與你聽聽。我與成大哥來到山東，便聽人說起世上三大易事：『求日頭放光，求水仙飄香，求醫俠治傷。』這是說你心地太好，見到什麼傷者病患便主動去醫治，不但不收診金，還不由人拒絕。」凌霄不禁笑了，說道：「我身為醫者，這原是本分，倒像我不該替人醫病治傷！」

燕龍笑道：「也不全是恭維你的。我還聽說了世上三大難事：『等石頭說話，等黃河無浪，等醫俠娶嫁。』」凌霄聽他說得有趣，忍不住哈哈大笑。

燕龍微笑道：「世上誰敢開口迎娶你的妹子，自是不自量力，異想天開了。至於你爲何不娶個夫人，想是你眼界太高，天下女子都看不上眼，那也情有可原。」

凌霄搖頭道：「也非如此。」不禁勾起心底隱痛。自他回歸虎山，匆匆多年過去，但他身心所受創傷始終未能癒合，偶爾午夜夢迴，彷彿又回到了獨聖宮的禁室之中，種種慘痛恐懼襲上心頭，驚醒時全身冷汗。而段獨聖所下毒咒仍不時發作，不斷折磨著他。他朝夕致力於練武行醫、擺脫噩夢、抵抗毒咒，根本無暇去想成家這等瑣事。偶爾也有人上山提親，他都深自戒惕，知道自己雖已不在禁室之中，但只要對任何一個女子動情，且不說自己身受毒咒、命不長久，不該誤人終身，火教也必將利用她來對付自己。然而這種種隱情自不能訴諸於口，只能深藏心底。

卻聽燕龍道：「依我所見，這話應當反過來說。雲兒有你這位兄長在旁，眼界自然高了，天下男子她都看不上眼。至於你麼，誰想來嫁你，那才是不自量力，異想天開了。世上大約沒有什麼比作這虎嘯山莊莊主夫人更加危險的了。你說是不？」

凌霄不禁暗暗驚詫，這少年對自己心思的通透明瞭，似乎比相交多年的近雲還要深刻。這回近雲上山，也曾問起他爲何尚未成家，並未能明白他的苦衷。這少年卻一語道破：他朝夕處於險境，自身不保，又怎能娶一個妻子來增添煩惱，陷人於危？

燕龍又道：「我倒很好奇，令妹的武功與你相差太遠，不知是什麼緣故？」凌霄搖頭道：「雲兒年紀還小，資質有限，未能學習上乘武功。」燕龍道：「我若是你，便不會讓她離開虎山一步。」

凌霄心中一凜。他當然知道妹妹年紀幼小，武功低微，火教虎視眈眈，雲兒一離開虎山，便如踏入狼膏虎吻，處境極爲危險。近雲也曾這麼提醒過他，沒想到這新識的少年也已看出這點。

兩人又聊了一陣，才沉沉睡去。

睡到中夜，凌霄突然醒轉過來，耳中聽得燕龍悠長的呼吸，他睜眼望見窗外月光清明，心中感到一陣莫名的平和舒適。他轉過頭，望見燕龍的臉龐嘴角含笑，長睫低垂，兀自作著好夢。他不禁笑了，感到多年以來從沒有如今日這般快活。這少年武功奇高，氣度不凡，自非尋常人物；但自己爲何會如此與他投緣，卻是因爲這少年的坦率直爽，不亢不卑。這幾年間來到虎山的訪客，若非對他深懷戒心，暗藏恐懼，便是對他極爲尊重禮敬，滿口恭維。這少年卻毫無包袱成見，能夠當他如常人般看待，與他平起平坐，他心中自然能感受到其中分別。

凌霄望了他一陣，忽然動念：「他怎地能生得這般好看？」疑心忽起，眼光望向他的喉部，黑暗中看去似乎並無喉結，他心中一跳，心道：「難道……他是個女子？」回想白日與他比劍，燕龍身法利落迅捷，劍法純熟老練，武功已臻上乘，因此雖見他面目俊美出奇，自己卻從未懷疑他是女子。正要細看，燕龍忽然伸個懶腰，轉過身去，再也看不到他的喉部。凌霄驚疑之下，心中怦怦亂跳，身子不敢稍有動彈，生怕驚醒了他。他想起燕龍述說在青樓中與一個妓女同床而一夜未眠之事，不由得好笑起來，自己此時不也是這般麼？與一個疑為女子的少年共眠，反倒是自己擔心得睡不著。想到此處，不禁一笑，矇矇矓矓中也不知是眞是夢，翻過身又睡了。

之後數日凌霄白日都忙著出診，燕龍便在山莊中傳授凌雲劍法，或自個兒去後山走走，晚間與凌霄兄妹燈下閒談，論武試劍，也是其樂融融。凌霄心中雖懷疑他是女子，卻仍不能確定，晚間亦不敢再與他同榻而眠。

過了十來日，這日燕龍又獨自去了後山，大半日都未回。凌霄出莊去了，凌雲等了許久，擔上了心，便決定去後山尋找燕龍。劉　彪年紀比凌雲小上一兩歲，性情卻成熟得多，勸阻道：「燕少俠武功高強，不會有事的，雲師姊妳還是別去吧。」凌雲白了他一眼，說道：「你懂什麼？燕少俠武功雖高，難道不會迷路麼？我去找找他，又會出什麼事了？」便自牽了馬，向後山行去。

凌雲這一去，竟然到了黃昏也沒回來。凌霄傍晚回山時，見燕龍和妹子都不在，起初只道兩人在後山教劍，等了一會，覺得不對，去後山一看也不見人影，忙叫了兩個師弟和老劉點起火把，一齊到山中尋人。其時天色已然暗下，山中薄霧冥冥，遠處斷斷續續傳來數聲虎嘯猿啼，凌霄心中忽地感到一陣不安，種種不祥的念頭浮上腦際：「難道雲兒遇上了壞人？還是在山中碰上了猛獸？燕兒弟若與她在一起，自能保護她周全。除非……除非……」又想：「我識人當不會有錯。唉，但盼雲兒沒事才好！」

眾人尋了一個時辰，仍舊找不到半個人影。凌霄心中更急，讓老劉和師弟在林邊上搜尋，自己展開輕功，向山林深處尋去。他心中憂慮已極，一邊奔跑，一邊大聲呼喚妹子的名字，奔出十餘里，忽聽左首傳來潺潺水聲，他暗中不辨方向，便向水聲奔去。到了水聲處，見是一條小溪，月光輕瀉，映得溪水晶然生光，凌霄卻哪有心情欣賞？他多年來與妹子相依為命，此時妹子在後山失蹤，生死未卜，只急得五內如焚，幾乎便要掉下淚來。

他站在河邊，心中籌思該如何在這深山荒谷中尋找妹子，黑暗中忽見小溪對岸似乎有個黑影動了一下，過了一會，才隱約分辨出是個人形，走在草地上毫無聲響。凌霄心想：「這是雲兒？還是山中的鬼怪？」開口叫道：「雲兒！是妳麼？」

卻見那黑影緩緩走近溪邊，停在凌霄的正對面。他凝目望去，山中夜色深沉，加上薄霧繚繞，只依稀看出是一個人，手中横抱了一物。那人在溪邊停了一會，便跨入溪中。小溪寬約十來尺，溪水淙淙，水流甚急。此時，那人影踏上溪中石塊，快捷無倫地向此岸飄來。凌霄定定地看著那個人影，心下驚異：「這到底是人還是鬼？」伸手按住了劍柄。

不一會，那人影便飄到了離岸邊數尺處，抬起頭來，月光下只見一張滿是血污的臉孔，凌霄一驚，隨即認出那人正是燕龍。

凌霄叫道：「燕兒弟，你怎麼了？雲兒呢？」燕龍向前邁了幾步，走上岸邊，將手中之人交給凌霄，說道：「她沒事。」

凌霄連忙伸手接過，月光下但見妹子雙目緊閉，似是昏厥了過去，她身上沾滿鮮血，卻似乎並未受外傷。他伸手去搭妹子的脈搏，覺她脈象平穩，才放下了心，抬頭問道：「燕兒弟，這是怎麼回事？」

燕龍搖頭道：「回頭再跟你說。你先帶雲兒回去，我一會兒就回去。」凌霄問道：「你去哪裡？」燕龍轉頭向山上看去，說道：「我去山上。」說著便回身向溪中走去。

凌霄見妹子平安，已放下了大半個心，但見燕龍全身血跡，舉止詭異，如何能讓他這麼獨自回入山中？正此時，他聽身後人聲響動，卻是老劉和劉一彪等尋將過來，凌霄忙道：「燕兒弟，你等等。我與你同去。」回頭提氣叫道：「老劉，我在這裡，快過來！」老劉聞聲奔近來，凌霄忙將凌雲交給老劉抱著，說道：「快帶雲兒回莊去。我一會兒就回。」快步涉過小溪，直向燕龍追去。

他奔出數十丈，遠遠望見燕龍的背影，走在雜草亂石中好似足不沾地般，悄無聲響。他提氣追將上去，心想：「他要去哪裡？他為什麼全身是血？是受了傷麼？他武功奇高，我便眞與他動手，也不一定打得過他，又有誰能傷他了？」正自思索，卻見燕龍已爬上了一片石坡，沒入一個黑暗的石洞中。凌霄跟著爬上，來到洞口，眼前忽然一亮，卻是燕龍在洞中點起了火摺。凌霄往洞中看去，不由得大驚失色。

卻見山洞之中橫躺了一隻花班大虎，身上血跡斑斑，身旁蜷曲著兩隻幼虎，還縮在母虎懷中吸奶。火光下但見燕龍臉色蒼白，身上滿是血跡，在老虎身旁跪坐下來，伸手輕撫老虎的頭，神色甚是奇特。凌霄走上一步，問道：「燕兄弟，你爲何來此？你受了傷麼？」

燕龍並不抬頭，只道：「凌大哥，你請回去吧。我沒事的。」

凌霄望見他右肩鮮血淋漓，走上前道：「你流血未止，讓我替你包紮。」

燕龍側過身子，冷冷地道：「你不用對我這麼客氣，也不用來追我回去。我沒傷你的寶貝妹子。」

凌霄一怔，仍道：「讓我瞧瞧你的傷。」燕龍左掌揮出，想擋住凌霄。凌霄卻看出這掌軟弱無力，伸手抓住他的手臂。燕龍輕哼一聲，坐倒在地。凌霄接過他手中的火摺，俯身查看他的傷口，不由一驚，卻見他自右肩至右胸三道長長的傷口，鮮血兀自汩汩流出。凌霄驚道：「是老虎抓的麼？」

燕龍怒道：「別碰我！」

凌霄見他失血甚多，只怕有生命危險，忙伸手點了他傷口周圍的穴道。燕龍穴道被點，再也無力抵抗，喘息道：「我說了別碰我。我沒事的。」

凌霄心想救他性命要緊，伸手解開他的衣服，只見三道傷口由右肩直至右胸，長三寸餘，深寸許，血肉模糊，流血不止，他忙取出隨身帶著的外傷止血膏藥虎骨接續膏，在傷口厚厚的塗上一層。一瞥目間，心下一震，卻見燕龍胸口肌膚雪白，確然是個女子！他愣了一會兒，定一定神，快手將傷口包紮好，又取出止痛丹藥，餵她服下。燕龍低聲喘息，轉過頭去。

凌霄回頭去看那頭母虎，見她頸上一道長長的傷口，已然氣絕。燕龍低聲道：「已經死了。」凌霄道：「是妳殺的麼？」燕龍道：「是你那寶貝妹妹殺的。」凌霄聽她語氣冰冷，問道：「這到底是怎麼回事？」

燕龍吸了口氣，緩緩說道：「我這幾日每天來到後山，和這頭母虎成了朋友。今日我替牠獵了一隻野豬，牠很高興，拖回洞中與兩隻小虎分食。之後牠又出去打獵，我便留在洞裡和兩隻小虎玩兒。沒想到雲兒跑到後山來找我，正遇到了母虎，揮劍砍傷了牠。牠猛性發作，奮死攻擊雲兒。我聽到牠的吼聲，跑出來看，正見雲兒跌倒在地，母虎向她撲去。我衝上去攔住牠，被牠抓傷了肩頭。母虎傷得很重，仍奮力走回洞穴，舔了舔她的孩子，才斷氣了。雲兒嚇暈了過去，我便先抱了她回去，免得你擔心，以為我誘拐了你的寶貝妹子。」說到這裡，停下喘了好幾口氣。

凌霄聽得驚訝不已，初時只覺難以相信。他生長於虎山，熟知老虎性情，這兩隻小虎如此幼小，母虎怎會讓燕龍進入牠的洞穴？但聽燕龍述說起來語氣如常，雙目凝望著三頭老虎，神色哀然，又不由得他不信，說道：「原來妳冒命救了雲兒，我不會忘了妳的恩情。妳……妳為什麼回來這裡？妳傷勢不輕，又流了不少血，只怕有性命危險，快跟我回去吧。」

燕龍道：「不，我要帶小虎回去。」凌霄道：「我先帶妳回去治傷，明兒一早我再來帶小虎。」燕龍搖頭道：「等到明日，小虎早被別的野獸吃了。這裡血腥味這麼重，許多猛獸都會來的。我害死了牠們的母親，讓牠們成了孤兒，不能放著牠們不管。」

凌霄點頭道：「好，我們帶了小虎一起走。妳走得動麼？」燕龍道：「我行。」凌霄扶她站起，但她流血過多，剛才還能憑一口氣撐著，此時只覺頭暈目眩，身體一動，傷口便一陣劇痛，她咬緊牙，不肯呻吟出聲。

凌霄道：「讓我揹妳。」矮身下去，將燕龍負在身後，又彎下身，左右手各抄起一隻小虎，踏出洞外，步下石坡，施展輕功往山莊的方向奔去。黑夜中的深林陰暗詭祕，凌霄心中暗想：「這可是人生中一大奇遇了。大半夜裡，揹了個全身是血的姑娘，抱著兩隻幼虎在山林中快奔，若有人見了，定說是山鬼夜奔。」如此奔了幾里路，凌霄內息悠長，雖是揹了人提了虎，絲毫不覺疲累，不多時便回到莊中。

莊中眾人見他負了燕龍回來，手中還拎了兩隻小虎，都大爲驚奇。凌霄也不多說，請劉一彪找個倉房將兩隻小虎安頓了，自己抱著燕龍回到房中，讓她躺在床上，問道：「妳還好麼？」

燕龍吸了一口氣，低聲道：「我沒事。多謝你幫我帶回小虎。」

凌霄道：「這一爪應未傷到筋骨，只是流了不少血。傷口甚深，須得趕緊用針線縫起，重新包紮。」頓了頓，又道：「但盼妳不介意。」燕龍搖了搖頭，忽然一笑，說道：「求醫俠治傷，那可是沒得說的。」

凌霄報以一笑，喚劉嫂取來一盆熱水，準備了一壺燒酒、數條白布、金針細線和數種傷藥，回到床邊，卻見燕龍望著床頂，不知在想什麼。他輕聲道：「我替妳抹抹臉。」用毛巾沾水，替她抹淨了臉上的血污，但見她臉龐肌膚白膩，失血後更顯蒼白，但秀眉斜飛，雙目漆黑，雖傷重而不失一股英氣，實是個極美的姑娘。凌霄不禁想道：「我怎能如此糊塗，她這般的容色，如何會是個男子？」說道：「得罪了。」解下她傷口包紮，露出三道爪痕。此時流血已止，他用布巾浸了溫水，替她清洗傷口。燕龍剛才在虎穴中也曾讓凌霄察看自己的傷口，但洞中黑暗，又是性命交關；此時她躺在床上，意識到自己在一個男子面前裸露身體，讓他碰觸自己的肌膚，不禁臉上發熱，微微皺眉，閉上了眼睛。

凌霄瞥見她雙頰緋紅，更增麗色，不禁心中一蕩，趁她閉目時，忍不住凝望她俊秀的雙眉，長長的睫毛，高挺的鼻子，嫣紅的雙唇，一時竟似癡了，視線再難移開她的臉龐。但見她咬緊了下唇，顯然傷口疼痛，卻不肯叫出聲來。他定一定心神，替她將傷口洗淨後，取過一盆燒酒，將布在酒中浸溼了，說道：「需得用酒燒一下，以免傷口惡化。」將左手伸到她嘴前，說道：「咬住了我的手。」燕龍微一遲疑，便張口咬住了他手背。凌霄將燒酒布巾敷在三道爪痕上。燕龍全身一震，傷口劇痛有如火燒，直咬得凌霄手背滲出血來。

凌霄低聲道：「好了，我現下替妳縫上，便不會那麼痛了。」燕龍輕聲喘息，轉過頭去。凌霄取過針線，替她縫上三個爪傷，下手謹慎，落針仔細，直花了一個時辰才縫妥。他在傷口敷上虎骨生肌膏，用白布包紮起來。見她衣衫沾滿血污，便取過一件自己的衫子，想替她換上，又覺不妥。正猶疑間，燕龍已道：「我穿著這身血衣很不舒服，勞你幫我換了吧。」凌霄知道她傷重無力，無法自行更衣，便點了點頭，扶她坐起，輕手替她換上乾淨衣衫，又扶她躺下，蓋好被子，說道：「妳傷後虛弱，睡一忽吧。」燕龍嗯了一聲，低聲道：「多謝你。」

凌霄放下床帘，說道：「我去瞧瞧雲兒。」燕龍道：「你會回來麼？」凌霄道：「是，我一會兒就回來。」燕龍道：「凌大哥，我想求你一事。」凌霄道：「妳說。」

燕龍咬著嘴唇，低聲道：「請你別跟任何人說……說我是女子的事，好麼？」凌霄望著她，想開口相詢，卻沒有問出口，只點頭道：「是。我仍舊稱妳燕兄弟便是。」燕龍微微一笑，說道：「多謝大哥。」

第三十八章 雪艷傳人

凌霄離開自己房間，來到凌雲的臥室，但見劉一彪守在床旁，雲兒躺在床上，睡得甚沉。他問劉一彪道：「雲兒還好麼？」劉一彪道：「雲師姊一直昏睡，還未醒來。她身上並未受傷，看來只是受了驚嚇，應沒有大礙。」凌霄點點頭，伸手搭上雲兒的脈搏，覺她脈象平穩，顯是熟睡未醒。他見妹子平安歸來，心下甚是欣慰，吁了一口長氣。

劉一彪問道：「燕少俠沒事麼？」凌霄道：「燕少俠肩頭被老虎抓傷了，流了不少血，性命應是無礙。」劉一彪驚道：「被老虎抓傷的？」凌霄道：「是。多虧燕兄弟救了雲兒的性命。他見到一頭老虎撲擊雲兒，上前攔住，才受了傷。」劉一彪道：「那頭老虎想必已除去了？那兩頭小虎又是怎麼回事？我見牠們很餓的樣子，給餵了一些生肉，兩隻搶著吃完了。」

凌霄心下也甚是疑惑，望向師弟，說道：「師弟，這事說來好生奇怪。你也聽一聽。」便將燕龍所說重述一遍，又說了燕龍負傷回洞，不顧自己傷勢，堅持要帶回小虎等情。

凌霄說到此處，心中忽地感到一陣前所未有的激動。虎山以多虎聞名，他幼年來到泰山時，便常與山中老虎玩在一塊兒，相處和諧，甚至與幾隻老虎結爲好友。他知道自己與虎類的緣分很深，不但自幼在虎山常住學醫，甚至所學劍法也是虎俠所創的虎蹤劍法。多年來他對虎山日益眷戀，對虎類也愈加敬重鍾愛。他今日見到這個初上山的年輕姑娘爲了保護山上老虎而不顧性命，自己的妹子卻砍死了一隻母虎，心中不禁想道：「燕龍和虎山定是有特殊緣分的，雲兒卻遲早得離開這兒。」

劉一彪聽完之後，張大了口，良久才道：「燕少俠眞是一位奇人！」凌霄點頭道：「近雲提起他時，說他武功極高，這我已拜領了。又說他行事詭異，出人意表，有點邪氣，要我小心留意。他行事出人意表，那是對的，但他勇毅而有仁心，應非奸邪之流。」心中暗道：「更奇者，她竟是個女子！女子而有此武功膽識，江湖上可是從所未聞。」

忽地心中一動：「她曾提起她的母親，她的武功若是從她母親處學得，她母親必也是一代高手。她說母親曾與秦掌門結識，如何武林中卻不聞其名？」忽然腦中靈光一現，想起了一個名字：「雪艷胡」！

念及這三個字，腦中登時浮起了曾聽父親凌滿江說起關於雪艷胡的種種傳說：四十年前，一個自稱「雪艷」的少女孤身闖入中原，自少林派奪走了武林至寶「金蠶袈裟」；二十多年前，一個叫作胡兒的少女，自稱是雪艷的傳人，重入江湖，輕易自武當五龍宮奪去了記載武當內功要訣和劍法的「七玄經」。她又欲奪取峨嵋派的鎭山之寶龍淺劍，正教公推當時武林中的佼佼者石風第一劍秦少嶷與她決鬥，傳聞兩人在泰山絕頂鬥了七日七夜，不分勝敗，之後胡兒便離開了中原，再也沒有出現。江湖上無人知曉這兩個將中原武林攪得天翻地覆的少女的來龍去脈，就統稱她們爲「雪艷胡」。

凌霄眼前一亮，心想：「我怎地到此時才想到？燕龍說秦掌門是她的父親，她的母親自然便是胡兒了。想來秦掌門和胡兒不打不相識，種下情緣，最終卻未能結成連理。」他又想：「燕龍若是雪艷胡的傳人，此番重現，莫非又要奪取什麼祕笈？她想來奪取龍湲劍麼？她又爲什麼會找上我？我是否該將雪艷胡傳人重入江湖之事告知少林武當？」

他年幼時曾聽父親向揚儀述說雪艷胡的事跡，以及對胡兒的一片癡心苦戀。當年母親憤而離家出走，之後帶自己投入火教，全都肇因於此。然而父親未曾得到胡兒的青睞，胡兒也未曾得到意中人的許諾，兩人各自失意。當年揚儀臨終前曾讓父親去尋找胡兒，這麼多年過去了，凌霄的名聲已然響遍天下，父親卻始終沒有回來，甚至音訊全無。他去找胡兒了麼？燕龍說她母親已經死了，父親曾在她去世前找到了她麼？我又該如何對待這位雪艷胡的傳人？

劉一彪在一旁見大師兄神色激動，不知想到了什麼，也不敢開口探問。

凌霄沉思良久，心中才作了決定，抬頭說道：「師弟，請你幫我個忙。近雲在曲阜，許飛在兗州，我立刻寫兩封信，請你替我用飛鴿將信送去。」劉一彪應了，凌霄便匆匆寫了信，交給師弟，快步回到臥房。

他悄聲來到床前，心下忐忑，突然生怕燕龍已消失無蹤。他隔著床簾，輕輕喚了一聲：「燕兄弟。」

但聽床上燕龍輕哼一聲，想是她掙扎著坐起，弄痛了傷口。凌霄聽她仍在此地，鬆了一口氣，忙掀開床簾，扶她躺下，說道：「快別動，若損傷到筋骨，以後使劍便不能這麼順暢了。」燕龍笑道：「你竟是擔心我往後使劍順不順暢？我若傷得重些，以後便再也打不過你了，那不是很好麼？」凌霄搖頭道：「我怎會這麼想？我非常敬佩妳的劍術，因此一定要將妳完全醫治好，武功半點也不退失。」

燕龍凝望著他，忽道：「凌大哥，你的面色與剛才大不相同。你已猜到我是誰了，是麼？」凌霄停了停，才直言道：「我猜想妳是雪艷胡的傳人。」燕龍點頭道：「不錯。我娘便是胡兒，雪艷是我的外祖母。」

凌霄原本只是心中懷疑，此時聽她親口說出，仍不由得震驚。父親口中如眞似幻的傳奇人物，此時竟活生生地躺在自己面前。他心中不禁想道：「難怪爹爹當年爲胡兒如此著迷，似她這般的容色，確是世間少有！」

燕龍道：「我想你遲早會猜到。我娘和外祖母當年殺死的人雖不多，偷去的武林祕笈卻不少，中原武人想必恨我入骨。你也不必如何，只要派人去少林武當通知一聲，說我來過你這兒，這些人非對你感激涕零不可。你若告訴他們我受了傷，他們更要歡天喜地了。」

凌霄搖了搖頭，說道：「我不會去通知什麼人，也不會向人透露妳的身世。妳在這兒安心養傷，我會照護著妳的。」

燕龍一怔，脫口問道：「你爲什麼要照護我？」凌霄道：「因爲……我當妳是我的朋友。無論妳的身世爲何，我與妳相交時，原是一片誠心，現在也毫無改變。」

燕龍似乎甚感驚訝，靜默一陣，才問道：「小虎好麼？」凌霄道：「昨夜一彪將牠們安置在倉房裡，餵了些肉吃。」燕龍憐惜地歎道：「這兩頭小虎可憐得很，這麼小便失去了母親。若留在山中，不被別的猛獸吃掉，也會餓死的。」凌霄道：「是，我會好生照顧到牠們長成。妳別多勞神，睡一會吧。」

燕龍微微一笑，閉上眼，側過頭，凌霄隱約望見她眼角似乎滾出了兩滴淚珠。

之後十餘日，燕龍便留在虎嘯山莊養傷。凌霄決心要將她的傷完全醫治好，囑咐她這段時日中切不可使用右手臂，一切飲食都由他親手服侍，每日定時替她清洗傷口，敷上靈藥。燕龍在他的細心照料下，恢復得甚快。

凌雲原本沒有受傷，只是受了些驚嚇，次日醒來後便無大礙。凌霄告訴她燕龍救了她的性命，將她抱回後又負傷回虎穴相救小虎等情。凌雲恍然道：「原來如此！燕大哥當時大可一劍殺死母虎，或一掌將牠擊飛，卻沒有這麼作，只上前以身相攔。我隱約記得他受了傷後，仍不出劍，只大聲向母虎說話，母虎聽了，竟自乖乖退去。原來母虎竟是他的朋友！」

她得知燕龍救了自己的性命，心中好生感激，日日前來看望他的傷勢。燕龍卻對她十分冷淡，常藉口需要休息，請她出去。

匆匆十來日又過去，燕龍已可下床走動。這一日她獨自來到院中，凌雲遠遠見到了，趕忙快步迎上去，滿面笑容，說道：「燕大哥，你看來氣色好多啦。讓我扶你去後花園走走，好麼？」燕龍道：「不勞妳駕，我自己可以走。」凌雲一向心高氣傲，偏生對燕龍竟是百依百順，一切相讓，她道：「你傷後乏力，還是讓我陪你走走吧。」

兩人來到了後花園，此時已是盛春，園中百花開得燦爛茂盛。凌雲隨手摘了一枝桃花，持在手中把玩，說道：「燕大哥，你瞧這桃花美麼？」

燕龍眺望著遠山，似乎全沒聽見她的言語。凌雲扔下了桃花枝，心中暗自氣惱，賭了一會兒氣，見燕龍仍舊對自己不理不睬，又軟語道：「燕大哥，你還在生我的氣麼？我已經答應了哥哥，往後會好好照顧那兩頭小虎的。我不該殺了牠們的母親，是我不對，求你別再怪我了，好麼？」

燕龍並不回頭，只道：「我沒有怪妳。在深山中受到猛虎攻擊，妳不殺牠，牠便殺了妳，妳又沒作錯什麼。」

凌雲聽他口氣冰冷淡然，再也忍耐不住，忽然轉到燕龍面前，望著他的臉道：「那你爲什麼都不看我？我……我一顆心都在你身上，你卻總對我不理不睬。燕大哥，我這些話從沒對哥哥說過，但我心裡很清楚，你冒死救了我的命，我的心和人……都已是你的啦。你、你爲什麼對我這麼冷淡？」

燕龍一呆，她全沒想到凌雲這小丫頭竟會對自己動情，一時不知該如何反應。正此時，凌霄和一青年相偕走來，那青年黝黑精瘦，雙目炯炯有神。凌霄道：「燕兄弟、雲兒，原來妳們在這兒。」

凌雲看向他們，喚了一聲：「霄哥哥，飛哥哥。」隨即低頭快步跑出了花園。

凌霄沒注意到她神色有異，向燕龍道：「燕兄弟，這位是我的義弟許飛，今日才到山上，你們見見。」

燕龍向許飛抱拳爲禮，笑道：「點蒼許少掌門義薄雲天，天下誰不知曉？」許飛回禮道：「不敢。聽聞燕兄弟日前受了傷，可大好了麼？」燕龍道：「虧得凌大哥悉心照料，我已好多了。」

三人入內廳坐下，劉嫂端上幾樣酒菜，留了雲兒的位子，她卻推說頭痛，不肯來吃飯。凌霄道：「三弟，燕兄弟仁義過人，武功高強，日前爲救雲兒而奮不顧身，實是武林中少見的英雄人物。我有幸交到這樣的好朋友，非介紹給你認識不可。」許飛微笑道：「能得到我大哥這般盛讚的人，十幾年也沒有一個。燕兄弟自必是位超凡拔萃的俠士。」燕龍笑道：「這哪裡敢當？是凌大哥太過抬舉了。」

燕龍早知許飛是西南武林勢力最大的點蒼派的下任掌門，年紀雖輕，在江湖上地位已然甚高。許飛性情沉穩謹慎，慷慨重義，兩人相談甚歡。燕龍受傷不能飲酒，便以茶代酒，與凌霄和許飛盡興對飲。

到得午後，凌霄問燕龍道：「燕兄弟，妳身子如何？需要休息麼？」燕龍道：「不必，我今日感覺精神好多了。」凌霄點點頭，說道：「我帶妳去看一樣事物。」領她往後山行去，來到虎穴之前。只見石坡前的空地上立了一座半人高的石塚，上寫「虎塚」二字。

燕龍一呆，快步走上前去，伸手輕撫那石塚，心中激動，回頭說道：「凌大哥，多謝你！你知道我心中掛念著母虎，因此爲我收了牠的遺體，還起了墓碑。」凌霄道：「母虎是妳的朋友，便也是我的朋友了。」

燕龍靜立半晌，低聲道：「凌大哥，我知道你引我認識令義弟許飛少掌門，便是爲了讓我在江湖上多一個朋友，少一個敵人。許少掌門未來將執掌點蒼劍派，以後江湖上若知道了我的身世，總有一個門派會出頭回護我。」

凌霄道：「妳一個女子在江湖上行走，多一分保護總是好的。」

燕龍咬著下唇，說道：「有一件事，我得跟你說。」凌霄問道：「什麼事？」

燕龍正要說話，忽聽遠處一人高聲叫道：「兄弟！」燕龍回頭看去，卻見一個大鬍子漢子從樹林中大步走出，竟是同行江湖的友伴浪子成達。她又驚又喜，奔上前去，與成達四手互握，說道：「大哥，你怎麼來了？」

成達笑道：「好兄弟，你沒事麼？有個叫陳近雲的漢子，在濟南府到處找我，說我的朋友在虎山上受了傷，要我快來看你。」

燕龍一聽，便知是凌霄託陳近雲去尋找成達，心中更加感動，說道：「成大哥，這位是虎嘯山莊醫俠凌霄凌莊主，對我非常照顧，是好朋友。」

成達拱手道：「醫俠好大的名聲，久仰久仰。」凌霄回禮道：「浪子豪爽俠義，我也是久仰的。」成達哈哈大笑道：「我浪子輕薄無行，沒什麼好名聲，凌莊主不用客氣。」

當下三人回到莊中，陳近雲剛領成達上山，此時正與許飛敘話。凌霄便請眾人一起吃了晚飯。這五人都是當代年輕一輩中的武林高手、江湖豪俠，聊將起來，意興盎然，十分投契。

當夜凌霄留成達和兩個義弟在莊上小住。晚間凌霄替燕龍拆下傷口的縫線，見傷口復原甚佳，心中喜慰，卻忽然升起一個古怪念頭：「她往後見到這疤痕時，不知會不會想起我？」

就如他每次看見自己肩頭上那八個斑斕神蛛留下的黑點時，都不禁會想起那清靈高傲的百花門主白水仙；或許自己不該將燕龍的傷口縫得如此細密，以致未來可能連疤痕都不留下，那麼，她豈不會將自己給徹底忘記了？

想到此處，他趕緊收回心思，說道：「傷口復合得很好。妳這幾日右臂不要用力，再過半個月，便能完全恢復了。」

燕龍點頭答應，側頭望向凌霄的床鋪，想起自己在此養傷的許多時日，說道：「凌大哥，這些日子勞你費心照顧，我真不知該如何報答你才是。」凌霄道：「救傷治病原是我的本分。況且妳是我的好朋友，又救了雲兒的性命，還說什麼報答不報答？」

燕龍微微皺眉，臉兒泛紅說道：「說起雲兒，我有件事得告訴你。今早我與雲兒在後花園裡，雲兒她……她竟向我表白，說她一顆心都在我身上，還說我救了她的性命，她的心和人都是我的了。」

凌霄一震，脫口道：「當眞？雲兒……她眞說了這些話？」

燕龍歎道：「我扮成男子，原只爲了在江湖上行走方便，沒想到會讓雲兒誤會，竟對我動了傻念頭。我傷勢大都復原了，應當及早離開才是。她年紀還小，但盼她過一陣子便會忘記此事。若她執迷不悟，你便告訴她我是女子也無妨。」

凌霄心中煩亂，不禁長歎了一聲。燕龍見他神色有異，說道：「凌大哥，你有什麼話，就直說出來吧。」

凌霄搖了搖頭，問道：「妳打算何時下山？」燕龍道：「成大哥既已到來，我想不如明日一早便啓程。」凌霄微一遲疑，問道：「妳與成兄結識同行，也有一段時日了吧？」燕龍道：「我和成大哥一起浪跡江湖，也快兩年了。」

凌霄點頭道：「浪子成達，豪爽直率，一見之下，果如其名。」又問道：「妳今後有什麼打算？」燕龍道：「我想去山東拜見秦掌門，之後也沒有什麼打算了，便在江湖上繼續遊蕩吧。」凌霄道：「江湖風波險惡，妳善自珍重。」燕龍點頭道：「我理會得。」

凌霄取過一盒虎骨接續膏和許多乾淨布條，包好了遞過去給燕龍，說道：「妳的傷勢尚未完全復原，以後須得保持傷口清潔，每日換藥。」燕龍接過了，說道：「多謝大哥。」

凌霄轉過頭去，不敢再望她的臉。他心底只盼她永遠別走，卻清楚知道自己留不住她，更不應留她。

燕龍站起身，道了晚安，走出房去。

次日清晨，燕龍便與成達並轡下山，凌霄和兩個義兄弟站在莊門口，目送二人縱馬絕塵而去。凌霄心中只感到一股難言的悵惘，一顆心似乎已隨著她而去。

第三十九章 情惜浪子

卻說燕龍和成達相偕下了虎山，逕向東行。晚間兩人在一間破落的馬頭觀音寺中落腳，坐下打尖。成達道：「你的傷眞沒事了麼？被老虎抓傷，可不是玩兒的。」燕龍一笑道：「有醫俠在，哪有治不好的？只是我沒耐性花幾個月慢慢養傷，非悶壞了我不可。如今這臂膀雖有些乏力，但使劍應無問題。」

成達咬了一口乾糧，想了想，說道：「你在虎山上時，虎嘯山莊的人曾來找過我。有個叫柳大晏的漢子，這人倒十分直爽乾脆，開口便向我打聽你的來歷。」

燕龍點了點頭，說道：「你怎麼回答？」成達道：「你跟我說了多少，我便跟他說了多少。」燕龍歎了口氣，說道：「是，我什麼都不曾跟你說，因此你什麼也不知道。」成達一笑，說道：「他們看我說不出什麼來，便老實跟我說了，他們很擔心你上虎山是去對醫俠不利。我告訴他們絕對不可能。」

燕龍抬頭道：「何以得知？」

成達微笑道：「你若要去刺殺醫俠，一定不會任由我留在虎山腳下晃蕩。」燕龍微笑道：「不錯，我定會讓你及早遠走高飛。這點兒道義我是還有的。」

成達哈哈一笑，一雙眼睛卻仍盯著燕龍，問道：「兄弟，你既不曾刺殺了醫俠，又不曾從虎山得著了什麼好處。那麼，你上虎山究竟是爲了什麼？」

燕龍皺起眉頭，慢慢說道：「不爲什麼。」頓了頓，又道：「我不過是想去看看他這個人。」成達道：「人看過了，覺得如何？」燕龍反問道：「你也見到了他，你卻覺得如何？」

成達想了想，說道：「這人太過灰暗，太過沉重，太接近死亡，不合我的胃口。」

燕龍低下頭來，輕歎道：「似他這麼活著，不沉重也難。」說著不知想起了什麼，身子一顫。

成達也歎了口氣，說道：「確實，天下想殺他和想求他的人都太多了。年紀輕輕，便背負著天一般重的責任，重視他的好似天下不能沒有他這個人；仇視他的好似天下絕不能有他這個人。嘿，虧得他仍舊日日出山行醫，數年如一日。但話說回來，我倒以爲他和你有些臭味相投。」

燕龍一呆，問道：「這話怎麼說？」

成達道：「你們兩個都有些神祕，都有些沉重。只是你不似他那般死氣沉沉，而多了幾分活潑生氣。」燕龍一笑，說道：「因此我對了你的胃口。」成達笑道：「沒錯。兄弟，我原以爲你會留在山上久些，你傷勢未復，卻爲何匆匆下山？」

燕龍歎了口氣，說道：「是因爲凌雲。這小娃兒似乎對我動了情，我只好趕緊避而遠之，免得惹出麻煩。」成達大笑道：「原來你從我這兒學去了浪子手段，沒兩日便偷走了小姑娘的芳心！」燕龍也忍不住笑了。

當夜兩人正吃著乾糧，忽聽東首一間破屋中傳出讀書之聲，燕龍走上前去，見窗下坐了一個年輕男子，正埋首讀書。男子衣著破舊，鬚髮倒修剪得整齊，似是個落魄書生。燕龍也不去打擾他，回到前殿，與成達鋪了睡鋪歇息。

到了半夜，忽聽殿門外腳步聲響，一人提著燈籠走進廟來。成達與燕龍一齊醒覺，探頭望見是個女子的身形，提燈快步走到廟後，進了那讀書人屋中。成達與燕龍對望一眼，成達爬起身道：「我去瞧瞧。」燕龍道：「有什麼好瞧的？」

成達笑道：「說不定那女子是隻狐狸精，來對這位寒窗苦讀的秀才施展妖術。」燕龍好奇心起，跟著成達走到窗下偷聽。卻聽那女子道：「張公子，我帶了點心來，你休息一會，吃一些吧。」那張公子道：「舒眉姑娘，多謝妳了。妳待我這麼好，我眞正承受不起。」那女子輕聲道：「你如此勤奮讀書，今年秋天上京去，明年春天京試定然會高中狀元。」張公子十分感動，說道：「舒姑娘，我張翎一生一世不會忘了妳的恩情！」兩人又說了一陣話，張翎便繼續讀書，到了四更時分才熄燈。次日天未亮，那女子便提了燈籠，匆匆走出廟去。

燕龍問道：「大哥，你看她眞是狐狸精麼？」

成達道：「我不知道。狐狸精修成了，連尾巴都不露的。你去看看那位張公子今兒有沒有瘦了些？」燕龍悄悄去張望了一陣，回來說道：「好像胖了些。」成達笑道：「他昨晚吃了一頓好的，自然胖了。那姑娘大約是左近什麼人家的小姐丫鬟，看上了這個窮秀才，晚上才偷偷來陪他。」燕龍心下仍有懷疑，卻沒有再說下去。

當日那張公子讀書累了，出屋走走，撞見了成達。成達告知自己和燕龍在江湖上行走，在這破廟暫住幾日就走。那張公子名叫張翎，果眞是個秀才，老家在湖南，因家境貧窮，無法供養他讀書，便來山東投靠親戚。不料親戚病故，家中生計拮据，也不能收留他。他沒有足夠盤纏回鄉，而且今秋就要進京赴試，無法之下，便獨自借居在這破廟之中苦讀。

是夜，那舒姑娘又來給張翎送食物，聽說廟中有生人，大爲驚駭。張翎告訴她兩人只是流浪江湖的遊俠，她才略略放心，當夜又留宿，清晨便走了。

夜間成達和燕龍在前殿飲酒閒聊，燕龍道：「這位姑娘可辛苦得很，每晚這麼戰戰兢兢地跑來，唯恐被人發現。」

成達抬起頭，似乎想起什麼事，說道：「嗯，半夜跑來找人，也是有的。」

燕龍笑道：「成大哥又想到什麼往事啦？」

成達哈哈大笑，精神一振，說道：「讓我跟你說個故事。」

這年玉陽山玉眞觀的清靜師太作壽，派了弟子到各大門派下請柬。三弟子黃縹緲和小師妹凡塵結伴到山西送了帖子，一路無事，回向玉陽山。一日在道上遇到一個男子，二十來歲年紀，見到二人，便騎馬跟在後面。

黃縹緲性情急躁，行了一段路後，見那人緊跟不捨，勒轉馬頭，向那人叫道：「兀那小子，跟著我們作什麼？」

那人微微一笑，說道：「我跟著妳師妹，又不是跟著妳，妳緊張什麼？」凡塵聽他這麼說，不自禁回過頭望向那人，但見他體格挺拔，容貌爽朗，正笑吟吟地直望著自己，不由得臉上一紅。

黃縹緲大怒，拍馬上前，罵道：「輕薄小子，有種的下馬來，和姑娘一決死戰！」

那人道：「妳雖不如妳師妹美貌，我可也捨不得對妳出手。」黃縹緲怒吼一聲，追上前去，那人卻策馬走避。黃縹緲冷笑道：「渾小子怕了姑娘了。」豈知沒過多久，那人又跟了上來。黃縹緲甚是惱怒，追將上去，那人又逃跑了。如此四五次，將到城鎮，黃縹緲怒氣難抑，說道：「小師妹，妳先去客店，我要好好教訓一下這渾小子。」

凡塵道：「師姐，咱們別理他吧。」黃縹緲不聽，見那人向東疾馳而去，便縱馬追去，轉眼兩人消失在山後。

凡塵無奈，便自行到客店下榻。過了好一陣，她見師姐仍未回來，心下擔憂。到了傍晚，黃縹緲才回到客店，說道：「解決了！」

凡塵驚道：「師姐，你殺了他？」

黃縹緲道：「是啊，這人壞得很，妳不見他在道上對我們不安好心，滿口胡言亂語麼？師父見了他，肯定也要殺他的。」凡塵皺眉道：「唉，師姐，師父爲人確是嫉惡如仇，善惡分明，但是……但是……」黃縹緲道：「但是什麼？」

凡塵道：「他老人家也諄諄告誡我們不可濫殺無辜，尤其我們出家人，更該慈悲爲懷，得饒人處且饒人。再說，這人雖然油嘴滑舌，卻不像是爲非作歹、大奸大惡之人。依我說，師父若知道妳任意出手殺他，多半要不高興的。」

黃縹緲哼了一聲道：「師父會怎麼說，妳又知道了？妳如此袒護他，又有什麼用意了？師父若知道妳袒護一個淫賊，哼，即便妳是師父寵愛的小弟子，恐怕也逃不過責罰呢！」

凡塵歎道：「師姐，咱們先不說師父知道了會如何處置，依小妹瞧，這人多半會回來為難我們，我們快點上路是正經。到了玉陽山腳，便不怕他了。」

黃縹緲睜大眼道：「人都給我殺了，妳還怕他的鬼魂會追上來不成？」

凡塵搖頭道：「師姐，這人看來武功高得很，怎會這麼容易就被妳殺死？這樣吧，咱們逃跑也不是辦法，請妳帶我去妳和他打鬥的地方找找他，若說得過去，便與他化解一場冤仇，或許能了了這事。」

黃縹緲半信半疑，她知道這個小師妹年紀雖小，頭腦卻十分清楚，見識遠勝於己，很多事都往往給她料中。回想自己追到跑馬坪，拔劍與那人打鬥，那人全不回手，只是躲避。後來自己一劍刺在他胸口，鮮血噴出，那人倒地不起，自己回頭便跑，確實不知他死了沒有。當下硬著頭皮道：「好，我便帶妳去那跑馬坪，親眼見到他的屍身，才放得下心。」

師姊妹兩人當下來到跑馬坪，黃縹緲四下尋找那人的屍身，卻遍尋不見。天色漸黑，忽聽樹叢間吱吱兩聲，一個黑影猛然跳了出來。黃縹緲與凡塵見那黑影足有兩人高，拖著一條長長的舌頭，陰惻惻地道：「妳殺了我，我的鬼魂來找妳索命啦！」

黃縹緲原本心中惴惴，見這惡鬼形貌可怖，一步步向自己走近，驚駭無已，大叫一聲，竟嚇昏了過去。凡塵搶上前扶住師姐，抬頭叫道：「我師姐不是故意殺你的，你饒過她吧！」那惡鬼轉頭望向她，嘎嘎一笑，忽然欺上前去，伸指點向她肩頭。凡塵醒悟：

「他會武功，是人，不是鬼。」閃身想躲，那人卻已點上她的穴道，凡塵眼前一黑，暈倒過去。

過了不知多久，凡塵才醒轉過來，月光下見一人在自己身前，望著自己的臉，正是白日曾跟隨自己師姊妹的漢子。

那人笑道：「妳師姐這一劍沒將我殺死，眞是可惜。」

凡塵吁了口氣，喜道：「幸好你沒死。我師姐刺你一劍，可傷得厲害麼？」

那人盯著她的臉瞧，心想：「這個小道姑心地倒好，竟然關心我的傷勢。」口中卻道：「傷得不厲害，我躲在這臭山洞中養傷幹麼？他媽的，我在妳胸口刺上一劍，看妳傷得重是不重。」

凡塵見他說得凶狠，也不禁害怕，說道：「我師姐是莽撞了些，你……你別生氣，我身上帶著玉眞觀的治傷靈藥，很有效的，你要不要用一些？」

那人笑了起來，說道：「我傷口不疼，心裡疼。」

凡塵睜大了眼睛，不明所以，想了一下，才道：「那你該想法去除煩惱才是。我師父常說，人的痛苦大多不是身體上的，而是內心的痛苦。你若有空，隨我們一塊回玉眞觀去，聽我師父說法，你一定會很歡喜的。」

那人嘻嘻一笑，說道：「除非妳師父和妳一般年輕貌美，我才會歡喜。」凡塵一怔，一會兒才會過意來，他是在輕薄自己，不由得臉上一紅，不再言語。

那人笑嘻嘻地瞧著她，見她約莫十六七歲年紀，嬌弱的身軀裹在一襲寬寬大大的道袍之下，頭上秀髮挽起一個鬆鬆的道髻，一張瓜子臉凝白如玉，雙目大而清澈，長長的睫毛，秀挺的鼻子，小嘴嫣紅瀅潤，雖然稚弱，已是個極嬌美的姑娘。

那人外號浪子，一向輕浮浪蕩，見到這個美麗的小姑娘，不由得大為心動，問道：「小師父，妳入道門多久了？是長久出家呢，還是為還願出家，幾年後便還俗？」

凡塵答道：「我十歲上跟著師父出家學道，沒打算還俗。」

那人說道：「妳現在也不過十六七歲，未經世事，便決定終生為道，不婚嫁生子了麼？似妳這般善良美貌的姑娘，肯定會有很好的歸宿，出家豈不可惜了？」

凡塵道：「我跟著師父一心學道，也不覺得有什麼可惜。」那人微笑道：「我說是挺可惜的。妳這般青春年華，卻不懂得享受人世間最美好、最珍貴的事物，實在可惜。小姑娘，我來教妳，妳說好麼？」凡塵遲疑道：「你要教我什麼？」那人道：「教妳兩情相悅的樂趣。」凡塵一驚，搖頭道：「你別胡說！我是道門中人，應當遠離人世的情欲，你……不用你教我。」

那人笑道：「那可由不得妳。今夜我心情特別好，我教妳一個晚上，抵過妳師姐刺我一劍，這可公平吧？」說著便伸手去抓她。凡塵轉身往洞外逃去，那人出手好快，已抓住她的手臂，將她翻倒在地，壓在身下。那人哈哈一笑，俯身吻了一下她的面頰。凡塵驚得滿臉通紅，尖叫一聲。那人癡癡地盯著她的臉龐，喃喃地道：「妳……妳眞美。」

凡塵心中一動，睜眼瞧見他癡醉的神色，身上好似一陣烘熱流過，忽覺讓他這麼看著，也沒有什麼不好，身子一軟便不再掙扎。望見他半赤著的上身，寬闊結實的胸口猶自裹著白布，布上滲出鮮血，肌膚上淌著一粒粒細小的汗珠子。她感到他的體熱從身前傳來，忽地竟盼望他的身體可以靠前近來，碰上自己的肌膚，讓兩個烘熱的身子貼在一塊。她在他的注視下微微顫抖，好似渴望又期待著什麼十分可怕又十分美好的事情發生。

那人緩緩地低下頭去，親吻她的上額，臉頰，鼻尖。凡塵閉上了眼，靜靜地感受他的每一個親吻，每一個觸摸。她心中忽地充滿了歡喜，內心中一個聲音悄悄地說：「妳今日在道上見到他，心中便總掛著他的容貌，他的身影，現下他可不是跟妳在一起了麼？」

忽聽那人在自己耳邊輕輕地道：「妳害怕麼？」

凡塵吸了口氣，閉上眼睛，兩粒淚珠不由自主緩緩地滑過了她雪白的臉頰。那人怔了怔，隨即坐起身，放開凡塵的雙臂，向後退去，背靠山壁，雙手抱頭，靜坐不語。凡塵也坐起身，一時不知發生了什麼事，伸手攬了攬頭髮，拭去了臉上淚珠，攪不清心中是何滋味，只呆呆地望著那人。見他不動，又轉頭望向洞口。洞外月明風清，一片荒野中只聞夜風吹過樹林野草的沙沙之聲，幾隻螢火蟲在草叢中一閃一閃，發出微弱的綠光。

過了好一陣，那人才長長呼出一口氣，抬起頭來，看著凡塵，說道：「小師父，我不該輕侮妳。我是個輕薄無行的浪子，唉，見到美麗的姑娘，便管不住自己。妳趕快走吧，老坐在我面前，我只怕又要管不住自己了！」

凡塵遲疑不答。那人又道：「妳師姐便躺在洞外，我點了她的穴道，三個時辰後自會解開。妳們的馬便繫在那邊樹上，妳快快帶了妳師姐走吧。」

凡塵站起身，拍了拍身上灰塵，呆立一陣。那人坐著不動，轉過了頭去。凡塵忽道：「你叫什麼名字？」

那人一笑，說道：「我叫成達，江湖上叫我浪子。」

凡塵嗯了一聲，說道：「我去了。」

成達揮揮手，側過身躺下睡了。耳中聽到凡塵腳步輕盈，走出山洞，不一會便聽得馬蹄聲響，想來凡塵已帶著她的師姐去了。

成達歎了口氣，翻過身來，望著洞外一輪明月，自言自語道：「浪子啊浪子，白白到手的小美人，便這樣讓她去了，你莫非真的改性了麼？唉，小道姑如此美貌動人，江湖上幾年都遇不到一個，可惜啊可惜！」

睡到中夜，忽聽遠處馬蹄聲響，成達登時醒覺，側耳聽去，只是一騎，心道大約是趕夜路的，便又回入夢中。馬蹄聲漸漸接近，不一會便停下了，他也沒在意，迷糊中但聽輕輕的腳步聲向著洞口走來。成達坐起身，右手摸住了刀柄。卻聽一個女子的聲音輕喚道：「成公子。」他向洞口瞧去，見一個道袍裝束的女子悄立在洞口，正是方才那個小道姑。他坐起身，心想她莫不是帶了人來尋己報仇，向她身後看去，見她獨自一人，不由得大奇道：「妳回來作什麼？」

凡塵遲疑不語，半晌才道：「多謝你放了我和師姐。」

成達望著她，奇道：「妳來向我道謝？」凡塵嗯了一聲，又道：「你……你的傷不要緊麼？」成達笑了起來，說道：「我很好。妳既來了，坐坐吧。」

凡塵又是一陣遲疑，才緩緩在他對面坐下。成達道：「今晚月色特別好，妳坐過來這邊才看得到。」說著拍了拍自己身旁地下。凡塵移身過去，坐在他身旁，果見洞外一輪明月十分皎潔。

成達道：「請問如何稱呼？」

凡塵道：「我叫凡塵。」

成達笑道：「凡塵，凡塵，我要不是在白日見過妳，倒眞要以爲妳是月亮中的一位仙女，在月宮中犯了什麼天條，被謫降凡塵了。」

凡塵嗤的一笑，隨即警覺自己依著他的身邊而坐，感受到他的體熱，只覺一陣心煩意亂，倏地站起身道：「我要去了。」

成達跟著站起，阻住了她，伸手握住了她的雙手，笑道：「我今日有幸見到一位落入凡塵的仙女二次，第一次沒留住她，讓我後悔懊惱了好久；這第二次再見，非得緊緊將她捉住不可，免得她又一溜煙飛回月宮去了。」

凡塵被他握住手，只覺臉上身上一陣陣發熱，輕輕一掙，沒能脫出他的手掌，便任由他握著，微微喘息。成達早已明白她爲什麼回來，將她拉近身前，輕輕摟住了她，在她耳邊道：「妳是我見過最美的仙女。」凡塵只覺全身如要融化一般，兩人緊緊擁抱在一起，很快的兩人便忘了一切，變成了一個人。

第四十章　浪子俠情

成達說到這裡，仰起頭來，回味著那一夜的情景。

燕龍聽得大有興味，問道：「後來呢？」

成達笑道：「後來她便走了，跟她師姐回玉眞觀去了。此後我再也沒見過她。」燕龍道：「你沒去玉眞觀找她麼？」成達道：「沒有。」燕龍歎息道：「唉，你到處留情，自然沒將這位小道姑放在心上。可人家定是日日惦記著你，時時盼望你去找她呢。」

成達搖頭道：「不是的。你不懂得。她那夜來找我，不過是出於一個少女的好奇心而已。她一心向道，但總有點惋惜自己還沒有體驗過人世間的美好。她知道我可以幫她滿足這個缺憾，又不會妨礙她的修行，所以才來找我。之後我自然去了玉眞觀打聽她的消息，得知她已堅定心志，不再嚮往俗事，反而更專心學道。算算，那也是七八年前的事了，她此時已作了玉眞觀觀主，是遠近有名的一位師太。」

燕龍哦了一聲，噗嗤笑道：「原來大哥的風流還成就了一樁功德！」

成達哈哈大笑，說道：「喝酒，喝酒！」

次日晚間，那姑娘舒眉又來了，神色慌張，向張翎道：「我以後不能再來了。」張翎忙問：「為什麼？」舒眉道：「沒什麼。我家中事忙，你再過幾日便要去京城了，我們原本便要分離的。」張翎甚是不捨，說道：「我可以延幾日再走，妳明日再來好麼？」

舒眉道：「不成的。我這麼來看你，若被發現了，定會連累到你。你明日便啓程去京城吧，我不能再見你了。」兩人抱在一起哭了一陣。張翎哽咽道：「舒姑娘，我此行若有成就，定會回來迎娶妳。」舒眉抹淚道：「不成的。你儘管去吧，你有著錦繡前程，不用記著我。你就算回來，我也不能跟你的……我們就此分別吧。」張翎指天立誓，說一定會來找她，讓她過好日子，舒眉只是搖頭。兩人又說了一陣子話，舒眉才匆匆離去。

張翎傷心已極，在屋中痛哭不止。成達看不過去，便過去安慰。問起舒眉的來歷，張翎也不十分清楚，說她是隔壁村子的人，自己在上京赴試途中盤纏用盡，饑寒交迫流落至此，幸得舒眉接濟，並日久生情與自己相遇相戀，她從此夜夜來探訪，如今也有幾個月了。

成達安慰了他一會，勸他早早上路，祝他高中金榜，又要了他在京城親戚的姓名。次日張翎便收拾行囊，啓程去往京城。

成達與燕龍也動身前往泰山。到得隔壁村莊，便聽得鄉人交頭接耳：「青鮫幫的范老大要抓他的女人去浸豬籠，可有好戲看了！」

成達心中一凜，上前詢問。他回來時臉色微變，向燕龍道：「大事不好，那舒眉昨夜回去，便被抓著了奸。她男人竟是青鮫幫老人，這下可不好玩了。」

燕龍奇道：「她是那什麼青鮫幫老大的妻子麼？這青鮫幫是作什麼的？」

成達道：「也不是妻子，聽說是幾年前給搶來的一個小妾。這青鮫幫是山東境內的黑幫，勢力頗大，幫眾多會武功。他們老大叫作范漠言，使刀，武功不差。」

燕龍再問：「那浸豬籠又是什麼？」

成達皺起眉，說道：「那是處罰失貞女子的一種刑罰。在這一帶的村莊城鎮，這刑罰甚是普遍。浸豬籠便是將人綁在竹籠裡面，浸在河中數日，直到皮肉泡爛死去方止。」

燕龍大驚失色，怒道：「舒眉與張翎兩情相悅，又怎樣了？幹麼要處罰她？」

成達道：「她是范漠言的女人，這兒的習俗，女人背叛了丈夫，丈夫要打要殺，都沒人會說半句話。」燕龍急道：「咱們得去救她，不然張翎回來……」

成達點頭道：「要跟范老小子打上一架，拚了命也要救她出來。」

兩人忙問了路徑，往河邊趕去。來到河邊廣場，兩人見了情勢，都不由面上變色。卻見舒眉被綁在岸邊一個高起的平臺之上，周圍五十來名青鮫幫眾手持大刀，在旁守衛，之旁更站滿了前來觀刑湊熱鬧的村民。

燕龍向舒眉望去，不由得全身一震：卻見她臉上神色平靜已極，嘴角竟微微帶笑，眼望遠方，似乎完全不覺自己即將面臨慘酷的刑罰和死亡。燕龍一瞬間明白了：這個卑微平凡的女子爲了意中人，心甘情願地獻出了她的一切：她的身體，她的名節，她的生命，無怨無悔。這時她還奢求什麼？她有了意中人的傾心相愛，就已足夠了。燕龍望著她極度平靜喜悅的面孔，猛然觸動心事，霎時熱淚盈眶。

眾人吵嚷聲中，舒眉已被幾個漢子捉住了臂膀，撕下了衣衫。她赤裸裸的身軀在寒風中更顯蒼白嬌弱，卻有股說不出的清高尊貴。幾個漢子將她塞入豬籠，臺下婦女鄙夷地咒罵著，卻掩不住嫉妒心促使下的快意之情。臺下的男人老的少的，皆目不轉睛盯著她的身軀，眼神中流露出極度的貪婪，和一股莫名的憎恨。

成達伸過手來，握了握燕龍的左手，低聲道：「聽我號令，你到臺上救人。」燕龍眼見眾人已準備將豬籠浸入水中，腦中忽地閃過張翎的面孔，似乎見到張翎日後前來收屍，滿面驚恐悲痛，全身顫抖地望著舒眉不成人形的屍身，想著她是爲了自己而受苦慘死……燕龍深深吸了一口氣，心跳加速，知道自己一刻都不能出任何差錯，不然若救不出人，一個無辜的年輕姑娘便得慘遭刑罰，含冤而死。她不能讓這種事發生！

她耳中聽得成達低聲道：「動手！」燕龍清嘯一聲，倏地拔身而起，躍起數丈之高，在空中銀光閃動，雙劍出鞘，輕巧地落在平臺之上。眾人尚未看清她的人影，她已連出六招，將臺上四名漢子逼退，並斬斷了豬籠上的繩索。那四名漢子原不是高手，登時摔下臺來。守在臺邊的兩個青鮫幫長老一齊喝道：「大膽奸賊！」躍上臺來，手持大刀自左右攻上。燕龍雙劍招數快捷無倫，向二人分刺，直指要害，那二人招架不及，一招間便被逼得躍下臺去。她心知機不可失，左手從豬籠裡抱出舒眉，右手虛揮，叫道：「看暗器！」趁機躍下臺去，一落地便伸腳踢倒了平臺。眾人一陣紛亂，紛紛揮舞兵刃，大聲叫嚷：「莫走了奸夫！」「奸夫淫婦要一起逃了！」「兩人一起抓來宰了！」四名青鮫幫長老急趨上來，將燕龍圍在中心。她手中抱了人，無法施展雙劍，加上右肩的虎爪之傷仍未完全痊癒，堪堪接下了眾人的圍攻，卻甚難脫身。

忽聽范漠言大吼一聲：「住手！」眾人一愣，回頭看去，卻見一個大鬍子漢子持著一柄單刀，抵在范漠言頸中，哈哈大笑道：「范老小子，這回你可栽在我手中了吧！」正是成達。

燕龍見眾人攻勢略停，奔向一匹看準了的坐騎，抱著舒眉躍上馬背。她將舒眉放在自己身前，持雙劍護住了身周。青鮫幫眾見頭子被制，心有忌憚，圍在她身周，卻不敢攻上前。

范漠言冷冷地道：「成達，我自處理我家務事，你來淌什麼渾水？莫非你與那淫婦也有一腿？」成達笑道：「我成達雖號稱浪子，卻不奪人所愛。這位姑娘早有意中人了，我可不似某些人，對女人只知強搶豪奪。」

范漠言哼了一聲，說道：「她是我的女人，卻去和她的奸夫戀奸情熱，被我手下逮個正著，自該由我手中了斷。」成達道：「這位姑娘原是你硬奪而來，你毀了她的清白，折磨得也夠了，何不放她一條生路？」范漠言怒道：「放你奶奶的狗臭屁！她是我的女人，便誰也不准碰她。我要她死便死，要她活便活，你管得著麼？」

成達冷冷地道：「我管不著，我的單刀卻說不定管得著。」

范漠言直瞪著他的刀，說道：「你去問問，周圍百里的人家都是這個規矩，淫婦該打該殺，這本是天經地義之事，世世代代都是如此。你要壞這個規矩，也得有個說法。」眾人都齊聲附和，叫道：「這是我們村子的事，你管得著麼？」「快滾你媽的吧！」

成達大聲道：「說法？你讓一個年輕姑娘慘受酷刑，只因她心中有了位意中人，這算什麼英雄好漢，男子漢大丈夫？就算她是你老婆，她若愛上了別人，你也得讓她走。這才是提得起放得下的大丈夫！」

范漠言怒罵道：「一派狗屁！我范某的女人，別人便是不能碰。我就算死了也不作王八！」眾人都轟然叫好。

成達向燕龍使個眼色，燕龍會意，左手劍出，割斷繫馬繩，一夾馬肚，疾馳而去。眾人大叫：「莫走了奸夫淫婦！」正要追上，成達冷冷地道：「誰敢追，我一刀殺了你們老大！」眾人都回過頭來，望著范漠言和成達二人，一時不知所措。

成達待燕龍去遠了，哈哈一笑，說道：「范老小子，浪子今日得罪了你，以後可不好收拾。不如這樣吧，咱們也不用爭辯誰是誰非，你要殺你的女人，我要救她，不得已拗上了。不如咱們打個賭，如何？」說著將單刀撤開，抱著雙臂，站在范漢言面前。

范漢言呸一聲，怒道：「去你媽的，賭個屁！」

成達道：「也不賭什麼難事，就賭我在三招內能奪下你的兵刃。」此言一出，眾人登時譁然。范漢言身爲青鮫幫老大，一身硬功和一柄鋼刀馳名華東，號稱皖灕魯豫不敗刀王，成達即便刀法精奇，與范漢言相鬥也不定必勝，更何況三招內奪下兵刃？

范漢言冷冷地看著他，說道：「浪子，你可將我范某瞧扁了。」

成達微笑道：「我對閣下已是敬重得很了，才限定三招。要是遇上成某瞧不起的，嘿嘿，我一招便解決了。」

范漢言吼道：「好！我便來試試浪子的披風快刀！左右，取我的鋼刀來！」

成達笑道：「要被奪下兵刃，也不用這般急法。我們先訂下賭個什麼。我若三招內奪下你的鋼刀，你和青鮫幫上下，從此再不可找舒眉姑娘的碴子，此後見到她，不但不可無禮，更要傾力相助，唯她的命是從，玉成她與情郎的姻緣。」

范漢言輕哼一聲，說道：「你若三招內奪不下我手中鋼刀，卻又如何？」成達哈哈一笑道：「我浪子命一條，你拿去便是。你若瞧得起我，饒我不殺，浪子今後投入青鮫幫，唯你范老大的命是從，水裡去，火裡來，決不皺一皺眉頭。」

范漢言點頭道：「好！一言爲定。我若被你三招內奪下兵刃，此後青鮫幫再不與舒眉爲難，並對她善加禮遇，傾力照顧。但是，你若三招內奪不去我兵刃，便歸於本幫，爲本幫效力。」

成達道：「便是如此。若違此誓者，狗屁不如，叫天下人恥笑。」范漠言道：「甚好！我若違誓，也是如此。」說罷從手下手中接過鋼刀，走至場中，橫刀擺了個架式，氣勢沉穩，守勢嚴謹。他聽成達說得如此自信，心下也不免懷疑，不知成達是否眞有什麼奇招。

成達卻還刀入鞘，空手緩步走至場心，閒閒散散地一站，嘻皮笑臉地道：「范老小子，你可知你鋼刀門家傳武功最大的弱點是什麼？」

范漠言一愣，說道：「什麼？」

話聲未了，成達已頭下腳上地倒栽到地上，身法奇快，雙足飛在空中，一踢范漠言的面門，一踢手腕，乃是他數年前遇到的奇人葫蘆仙所傳授的鬼翻關式。范漠言反應也極快，頭向後仰，同時鋼刀遞出，斬向成達左腿。成達這兩腳原是虛招，身子一翻，左拳擊出，正中范漠言小腹。這一拳神出鬼沒，從全然無法意料的方位擊出，范漠言不防，小腹中拳，一陣劇痛，忙後退數步。成達欺上前去，左臂環扣，夾住了范漠言的右臂，右手點向對手雙目。這一招叫作「環璧取珠」，左手扣住對手兵刃，右手取敵雙目，極是險狠。范漠言回刀砍向成達左肩，逼敵自救，豈知成達竟全然不顧，噗的一聲，左肩中刀，深入二寸，但此時他右手雙指已點到范漠言眼前。范漠言大驚，將頭一仰，急向後退。成達變指爲掌，斬向范漠言右手手腕，范漠言後退勢急，刀鋒又嵌在成達肩上，一時抽將不出，眼見成達這一掌足能將自己手腕斬斷，不暇多想，手指一鬆，鋼刀撤手。

成達向後躍出，伸右手拔出嵌在左肩的鋼刀，登時血湧如泉。他哈哈大笑道：「我贏了！」

范漠言臉色慘白，呆立不語。

那夜成達回到馬頭觀音寺中，全身是血，手中攬著一大壺酒，一忽兒哈哈大笑，一忽兒喃喃自語，卻已醉得口齒不清。燕龍迎上前去，驚見他淚流滿面，笑沒數聲便放聲大哭，口中直喊：「阿紈，阿紈，妳還記得我麼？」

燕龍扶他坐倒，查看他的傷口，見他左肩一個深約二寸的刀傷，血已凝結。燕龍忙替他清洗傷口，敷上虎嘯山莊的虎骨接續膏，包紮了傷口。成達滿口胡言醉語，抓著她的手，直說：「阿紈，妳去了，妳不要成大哥了麼？妳可記得那年我們同遊西湖，那日霧很大，我們在橋下說的話，妳可記得？阿紈，成大哥命都不要，也要救妳出來，帶妳走，咱們去過好日子，一輩子在一起……你他媽的渾帳！我的阿紈被你害得這般苦法，我要你的命！」

燕龍大為驚訝，她與成達同行已近二年，卻從未聽他說起心事，更遑論傷心事了。燕龍驀然醒悟，這風流不羈浪子的心底深處，竟有這麼一個令他刻骨銘心的女子，緊緊地鎖在心中，只有在他意志不清之時，才浮上心頭，涕淚交織地道出這段不爲人知的過去。燕龍曾見成達與多位女子有過霧水情緣，他好似從不在意，任由對方哭泣、嗔怒、懇求、挽留，也從未心動，總是如清風般瀟灑地離去。此時她才知道成達的心不是不能裝下情人，而是早已被那個叫作阿紈的姑娘塡滿，再也容不下任何別人。當夜成達又哭又說又罵地直到三更，才昏昏睡去。

燕龍怕范漠言又派人來抓舒眉，盤膝坐在成達身邊，靜心運氣，全神戒備，直到東方曙白，寺中全無動靜。她起身去後屋探望舒眉，見她臉色雪白，兀自未醒。燕龍略略放心，逕自去廚下煮了些米飯。

成達直睡至次日午後才醒轉來，猶自頭昏眼花，起身到寺外水缸旁洗了臉，只覺陽光刺眼，鳥鳴啁啾，春日的氣息已掃遍大地。

成達向燕龍道：「范漠言這人說話是算話的，應不會再來找舒姑娘的麻煩。兄弟，咱們好人作到底，便送舒姑娘去京城一趟吧。」燕龍點頭稱是。

當日二人便護送舒眉上路。又行一日，來到泰山腳下，在一個小村落中下榻。晚間燕龍獨自走到客店外，眺望高聳的泰山，想著心事。成達拿著一壺酒，也走了出來，順著她的眼光望向泰山，過了一會，問道：「兄弟，你想上泰山去麼？」燕龍回過頭，說道：「是。我們送舒姑娘到京城後，我想去一趟泰山。」成達道：「何必多繞一程路？你這就上山去罷了，我一個人送舒姑娘去京城便是。」燕龍道：「我只去兩日，很快就回，你們能等我幾日麼？」

成達喝了一口酒，說道：「上回你去虎山，原說只去兩三日，卻留了一個月。你儘管去吧，我去完京城後，再來這裡會你。」燕龍道：「這泰山腳下也沒什麼熱鬧可瞧。不如我辦完了事後，再去京城尋你便是。」

成達笑道：「也好，我愛熱鬧，受不了冷清荒僻的小地方。咱們回頭見。」頓了一頓，又道：「兄弟，你得保重自己。你若有個什麼三長兩短，我可對不起虎山上那位仁兄。」

燕龍一怔，說道：「此話怎說？」

成達搖頭道：「沒什麼，我喝醉了。兄弟，人生中有些事，錯過了一次，便再難遇上。你要知道珍惜。咱們京城見。」說著便自搖搖擺擺地回向客店。

燕龍知他有時說話瘋瘋癲癲，也不以爲意。次日她便向成達和舒眉告別，策馬上山，問明了路徑，向秦家劍派所在的東峰行去。

第四十一章　不肖子弟

燕龍才行半日，忽見狹窄的山道上坐了一個江湖術士模樣的中年人，一邊飲酒，一邊搖頭晃腦地吟唱。燕龍從他身前經過，卻見那人身前地上放著一塊紙版，寫道：「鐵嘴神算易中仙。」

燕龍好奇心起，下馬上前說道：「老先生，你會算命麼？」那人白眼一翻，說道：「我號稱易中仙，占卜吉凶禍福，百靈百準。」燕龍笑道：「是麼？你可能爲我算算？」

那人向她臉上望去，眼中精光一閃，說道：「山人來這裡擺攤子，便是等著爲閣下卜算。拿來，拿來！」一隻手直伸到燕龍面前。燕龍奇道：「拿來什麼？」那人道：「什麼？銀子啊！你要白看命麼？白看命是不準的。銀子給得愈多，算得愈準。」

燕龍見這人貌似術士，行如乞丐，不由得又好氣又好笑，說道：「你要多少？」那人道：「五兩銀子。」燕龍吐出舌頭，說道：「這麼多？」那人道：「好吧，那就三兩。」燕龍笑道：「我兩袖清風，三兩還是太多，一兩還馬虎過得去。一兩算得準麼？」那人道：「自然準。我易中仙說的話，哪有不準的？」

燕龍便掏出銀子給他，在他身前坐下。那人拿出一只籤筒，嘩啦嘩啦地搖起來，遞到燕龍身前道：「你抽一枝。」

燕龍抽了一枝，那人接了過去，念道：「中吉。行謹無咎，利見大人。」解說道：「就是說，一切行動謹慎小心，便不會出錯。時機很好，可以去拜見尊長。」放下籤筒，自顧飲酒去了。

燕龍一呆，說道：「就這樣？」那人翻眼道：「你還想怎樣？」燕龍抓住他的手臂，嚷道：「不成，憑這兩句話，你就想打發我了？你隨口胡說，騙人錢財，未免太過分，瞧我不砸了你的攤子！」

那人反駁道：「你去江湖上看看，別人算命也都是這樣的，你幹麼跟我過不去？說我不懂，難道你就懂了？你要砸我攤子，我一個人一只筒，諒你也無從砸起。」

燕龍見這人如此無賴，心下有氣，說道：「老傢伙，我跟你耗上了，今日你不幫我算出個所以然，我砸爛了你的籤筒，拆散你一身老骨頭。」

那人似乎怕了，咕噥道：「算便算，凶什麼？」從懷中取出一本舊書，一個排有六十四卦的盤子，看了看燕龍的臉，要了她的生辰八字，翻了翻書，便在那卦盤上排演起來。過了好一會，那人皺眉凝視卦盤，說道：「這可奇了，你是一條龍。」

燕龍聽他竟說出這麼一句，笑罵道：「是，閣下還是一頭虎。」

那人搖頭道：「我可正經得很。妳身爲女子，卻是一條龍，眞正奇怪得很。」燕龍微微一驚：「這人眼光倒利，看出我是女子。」

那人又道：「喏，妳瞧，妳的一生都在這上面了。妳十二歲時行火天大有卦：『柔得尊位，大中而上下應之，曰大有。其德剛健而文明，應乎天而時行。』妳小小年紀，就得到尊位，作了許多人的首領，可不容易。」

燕龍甚是詫異，卻不相信這人眞能卜算，問道：「那麼我十六歲時如何？」那人道：「十六歲時行屯卦。這兒說了：『六二：屯如邅如，乘馬班如。匪寇婚媾，女子貞不字，十年乃字。象曰：六二之難，乘剛也，十年乃字，反常也。』就是說，有人逼著妳成親，妳個性剛強，不願服從，但要等到十年後才能再出嫁。嘖嘖，大姑娘到了二十六歲才出嫁，也未免遲了些。」

燕龍心下不由得漸漸相信，又問：「那麼現在呢？」

那人道：「現在行乾卦。『初九：潛龍勿用』。妳的龍形未顯，須特別留意。龍虎不和，妳切不可接近虎類，不然定有血光之災。」燕龍心想：「我在虎山上確被猛虎所傷。」

那人說得高興，不待她問，又道：「再下去幾年，仍是乾卦。『九二：見龍在田，利見大人。』是說妳龍形初顯，與人共謀，可以開創事業。『九三：君子終日乾乾，夕惕若，厲，無咎。』這時一切極端謹愼，便不會出錯。『九四：或躍在淵，無咎。』事業初成，可以一顯身手了。『九五：飛龍在天，利見大人。』不出幾年，妳便會如飛龍一般遨遊天地，人人見而敬畏。『上九：亢龍有悔。』最後得小心了，太過剛強，到了頂端，便會有後悔的事發生。這個亢字，就是說到了最高位後，四顧茫然，反覺高處不勝寒。也就是說物極必反，一味地剛硬，反而造成鬱悶痛悔。」燕龍靜靜聆聽，驀然想起許多心事。

那人又道：「五年之後，便行坤卦。嗯，『上六：龍戰于野，其血玄黃。象曰：龍戰于野，其道窮也。』這可不大好了。與人血戰，殺得血流成河，尸橫遍野，走到窮途末路，不得不戰，這條龍可危險得很哪。」

那人抬起頭，見她不語，便伸出手來，嘻皮笑臉地道：「來，我說了這麼多，再加三兩銀子吧？」

燕龍輕哼一聲，說道：「也不知準不準？」

那人收起笑容，正色道：「人的命運七分天定，三分人為。妳個性堅毅倔強，注定領袖群豪，功業輝煌，任重道遠。然而到頭來什麼都是空，妳命中只有一個『情』字能留下。妳若知道掌握，方能保住一些晚福。」

燕龍聞言一怔，只搖了搖頭，又摸出了三兩銀子遞去給那卜者，說道：「老先生，你拿去買酒喝吧。」便又上馬向山上行去。

走到正午，轉過一個山坳，見到不遠處立了一個奉茶的小棚子，燕龍下馬往茶棚走去。茶棚邊上坐了一個六十來歲的老頭，正悠哉地抽著水煙，身旁一個五六歲的小女娃兒，頭上梳了兩個髻子，生得十分可愛。那老漢見燕龍走來，起身招呼，倒了一杯茶給她。

燕龍謝了，在棚中坐下歇息，正想向老者探詢秦家劍的所在，忽聽東首蹄聲響動，一行十來人縱馬來到茶棚前，一人叫道：「這兒有個茶棚，大夥兒休息一下吧！」一群人勒馬而止，將馬繫在樹上，走進茶棚來。

燕龍向這群人打量去，見個個身上都揹了弓箭，有的帶了刀劍，像是會家子，大抵才去山中打獵回來。當中一個十七八歲的少年，面孔清傲，服飾華麗，只是顯得單薄了些。他年輕氣盛，意氣昂揚，在茶棚當中一坐，旁邊一個僕從模樣的人，立時拿起老頭的茶桶倒了一杯茶送上，說道：「大少爺，請用茶。」

那少年喝了一口，卻立時吐了出來，怒道：「趙三，這也叫茶？淡的沒半點味道。」那僕人趙三忙道：「是，是。」轉向茶棚的老頭子吼道：「你沒生眼珠麼？這是秦家的大少爺來了，還不快奉上上等的龍井？」

那老頭愁眉苦臉地道：「大爺，小的茶棚簡陋，沒有龍井哪。」

另一個家丁模樣的人從布包中取出一個鐵罐，說道：「我給準備了，這兒有尙峰的龍井茶葉。老丈，快拿去泡了給我們大少爺喝。」老頭接過了，走到茶棚後去煮水泡茶。

眾人坐定了，一個眉目精明的藍衣青年坐在那華服少年身旁，笑道：「師哥的箭術愈來愈好了，今兒才一上午，便打了一隻野豬，三隻野兔，當眞不易。」那秦家大少爺得意地笑笑，說道：「楊師弟謬讚了。你的箭術可也不差啊，早先你射中的那頭獐子可珍貴了。」藍衣青年道：「師兄若喜歡，不如便送給師兄，將獐皮剝下了孝敬師母。」秦家大少爺甚是高興，笑道：「好主意！那就先多謝師弟了。你心思靈巧，難怪我娘這麼鍾意你。」

那趙三在旁奉承道：「大少爺的箭法奇準無比，方才一箭射在那野豬的雙目正中間，這般神妙的箭法，當眞是世間少見。」那帶了茶罐的家丁道：「我們在山上不知道，我前日下山，才曉得大少爺的武功，在山下可是人人都稱讚的。」

秦家大少爺被眾人說得洋洋得意，微笑道：「他們都說些什麼？」那家丁道：「大家都在談論大少爺幾日前在城中打抱不平的英雄事跡。人人都說，大少爺武藝高強，見義勇爲，眞是個了不得的少年英俠。」

燕龍見這群人趾高氣揚，旁若無人，早便移座到茶棚的角落去。她望著那個被稱爲秦大少爺的少年，心想：「我已來到泰山腳下，這左近知名的秦家只有秦家門，這個秦大少爺……多半便是我的弟弟了。聽人說他虛浮好名，武藝低微，當眞名不虛傳。」又想：「我道凌大哥不會教妹子，看來我爹更加不會教兒子。」

眾人正說得高興，那老頭和小女娃捧了兩個茶盤出來，分將茶杯遞給眾人。那藍衣青年見那小女娃生得可愛，笑嘻嘻地道：「小姑娘生得倒美。」伸手去捏她的臉頰。那小女娃一驚，手一顫，將一盤茶打翻了，潑到了秦大少爺的身上。趙三怒道：「怎不小心點！」揮手便給那女娃一個耳光。那女娃嚇得呆了，一手撫著臉，淚珠在眼中滾來滾去，卻哭不出聲來。

那老頭忙跑將過去，拉起小女娃的手，向趙三道：「大爺，小孩兒無心犯了一點兒小錯，您老怎麼就打人哪。」

趙三強道：「咱大少爺金枝玉葉，你這小娃子冒犯了我們大少爺，就是該打。」那老頭牽著小女娃的手走開去，口中喃喃道：「唉，折福呀，折福！學了武功，卻只會欺負小孩子，有個屁用！」他這幾句聲音雖低，眾人卻聽得清清楚楚。

趙三臉上一紅，喝道：「你嘴裡不乾不淨的說些什麼？」伸手去抓那老者的肩頭。燕龍握住手中茶杯，正待要擲出阻止趙三，卻見奇事陡起，趙三忽地向後飛出，撞到茶棚頂上，嘩啦一聲，茶棚倒塌了一半。眾人一陣混亂，紛紛躍出茶棚。幾個人過去看趙三，卻見他躺在地上，口吐白沫，昏迷不醒。

秦大少爺指著那老者大聲道：「好啊，眞人不露相！老頭子，你喬妝改扮來我東峰，莫不是有心向我秦家找碴來著？」

那老頭道：「我自在這兒奉茶，是你們先欺負我孫女，老漢可沒跟你生事。你這紈褲子弟我看了也討厭，今日便教訓你一頓也不妨。」

秦大少爺脫下外衣，走上前去，說道：「老頭子，你出手吧！」

那老頭將小女娃推到身後，笑道：「虹兒，妳看爺爺教訓這個傢伙。」走上兩步，一腳便將秦大少爺踢了一個筋斗，摔在地上爬不起身。其餘眾人紛紛叫喊，搶上前去，圍攻那老頭。老頭冷笑道：「秦家劍的手段，就是這麼一擁而上麼？」但見他手腳似乎十分遲緩，出招卻精準狠快，小擒拿手施展開來，將秦家劍眾人一一打倒在地，不是折了手臂，便是斷了腿骨。他走上前去，抓起秦大少爺的衣領，揮手給了他一個耳光，正要再打，忽聽孫女在身後拍手笑道：「爺爺打得好！」

老頭回頭看去，不由一驚，卻見孫女身旁多出了一個人，臉帶微笑望著自己，正是燕龍。他心想：「我前一刻還看他坐在東首的大石上觀戰，怎麼一眨眼便跑到了虹兒身旁？」當下放低了秦大少，望向燕龍，說道：「老漢有眼不識高人。我與這小子並無冤仇，請閣下手下留情。」

燕龍回禮道：「這些小子沒學到秦家劍的半點皮毛，好教前輩笑話了。」

那老者心道：「原來你也是秦家劍的，怎地又不跟這些狗崽子相認？」說道：「秦家劍二十年前，在武林中也曾風光一時，在下倒頗想見識見識。閣下放下話來，豈可不一顯身手？」燕龍道：「前輩的小擒拿手，應是源出少林吧？秦家以劍術爲長，拳腳不行。」

那老者道：「那麼就比劍。虹兒，妳站到一邊。」小女娃跑了開去。

燕龍走上前去，隨手從秦大少爺的腰邊拔出長劍，行禮道：「我敬前輩是個正直漢子，不敢眞與您對招。」那老者點了點頭，取過一根樟木枴杖，擺了個架式。燕龍道：「前輩請進招。」

那老者大吼一聲，踏步上前，枴杖橫劈，勢道凶猛。燕龍向左避開，使出石風劍法中的一招「頑石點頭」，一般揮劍橫掃，劍鋒濁滯，大有古意。倒在地上的秦家劍眾人都驚噫出聲，沒料到這陌生人竟眞會使秦家劍法。

那老者見對手出招沉穩，側身避開，叫道：「好！」揮杖再攻上去。他原是少林的俗家弟子，當年曾以小擒拿手和護法杖法橫行江湖。自火教肆虐、少林寺潰散以來，他便隱居還俗避禍，從此再未現身江湖。老來他藏身泰山，帶著孫女在山上奉茶，倒也平安無事。今日出手教訓了秦家劍的人，往年的豪氣湧上心頭，又見到燕龍劍法精妙，不由得起了爭勝之心，想看看他的劍法究竟有多高超。兩人翻翻滾滾拆了數十招，燕龍全使石風劍法中的招數，略加變化，得心應手。她曾與凌霄試劍，但石風劍和雲水劍合使與單使又不一樣，此時她僅以石風劍與那老者對敵，將石風劍古樸飄逸、沉穩輕柔的劍意使得暢快淋漓。

那老者在三十招之後，便知道自己功夫不如，但有此機會一觀高妙劍法，如何能停下？兩人又拆了數十招，彼此都十分欽佩，正要停手，忽聽虹兒一聲尖叫，老者和燕龍立時罷手，轉頭望去，卻見那藍衣青年竟抓住了虹兒，一手掐著她的脖子，叫道：「快撤杖認輸！不然我便對這女娃不客氣了。」原來他見兩人相持不下，生怕燕龍打輸了，那老者會來跟自己過不去，便出手抓住了女娃作爲要脅。

燕龍大怒，喝道：「放開她！」快捷無倫地欺上前去，打了他一個巴掌，登時將那藍衣青年打昏了過去。燕龍抱起那小女孩，說道：「乖孩兒，沒事了，回去爺爺身邊。」輕輕將她放下地。

燕龍這一出手，顯示出極上乘的武功，欺上前、打人、奪女孩、回到原位，前後不過一眨眼的時間。那老者看得呆了，不知世上竟能有如此高明的輕功，伸手抱起虹兒，搖了搖頭，說道：「長江後浪推前浪，少俠的武功，比老漢當年要高得多了。多謝少俠出手相救。」他牽起虹兒的手走下山去，又停步回頭道：「請問少俠尊姓大名？」

燕龍道：「請問老伯尊姓大名？」

兩人對望一眼，都知對方不願吐露眞名，老者哈哈一笑，牽著孫女，大步走下山去。

燕龍望著躺了一地的秦家劍派的人，不禁搖了搖頭。她走過去扶起秦大少爺，問道：「你叫什麼名字？」那少年臉上被老者打腫了一塊，摀著臉道：「我叫秦鳴。」

燕龍看了看他身上，沒有什麼外傷，只被點了兩處穴道，便替他解了穴，問道：「令尊便是秦家劍秦掌門人麼？」

秦鳴傲然道：「是的。」

燕龍望了他一眼，說道：「你父親何等英雄，你卻如此草包，有什麼好得意的？」秦鳴道：「像剛才那個老者，我爹都不一定打得過。這樣的武林高手，江湖上難得會遇到，我卻也不怕他。你剛才不是也打不過他麼？若不是我楊師弟抓住了那小女娃兒，他又怎會認輸下山？」

燕龍甚覺不可思議，心想這少年若不是口硬，便是愚蠢至極。那老者的武功不弱，卻遠非自己之敵，秦鳴身爲秦少嶷的兒子，竟然連比武的勝負都看不出。她歎了口氣，也不多說，走到其他人身邊，一一爲他們接上手骨腿骨。有幾個還會道一聲謝，幾個像是秦鳴師弟的，卻都一聲不吭。她也不去計較，向秦鳴道：「我來到貴山，正爲拜見令尊，想勞你帶路。」

秦鳴撇嘴道：「你要見我爹？我爹有什麼好見的？」燕龍不料他會說出這麼兩句話，問道：「這話怎說？」秦鳴道：「我爹已經很老啦，你要見他作什麼？」

燕龍見秦鳴對父親毫無恭敬之心，大感奇怪，說道：「你父親是遠近馳名的一派掌門，我久仰他的名聲，想登門向他請教，這有什麼不妥麼？」

秦鳴忽然冷笑一聲，說道：「你以爲我不知道麼？你是鄭寒卿吧？」燕龍更加摸不著頭腦，問道：「鄭寒卿是什麼人？」秦鳴哼了一聲，說道：「你不必再裝啦。你是被我爹趕出門去的大弟子，現下是想來找我爹報復麼？我跟你說，你既已被趕出師門，便別指望回來爭奪掌門之位！」

燕龍聽他滿口胡言，不由得不耐煩起來，說道：「小子，我大可將你們手腳再一一打斷，讓你們躺在這兒，自己找路上山去。你到底帶不帶我去？」

秦鳴雖愛逞英雄，卻也怕痛，便道：「好，我帶你去。到時你再被我爹趕出來，我可不管。」

第四十二章 泰山往事

卻說燕龍隨著秦鳴和秦家劍弟子往東峰行去，來到秦家劍派中。秦鳴先進去通報，燕龍便坐在外廳中等候。她環顧外廳的布置，不禁想起年幼之時，母親曾向她仔細形容秦家的廳堂，述說她當年如何懷著一腔的情意，來到東峰會見意中人，卻見意中人受了奇傷，昏迷不醒；她如何偷偷將他從秦家劫出，在一間黑暗窄小的客店房中獻身給他，救了他的性命，並懷上了個孩子。

燕龍忽然感到一陣難言的激動。母親當年跟她述說這些往事時，神情總帶著幾分迷離和嚮往。她只當那是故事般聽著，絕沒想到有一日，自己竟會來到母親的回憶之中，來到千里之外、素未謀面的親生父親家中。她想像母親當年一個十八歲的姑娘，滿懷夢想，執著大膽，將自己最珍貴的貞節給了她最心愛的人。又想像母親眼見情郎受人擺布，被騙與另一個姑娘成親，她獨自站在秦家門外，偷望門內熱鬧喜慶的婚禮，痛苦得連眼淚都流不出來。燕龍心中滿溢著為母親的悲傷和不平，正神馳往事，忽聽一人道：「鄭公子，掌門有請。」

她定一定神，站起身來，跟著一個家僕走進內堂，來到一間書房。她才進門，便聽一個蒼老的聲音顫聲道：「寒兒，是你麼？」

燕龍見一張大書桌後坐了一個鬚髮斑白的老人，臉上滿是皺紋，神情愁苦，面容滄桑。她微微一怔，才躬身道：「秦老前輩，晚輩名叫燕龍，久仰前輩英名，特來拜訪。」

秦少嶷也看出這人不是鄭寒卿，起身回禮，說道：「燕少俠，請坐。老夫失禮了，我還道你是另一個人。燕少俠高義，出手相救犬子，老夫好生感激。」

燕龍口中謙遜，坐下身來，向秦少嶷打量去，卻見他不過四十來歲，神態卻像已有六七十歲，疲乏無神，衰敗蒼老。她心中一陣迷惘，滿腔悲憤霎時消失得無影無蹤，暗想：「我娘去世時三十多歲，還是一頭黑髮，膚光如雪。他怎地卻這麼老了？」

秦少嶷也不斷向她打量去，感覺這少年的面貌十分眼熟，似曾相識，卻絕未見過。他咳嗽了一聲，收起心思，問起今日在茶棚前發生的事。燕龍簡略說了，秦少嶷歎道：「我門下弟子沒一個成材的，在外面丟人現眼！楊屏這孩子輕浮奸滑，竟然出手抓小孩兒以作要脅，這樣的人品！我定會好好處罰他。燕少俠，我教徒無方，好生慚愧。」

燕龍心中贊成，卻不便出聲同意，只好保持沉默。秦少嶷又道：「我聽弟子說，你與那位老漢過招時使的是石風劍，請問少俠卻是如何學會本門石風劍法的？」燕龍道：「不瞞秦掌門，我的石風劍是向虎山醫俠學得。」秦少嶷點了點頭，說道：「原來如此。你是醫俠的傳人麼？」燕龍道：「不是。」

忽聽門外一人尖叫道：「鄭寒卿，你給我滾出去！」只見一個身形矮小的中年婦人衝進房來，向著燕龍戳指罵道：「你這小賊，誰讓你回到秦家了？當年我趕你出去……」待她看清眼前這人並不是鄭寒卿，才收了口，回頭向跟在身後的兒子秦鳴罵道：「渾小子，你不是說那姓鄭的回來了麼？」秦鳴道：「他不是麼？」

那婦人向燕龍一指，說道：「這人這麼年輕，怎麼會是那姓鄭的？」

秦少嶷咳嗽一聲，說道：「這位是燕龍燕少俠，不可無禮！」

燕龍望著那婦人，忍不住道：「這位是秦夫人麼？」秦夫人不理丈夫，也不回答燕龍的問話，皺著眉向燕龍上下打量了一陣，才尖聲尖氣地道：「你武功雖好，心腸卻壞。明明可以早點出手，卻任由我兒子被人打倒了，才上去幫忙。你存的什麼心？」

秦少嶷一拍桌子，喝道：「當著客人的面，妳少說幾句成不成？」秦夫人撇嘴道：「成，有什麼不成？聽說這位燕少俠會使石風劍，莫不是你在外面偷偷瞞著我收的弟子？」秦少嶷站起身，大聲道：「夠了！鳴兒，帶你娘出去！」

秦鳴拉住他娘，母子倆猶自嘀咕，走了出去。秦少嶷趕緊上前關上了門，甚覺尷尬，說道：「燕少俠，讓你見笑了。」卻見燕龍呆呆地望著自己，臉色古怪，秦少嶷也是一呆，說道：「拙荊脾氣不好，缺了禮數，請不要見怪。」

燕龍自覺失態，咳嗽一聲，岔開話題，問道：「請問這位鄭寒卿是什麼人？」秦少嶷歎了口氣，這原是十分隱密的私事，但他與妻子兒女日漸疏遠，此刻不知怎地，倒覺得與眼前這初識的年輕人較為親近，便道：「這是我十分痛悔的往事，說來好生令人難過。」

燕龍問道：「這位鄭師兄，便是閣下的大弟子麼？」秦少嶷道：「正是。寒兒很小就跟著我學武功，他資質很好，人也聰明伶俐……」燕龍忽地想起母親曾提起過這麼一個五六歲的孩子，隨著秦少嶷學武，說道：「是，我知道他。」

秦少嶷奇道：「你在江湖上見過他麼？」燕龍忙道：「不曾。我只是聽人說起過。」

秦少嶷歎了口氣，又道：「我一直帶他到大，看他十分有出息，原打算未來將掌門之位傳給他。後來，唉！也是家門不幸。我夫人十分不喜歡這孩子，多次指責他和家中婢女亂來，又有憑有據，最後逼得我將他趕出師門。唉，我如今想來，好生痛悔。寒兒離開時，還只一十六歲，是我為師的對不起他。他在外已有十多年了，我好生想念他。我今日只道他回來了，因此錯認了你，當真不好意思。」說著不由長歎一聲。

燕龍見他對弟子如此懷念歉疚，心中也頗為難過，說道：「秦掌門，我以後在江湖上行走，定會替您留心這位鄭師兄。若遇上他，必將告知您對他的心情，請他回來探望您。」秦少嶷歎道：「他就算回來，我也無顏見他。燕少俠，你若遇上他時，請讓他知道我心中的歉意，我便十分感激了。」燕龍點頭答應，心中暗暗決定：「我得去替他找回這個鄭寒卿。」又想：「他作錯的事，還不只遺棄我娘一件。不知道，他是否也同樣如此懷念著我娘？」

秦少嶷又道：「燕少俠，今日時候不早了，便請在舍下小住一宿吧。你我一見如故，可千萬不要推辭！」燕龍聽他盛情相邀，便答應了，當夜便在秦家住下。

次日清晨，燕龍起身甚早，在房中打坐練功。日出以後，房外漸有人聲，卻聽一個小女孩的聲音道：「小弟，那客人是誰？」另一個男孩子的聲音說道：「我也不知道，聽大哥說是一個姓燕的。」

燕龍下床推門出去，卻見院中站著一個十三四歲的少年，面目與秦鳴頗爲相似，身邊一個十五六歲的女孩，身形嬌小，細眼淡眉，容貌頗似秦夫人，兩個孩子正拿著竹劍互擊玩耍。燕龍道：「你們早。兩位是秦掌門的公子小姐麼？」

那少年不答，那少女揚起下巴，拿竹劍指著她道：「是又怎樣，不是又怎樣？你又是誰了？」

燕龍見她舉止無禮，但昨日見了秦夫人的言行，眼前也不太驚訝，說道：「我是妳父親的朋友。」那少女道：「你是姓燕麼？」燕龍道：「是，我姓燕。」那少女道：「是了，我娘說你不是好人，要我們別跟你說話。」

燕龍心中不禁有氣，心想：「這位秦夫人，我不去惱她，已算對她客氣的了，她竟無緣無故恨上了我，還這麼教小孩子。」又想：「聽說凌大哥的母親與這秦夫人是親姊妹，凌大哥卻哪有這些娃兒這般粗魯無禮？」說道：「我是妳爹的朋友，自然是好人。」

那少女笑道：「我娘總說我爹不是好人，你是我爹的朋友，那更加不是好人了！」燕龍一愣，說道：「你娘說你爹不是好人？」那少女待要再說，但見她爹秦少嶷走了過來，才閉上嘴。秦少嶷招呼道：「燕少俠，你早。」

燕龍勉強一笑，說道：「秦掌門好早。」

秦少嶷指著兩個孩子道：「這是小女秦小珊，犬子秦嘯。珊兒，嘯兒，叫燕大哥。」兩個孩子叫了，秦小珊作個鬼臉，帶著弟弟跑了開去。秦少嶷搖頭歎道：「小孩子沒有教養，缺了禮數，請別見怪。」又道：「燕少俠，我想看看你的石風劍。你可願意在我弟子面前和我過過招麼？」燕龍道：「正想請前輩指教。」

二人當下來到練武場，卻見場上已有十來個弟子，正自練劍，燕龍認出其中幾個，昨日在茶棚曾替他們接過關節。那個抓住虹兒的藍衣青年楊屛也在，低下頭不敢與她目光相接。

秦少嶷道：「大家聽好了，這位燕少俠武藝高強，是一位値得敬重的少年俠士。他昨日救了你們之中好幾位師兄弟，並代爲療傷，秦家劍上下都承他的情。我現在與燕少俠演練石風劍法，你們好好在一旁觀看，多多學著。」

秦少嶷轉向燕龍道：「燕少俠，你用自己的劍麼？」燕龍道：「我來貴派造訪，沒敢攜帶兵刃。我就向哪位師兄借劍一用吧。」一名弟子遞上佩劍，燕龍接了，望著秦少嶷，心中思潮起伏：「娘當年和他過招，便是這麼面對著面，只是當時爹年紀還輕，娘年紀也輕。我若取出娘以前使的冰雪雙刃，他定會認出我來。」

秦少嶷也接過一柄劍，在場中站定，手揑劍訣。燕龍自昨日初見他以來，他便是一副蒼老落魄、被妻子兒女折磨得抬不起頭來的模樣。此時拿起劍，竟然氣勢凝重，霎時恢復一派武學宗師的氣度。燕龍心中一凜：「他當年的武功與娘不相上下，劍術肯定是很高深的。」她迴過長劍，使了石風劍的起手式「萬石朝岱」。秦少嶷見他使出這一招，姿勢恭敬，法度嚴謹，神色靜若，便這一招，自己的弟子便無人能作得到。他不由暗暗點頭，說道：「少俠請出招。」

燕龍道：「是。請前輩指教。」長劍陡出，刺向對手左肩，是一招「呼風喚雨」。秦少嶷回以一招「風調雨順」，長劍回斜，擋住燕龍的長劍，劍尖向燕龍面門點去。燕龍斜身閃避，劍光閃處，連接使出「亂石迸泉」、「頑石點頭」、「春風拂面」、「風雨飄搖」等招數，一氣呵成，流轉如風，古拙如石，深得石風劍的要髓。秦少嶷暗暗叫好，手中接招，已看出燕龍的石風劍雖然精熟，卻顯然是後學，他本身的劍術造詣定已極高，在使石風劍時雖然一招一式謹然有度，卻也加上原本的劍術領悟，使起來自然而然略加變化，補足了石風劍的缺陷。

眾弟子旁觀師父和燕龍以石風劍對招，都看得心動神馳，雖看得兩人劍術精妙嫻熟，但其中種種高深的變化，眾弟子功力有限，大都未能體會。

秦少嶷叫道：「注意！我要進手了。」長劍抖動，連採攻勢，招招進逼，燕龍左格右擋，一一拆解，心想：「爹在石風劍法上的造詣果然極高。這幾下攻勢凌厲已極，江湖上少有人能避開。」心下漸漸感到舒坦，似乎母親口中的青年高手終於出現在自己眼前。兩人拆了兩百餘招，燕龍使出一招「鐵石心腸」，刺向秦少嶷胸口，秦少嶷不暇思索，回劍橫削，卻是一招雲水劍中的招式「風起雲湧」。燕龍一怔，手中跟著使了一招雲水劍的「大江東逝」。秦少嶷陡然停下手，長劍噹的一聲跌落在地，怔怔地望著他，喃喃地道：「你怎麼知道這一招？你怎麼知道這一招？」

燕龍也停下手，躬身道：「多謝前輩指教，晚輩自歎不如，從中深得益處。」

秦少嶷回過神來，心想：「說不定他只是使了一招相似的招式，不是大江東逝。」說道：「少俠劍術精妙，老夫佩服得緊。」攜起燕龍的手，走出練武場。

燕龍隨他來到昨日去過的書房，秦少嶷請他坐了，說道：「燕少俠，你劍術極高，但石風劍並非你所學的根本劍法。請問你師承何處？」

燕龍道：「我向許多人學過劍，並沒有師父。」

秦少嶷知他不願說，也不再問，說道：「你武藝高強，正當青年，該當善自珍惜，在武林中好好作一番事業。」

燕龍嗯了一聲，說道：「我聽聞前輩在二十年前，乃是武林中屬一屬二的青年俊秀，一柄長劍打敗了無數武林高手，人稱『石風第一劍』。」秦少嶷搖頭歎道：「那是往事啦。現下我年紀大了，幾十年來，倒似沒有一件順心的事。」

燕龍想起秦夫人的潑辣蠻橫，幾個孩子的粗魯無禮，諸弟子的武藝低微，心中一沉，說道：「是。」又問道：「前輩，請恕我無禮。我想請問，您一生之中，最得意的事是什麼？最大的錯誤又是什麼？」

秦少嶷一呆，說道：「最得意的事？」抬頭沉思，想了半晌，才緩緩說道：「我二十八歲時，被武林同道公推與雪艷胡決鬥，那當是我武藝的頂峰吧。後來我受了傷，身體始終沒能恢復過來，武功也不復當年了。」

燕龍問道：「那雪艷胡是什麼樣的人？」

秦少嶷閉上眼，說道：「她……她武功很高。我們在泰山絕頂拚鬥了七日七夜，不分勝負。我和她不打不相識，成了知交。」

燕龍又問：「她爲什麼回去了？」

秦少嶷全身一震，說道：「爲什麼回去？我不知道。我對不起她。我說……我說我會去找她，但是後來我被逼著成親了，就……是了，我娶了這位夫人，或許便是我一生最大的錯誤吧。我……我常常想著她。不知她好麼？她還在等我麼？還在怪我麼？」

燕龍見他蒼老的臉上肌肉抽動，顯然心中極爲激動，歎了口氣，說道：「她從來沒有怪你。」秦少嶷猛地抬起頭來，嘶聲道：「你怎麼知道？你是她的什麼人？她還好麼？」

燕龍望著他驚訝急切的神情，宛然依稀見到母親口中的多情男子。她低聲道：「我娘七年前去世了。」

秦少嶷心中感到一陣尖銳的疼痛，淚水湧上眼眶，望著她的臉，說道：「是麼？是麼？我原就在想，你……長得有點像她。她……她已經去了麼？」

燕龍點了點頭道：「我來見你，是爲了完成娘的遺願。她學會了雲水劍，一直想將這套劍術傳回秦家。她傳了這套劍術給我，命我轉教給你，好讓你傳授給弟子。」

秦少嶷流下淚來，說道：「你果然會使這套劍法。」多年前的回憶猛然襲上心頭，他輕聲道：「你母親曾教了我三招雲水劍中的招式。那時，你母親最後一次來看我，她要去了，我留她，她便回身對我使了一招『鐵石心腸』，我回了一招『風起雲湧』，要她知道我會永遠記得和她在一起的時光。她掉淚後，使了一招『大江東逝』，她以前曾說過，就算回去了，她仍會日日夜夜望著大江，想像我在江的下游也一樣想著她。」

燕龍道：「是，我娘時時記著你。我小時候，她常帶著我站在黃河邊上，讓我往東望去，告訴我，我爹便在河水的下游。」

秦少嶷一呆，滿面驚詫，過了半晌，才遲疑地道：「你是……你是……你叫我爹？」

燕龍道：「是。我娘說，有一次你受了奇傷，她爲了救你性命，獻身給你，但你清醒後，受人擺布，以爲是另一個姑娘獻身救你，因此娶了她。」

秦少嶷震驚難已，回思往事，心傷如裂，此時後悔，又怎來得及？他倏然站起身，上前抓住了燕龍的手，說道：「孩子，讓我看看你，讓我看看你！」他仔細打量燕龍的頭臉手腳，老淚縱橫，激動得再難言語。

燕龍眼眶一熱，她雖從未見過這個父親，對他毫無情感眷戀，但父女親情出於天性，她忍不住伸臂將父親摟入懷中，輕拍父親的背脊，讓他盡情哭泣，將過去二十年來的悔恨、失落、思念、不得意都傾洩在這一哭之中。

過了良久，秦少嶷終於收淚，低頭凝望著燕龍的臉，臉上露出欣慰的笑容，說道：「好孩子，這些年苦了你了。你留在我身邊，千萬別離開爹了，好麼？」

燕龍吸了一口氣，搖頭道：「爹，我來這裡，讓你想起太多痛苦的往事，這就該去了。雲水劍的劍譜我留在這兒。」從懷中取出劍譜，放在桌上，又道：「請善自珍重。」

秦少嶷緊捉著她的手不放，急道：「你別走！你要去哪裡？」

燕龍緩緩地道：「我是第七代的雪艷。我從哪裡來，就該回哪裡去。」

秦少嶷脫口道：「第七代雪艷？」燕龍點了點頭。秦少嶷呆了一陣，才道：「我明白了。是，我早該知道，妳是個姑娘。好孩子，妳娘一定很以妳爲傲。我……我也是的。」

燕龍望著父親的臉，心中不知是何滋味，說道：「我不會再來了。爹，你自己保重。」

燕龍告別秦掌門，離開泰山，這夜獨自在一家客店歇宿。她在黑暗中睜大了眼，久久無法入睡，秦少嶷蒼老衰乏的臉孔不斷浮現在她眼前：昔年獨冠武林、傲視群雄的少年英俠已不復矣，母親回憶中的那個瀟灑倜儻的漢人豪傑也早隨著歲月逝去。她在黑暗中思前想後，不禁默默地流下淚來。

當夜月色清明，燕龍淚眼模糊地望向窗外的半輪明月，忽然想起那夜在虎嘯山莊與凌霄同榻而臥，徹夜暢談的情景。月下傾心交談的喜悅，意氣相投的歡快，似乎仍縈繞在她心頭。

她忍不住坐起身，長歎一聲。如今母親的遺願已完成，她不能再拖延逃避，必得認眞思索自己的下一步了。她上了虎山，見到了凌霄，而這人確實十分出乎她的意料之外。成大哥說他太過灰暗，太過沉重，太接近死亡，她頗有同感。但是在凌霄消沉的背後，她看到一股強韌的求生意志，一分過人的刻苦執著，和一分少見的溫柔敦厚。不論生存有多痛苦，他都不曾放棄，都不曾喪失內心的眞摯溫情。如果換成自己，她想，只怕一個月都活不下去，便要抵受不住，憂憤自盡了。

她想著凌霄，想著虎山上諸般情景，一幕幕歷歷在目。她想起凌霄替自己治傷時，眼見她疼痛難忍，讓她咬住他的手背；之後朝夕照顧自己的傷勢，細心體貼，無微不至；臨走前他曾問道：「妳與成兄結識同行，也有一段時日了吧？」又道：「浪子成達，豪爽直率，一見之下，果如其名。妳今後有什麼打算？」

她當時全未察覺，直到此時才開始重新咀嚼這幾句話背後的含意，心中不禁一跳。凌霄從未說出口的話語，她自然無從得知；但如今她已能隱約體會凌霄對她的用心：「凌大哥發現我是女子後，自然以爲成大哥與我是情人，才讓近雲去尋成大哥來虎山接我。他問我今後有何打算，便是在問我是否已將終身託付給了浪子。」

想到此處，她感到雙頰發燙，忍不住翻身下床，在房中來回走動，無法停下，暗暗責備自己：「我怎地這麼傻，全沒想到他有此誤會？他既誤會了我和成大哥，自然半個字也不會說出口！」又想起成達臨別前對她說過的話：「兄弟，你得保重自己。你若有個什麼三長兩短，我可對不起虎山上那位仁兄。」她心中又是一跳：「原來成大哥也早看出了。凌大哥對我的心意，自是再清楚不過。我是否該回虎山去找他，向他解釋誤會，讓他知道我已明白了他的心意？」

她思前想後，好生難以委決。無論如何，時間所剩不多，她得盡快作出決定，回覆那人。便在此時，她感到一人悄然來到窗外。她身子一震，轉頭望向窗口，見到紙窗上映著一個高大的身影。她走到窗前，低聲道：「我正想著你，你便來了。」

一個蒼老的聲音在窗外響起：「孩子，妳想清楚了麼？」這聲音雖老而不衰，仍舊充滿豪氣。

燕龍沉默了許久。她不自覺地伸手輕觸右肩上的虎爪傷口，傷口癒合得很好，以後可能連疤痕都不會留下，但她知道自己絕難忘記那個曾經全心全意爲她治傷的人。

她黯然一陣，最後深吸一口氣，終於下定決心，在黑暗中點了點頭，說道：「我想清楚了。我答應你。」

老人吁出一口長氣，說道：「好孩子，多謝妳。」又道：「那群人四處找妳，就快尋到這兒了。」燕龍回道：「時機正好。你放心，我已過了十八歲，往後就交給我吧。」老人笑了笑，高大的身影掠過紙窗，悄然消失了。

過不多時，靜夜中腳步微響，十餘人一齊來到門外，步聲輕盈，顯然個個身手不凡。燕龍側耳傾聽，已聽出來人各自是誰，臉上露出微笑。

但聽屋外一個女子的聲音輕輕唱道：「天目山的雪正白，額爾木的花正艷。白雪一族的首領，爲何獨自在中原飄泊？」

燕龍上前打開房門，但見門外立著個嬌媚異常的女子，笑吟吟地望著自己。她身後跟著十餘個男女，見到燕龍，一齊拜了下去。

第四十三章　浮雲出岫

花開花落，匆匆三年過去了。這年春天少林寺派僧人來到虎山，告知空相方丈身體有恙，想恭請藥仙揚老上少林診治下藥。揚老對空相十分尊重，便即收拾行囊，擇期出發。

這時劉一彪剛滿十六歲，醫藥精熟，凌霄也傳授了他一些武功劍術，初有小成。揚老心想該讓這孩子出去歷練一下，便帶著他同行。凌霄不放心他一老一小長途跋涉，便託請黃虎柳大晏同行，一路好有個照應。

眾人出發前一夜，劉一彪來向大師哥辭行。凌霄叮囑他路上多照顧師父起居飲食，一切小心在意，防範火教偷襲。劉一彪點頭受教，他是個十分細心謹慎的孩子，忽然問道：「大師哥，我看你這陣子心中似乎總掛著事。這回出山，我可有什麼事能替你去辦麼？」

凌霄搖了搖頭，說道：「我只是擔心雲兒。她整日跟兩隻老虎作伴，少與人說話，讓我好生擔憂。」劉一彪遲疑一陣，才道：「大師哥，我聽鶯師妹說道，雲師姊似乎還掛念著燕少俠，常問他有沒有回來。」

凌霄聽了，不由得長歎一聲。三年前他得知妹子對女扮男裝的燕龍傾心，曾多次想對她說出燕龍乃是女子的眞相，卻總覺難以啓齒，又想妹子年紀幼小，大約過一陣子便會忘懷，便始終沒有提起。沒想到晃眼三年過去，凌雲性情執著，竟仍對燕龍思念不已，凌霄更難對妹妹說出實情。加上凌霄自己也對燕龍思念日增，難以自遣，兄妹絕口不提燕龍，使燕龍有如一團揮之不去的陰影，橫隔在兄妹二人之間。

劉一彪又道：「燕少俠三年前一去，便再沒有回來，雲師姊心中似乎十分掛念。小弟下山後，將留意燕少俠的行跡，若是找到了他，定要請他回來山莊一趟。」凌霄點點頭，沉吟道：「只是最近江湖上一點他的消息也沒有，也是好生奇怪。近雲在江湖上行走，說見到浪子在河南開封一帶遊蕩，卻是孤身一人，燕兄弟已沒有和他作一道了。」劉一彪道：「小弟此番西去少林，順道經過開封，可略加探訪。若找到了浪子成大俠，便可向他請問燕少俠的去處。」

凌霄道：「如此有勞你了。這事你別讓雲兒知道。赴少林視診送藥乃是正事，你莫在此事上花去太多時間精神。若探得了燕兄弟的去處，煩你送封信回來讓我知道便是。」劉一彪答應了，師兄弟又談了一陣，劉一彪才告辭出來。

劉一彪正往自己房中走去，忽聽廊上一人叫道：「喂！」他回頭看去，卻是衛清河。這幾年來江湖上對凌霄顯出了十二分的興趣。凌霄醫術精湛，劍術高明，加上虎嘯山莊在江湖上獨樹一幟，前來投效的武林人士愈來愈多，勢力漸強，因此他年紀雖輕，在江湖上的地位卻顯得日益重要。許多名門正派、前輩耆宿眼見他勢力既成，十年來又未曾傳出什麼邪門外道的事兒，逐漸忘卻了對凌霄的疑慮猜忌，放下戒心，開始將他視爲正派的一份子，甚至紛紛遣人上山說親。有的更索性將姊妹女兒孫女送來虎山與凌霄相見，美其名是爲了陪伴凌雲，實際上便是想爲女兒攀上一門好親家。

凌霄對這些姑娘都善加接待，對提親之事卻一律直言辭謝。這麼多年來竟沒有一個姑娘能贏得醫俠的心，那原本只在虎山左近流傳的天下三大難事：「等石頭說話，等黃河無浪，等醫俠娶嫁」，現下竟已傳遍江湖。江湖中人都好生奇怪，猜測紛紛，有人說一定是凌霄眼光太高，什麼女子都瞧不上眼；有人說他練童子功，不能接近女色；還有人猜測他其實是個出家的和尚或道士，不能娶妻云云。

劉一彪這些年中不知見過多少名門閨秀，都記不清誰是誰了。這衛清河乃是江寧海沙門門主衛敖的庶出三女兒，小名小河。她兩年前來到虎山，對凌霄一廂情願，賴著不肯走。前年她父親去世，親娘被大婦趕出門，她也回不了家，走投無路。凌霄見她可憐，便收留了她。小河萬分感激，自願作服侍凌霄的小丫頭。凌霄並不要什麼丫頭，小河卻堅持要服侍他，凌霄讓她去服侍揚老，她又不肯，凌霄只好讓她住在山莊隔壁，讓劉嫂照顧著。

劉一彪知道凌霄對她敬而遠之，平時便也避著她。此時正當他要下山，小河卻找上了他。劉一彪對她不敢缺了禮數，躬身道：「衛姑娘。」

小河道：「劉師兄，你明日就要出發了麼？」劉一彪不想與她多說，只道：「是。」小河湊近他，悄悄地道：「莊主剛才要你去找一個人，那是誰？」

劉一彪臉色微變，說道：「衛姑娘，我們敬妳是客，妳卻來偷聽我和大師兄說話，豈不有虧客道？」小河不知輕重，笑道：「你若不跟我說，我便去問雲姑娘。莊主不讓你告訴雲姑娘你要去找什麼人，我偏要跟她說！」

劉一彪甚是不快，說道：「衛姑娘，我們虎嘯山莊不是妳閒言閒語，惹是生非的地方，還請自重。」語畢轉身走開。小河惱羞成怒，狠狠地瞪視著劉一彪的背影，一回頭，卻見凌雲悄然站在自己身後，臉上神色甚是奇特。小河心中一驚：「哎喲，我們剛才的說話都教她聽了去。」只好裝作沒見到，快步走開了。

次日清晨，揚老便與劉一彪啓程下山，柳大晏率其手下弟子十餘人隨行護衛。凌霄望著師父師弟離去，心中十分不捨。揚老這些年四處雲遊，少在山上，凌霄倒也慣了。劉一彪是個孤兒，四五歲時便被揚老的家人老劉和劉嫂收養，七八歲上開始隨揚老學醫，成爲凌霄的師弟。凌霄很喜歡他的純樸厚道，多年來悉心指點他醫藥武功，待他如親兄弟一般。他回想當年自己初次離開虎山時，也是與劉一彪一般的年歲，孤身一人闖蕩江湖，幸而結識了陳近雲，一路上有他相伴照顧，頗不寂寞。但也多次爲正教火教追殺圍攻，性命幾乎不保。今日虎嘯山莊在武林中名聲響亮，廣受尊重，劉一彪走入江湖，自不會有人敢輕易欺侮於他。凌霄卻仍不免爲他擔心，怕他年輕識淺，在路上吃著苦頭。

凌霄送走了師父師弟，心中掛念妹子，當日便去莊後凌雲的居處看她。凌雲自燕龍去後，便獨自帶了兩隻老虎搬到莊後住著，每日讓劉嫂送飯過來，平日更不露面。此時兩隻老虎都已長成，白日去山中獵食，晚上仍回到凌雲的屋外歇息。她性情原本執拗驕縱，近年來更加任性，往往對人不理不睬。凌霄這日去找她時，卻見房門虛掩，他推門進去，見屋內空無一人，桌上留了字條，說她去後山取靈泉泉水祭告母親，兩三日就回。時近揚儀忌日，凌雲往年總要和揚老一起去舊屋住上幾日，悼念亡母。凌霄不以爲意，但想起妹子性情日發古怪，近日愈顯得孤僻，眞不知該拿她怎麼辦才好，不禁歎了口氣。

凌霄當日出門行診，三日後回到莊上，才發現凌雲竟然還未回來。他連忙跑去後山靈泉旁的揚老舊屋，卻發現屋中灰塵堆積，凌雲顯然根本沒有來過。凌霄大急，又去虎嘯山莊左近探問，都沒有她的消息。

柳鶯心細，回想幾日前的事情，向大師兄道：「二師哥走前跟我說，小河姑娘曾來找他說過話，不知小河姑娘有無線索？」凌霄連忙去向小河探問。小河見事態嚴重，也怕了起來，說道：「劉師兄臨走時，我聽他說起要到河南找一個叫浪子的人，詢問另一個人的去處；後來我才發現雲姑娘站在一旁，聽到了我們的言談。我卻眞不知道雲姑娘去了哪兒。莊主，我和劉師兄都是無心的！」

凌霄大爲憂急，知道妹子聽聞後，一定是跑下山去尋找燕龍了。他想：「雲兒少不更事，武功低微，獨走江湖危險已極。我得立即去尋她回來！」當下立時通告段青虎凌雲失蹤一事，並告知自己將立即下山尋找。段青虎大驚失色，說道：「雲姑娘三年來從未下山，我們不料她會不告而別，未曾防範，大大疏忽了！」凌霄道：「不，青虎大哥請勿自責。我沒有留心她的異狀，是我的不是。」便請段青虎照顧山上諸事，並派人在虎山四周尋訪雲兒的蹤跡。此時柳鶯和段正平二人年紀漸長，醫術日益精進，凌霄向師弟妹交代病家事宜，當日便騎了快馬，下山而去。

凌霄連日向西南行去，追上了師父、劉一彪和柳大晏一行，卻說雲兒並未跟來。凌霄更加擔憂，告辭揚老一行人後，在開封左近探訪一陣，只打聽出浪子去了陝西，卻也不知是否確實。凌霄再往西去，他知道陳近雲和梅三小姐的婚事老早取消了，陳近雲因母親辦六十大壽，這大半年都留在家中，心想就算找不到浪子，也可去關中拜訪陳近雲，探問消息。

這日凌霄來到豫陝交界的一個小鎮，在一家客店打尖。卻見店門外走進七八個漢子，身上都帶著刀劍，顯是武林人物。眾人坐定了，叫了酒菜，便大聲談論起來。凌霄形貌便如一尋常鄉下郎中，那些漢子更沒去注意他。其中一個老者道：「大夥這幾日辛苦了！回去後周老大定然各有報酬。」一個瘦臉漢子道：「都虧得馬大哥帶領咱們，才事半功倍。」眾人齊聲附和，舉杯向那姓馬的老者敬酒。馬大哥笑道：「多謝各位合作。只是咱們回太原前，還有件大事要辦，這事挺不容易，還得請各位多多出力。」

一個大個子問道：「馬大哥說的可是龍幫的事？」

眾人一聞「龍幫」二字，都靜了下來。那老者沉聲答道：「正是。」

凌霄聽他就此住口，並不說下去，心中不由得好奇。他雖多年未曾離開虎山，但陳近雲不時來訪，常與他說起江湖中事，因此江湖上的各門派幫會他大多有所耳聞。他聽這些人說話，便猜知他們是山西太行山的黑道幫會「熊山幫」的人。熊山幫的老大周昆洪以一柄鐵背寬刀收服了許多左近的幫會，熊山幫的勢力也漸漸大了起來。這些人平日打家劫舍，無惡不作，不是什麼善類。「龍幫」二字凌霄卻從未聽過，便盼從這些人口中多聽取些消息。

那群熊山幫的人卻逕自飲酒吃飯，不再說話。過了一陣，那老者才道：「吃過飯後，大夥一起來我房中，我將周幫主的指令跟各位說說。」

一個大鬍子漢子道：「馬大哥，你忒也小心了。這荒山小酒店中，又有什麼人來聽我們說話了？」之前那瘦臉漢子道：「張兄弟，咱們行走江湖，還是處處小心為是。那龍幫陰險狡詐，說不定在這荒山中也有眼線。」

那大個子性情莽撞，大聲道：「季兄弟說得是。那龍幫的確是陰險狡詐，老子的哥哥在黃沙幫中，便是給龍幫那些人害死的。他媽的，龍幫不肯明著來，只會偷偷摸摸下暗算！」

另一個白臉的漢子一直未曾開口，此時忽然問道：「王兄，我卻聽說黃沙幫是給龍幫中的一個人單槍匹馬挑了，那人赤手空拳打敗了黃老大，可有這回事？」那姓王的大個子口中還在亂罵，角落一個臉上布滿刀疤的漢子接口道：「確是如此。」

白臉漢子忙問：「嚴兄弟，你卻是如何得知？」那姓嚴的漢子冷冷地道：「我當時便在黃沙幫總壇。」眾人一聽，紛紛詢問事情經過。

姓嚴的道：「我奉了周幫主之命，到黃沙幫呈送壽禮給黃老大。那日總壇上聚集了六七十人，都是幫中地位甚高的人物，黃幫主率了大夥飲酒作樂。大夥正吃喝得高興，忽聽砰的一聲，大門飛開，眼一花，便見一個漢子站在廳心。這人自稱是龍幫的人，叫作李山，來向黃幫主挑戰。眾人都大聲鼓譟起來，叫罵那人不知好歹。那人也不多說，只指名黃幫主出馬應戰。黃幫主吞不下這口氣，便取出金刀，和那姓李的打將起來。那姓李的手中不拿兵刃，不到十招，便將黃幫主的金刀奪了下來。黃沙幫的幫眾都極爲吃驚，一齊抽出兵刃向他圍攻。那人武功倒也眞高，拔出長劍，一手成掌，與眾人打鬥起來。不到一柱香的時間，總壇上眾人傷的傷，死的死，逃的逃，大廳上就只剩那姓李的和黃大哥還站著。那人道：『我們龍頭有令，黃沙幫作惡多端，欺壓良民，人人得而誅之。眼下給你兩條路，你若乖乖解散了，龍幫便不再追究。若不願解散，此後須得歸服龍幫，聽龍幫號令。』

「黃幫主嚇得呆了，他一生沒見過這般神奇的武功，當下便承諾歸服龍幫。那人收劍去了，說道不久後會派使者前來傳令，以一面龍牌爲信物。」

眾人聽了，都十分震驚。那姓馬的老者道：「這般事情，要不是聽嚴兄弟親口說出，當眞令人難以相信。黃老大昔年也與我們周老大交好，沒想到竟落個如此下場。」

瘦臉漢子問道：「那李山長得什麼樣子？」姓嚴的道：「他約莫二十來歲，身形高大，濃眉大目，倒像個西川來的漢子。」

凌霄聽到這裡，心中怦怦而跳，原本聽聞這李山的武功行事，懷疑他似乎便是燕龍，但聽他身形高大，濃眉大目，顯然又不是。

之後熊山幫諸人又各自說起所聽聞的龍幫之事，卻多爲荒誕難信的傳聞。

最後姓馬的老者道：「既然各位談起了龍幫，我便將周老大的指令說一說吧。有人傳消息給周老大，說龍幫將要入黔，去收服黔中的幾個幫派。周老大要我們隨著入黔，打探消息。今日起咱們便往西南去，看看道上有沒有龍幫的形跡。」

凌霄心中思索：「這龍幫到底是什麼來頭？看它到處收服這些黑幫邪派，野心不小，不知有何意圖？莫非它想與正派分庭亢禮？聽來這龍幫似乎並非十分邪惡的幫派，它若能收服管訓手下的這些幫派人物，讓他們有些節制，也未始不是好事。」又想：「那姓李的年輕人武功不弱，不知他是什麼來歷？」

他雖好奇，但畢竟更加關心妹子的去向，便再往西行，不一日來到關中西安。他雖與陳近雲相交多年，但他長年不離虎山，從未到過近雲的老家關中。關中爲一盆地，南依秦嶺，北臨渭河，土地肥沃，人口密集，號稱「八百里秦川」。該地西有大散關，東有函谷關，南有武關，北有蕭關，爲眾多關口所圍繞，因而得名「關中」。《史記》稱其爲「四塞之國」、「金城千里」，乃兵家必爭之地，古來曾先後有十多個王朝建都於此，歷時逾千年。

凌霄入西安城後，便在城中探問，尋到了陳家大宅。他知道陳近雲的父親乃是關中大紳，昔年曾在朝作官，如今已告老還鄉多年。近雲的大哥陳伯章前年升了江蘇巡撫，二哥陳仲淳已離開京城，出任兩江學道。兩位兄長都是才高八斗，官高爵尊，幼子近雲卻仍是個浪蕩江湖的任俠。陳父對這幼子一向十分頭痛，但近年來聽說他在江湖上幹了不少行俠仗義的事跡，便也不再管訓於他了。

凌霄到陳家時，開門的家人說三少爺出門訪友去了，要到傍晚才回。凌霄昔年曾替陳老伯把過脈，便請家人通報，先去向陳老伯請安。陳老伯見了他，十分高興，拉著他的手說道：「凌賢姪，多謝你幾年前替我治好了這咳病，我依著你的保養藥方服用，多年來都沒有復發，身體也健朗了許多。你眞不愧是遠近有名的醫俠啊！你是近雲的義兄，他這些年在江湖上胡亂闖蕩，多蒙你照顧了。」

凌霄道：「陳伯父莫如此說。近雲在江湖上處處照顧於我，該是我感謝近雲才是。」

陳老伯笑呵呵地道：「近雲這孩子還不錯。前年在陝甘道上，他從盜匪手中救出了我的同年梁中則。中則此時在朝中任內閣大學士，每回與我寫信，都說近雲的好。」又道：「近雲也有二十七歲啦，我總盼他早點對個親家。他最近好像有心定下來了。我偷偷打聽到，他對方家的姑娘似乎頗有意思。方姑娘也是出身官家，因自幼體弱，隨著一位名叫凡塵的師太學了些武功。近雲第一次見她，便很是投緣。我看好日子是不遠了！」

凌霄聽了，也十分爲近雲高興，心想：「近雲這小流浪漢前幾年逃婚逃得厲害，現在竟然自己想定下來了，未始不是好事。」

第四十四章 流雲親事

當晚陳近雲回家後見到凌霄，大爲驚喜，叫道：「大哥，你怎麼來了？」忙領他來到自己屋裡，喚人送上酒菜。他見凌霄面帶憂色，問道：「可是虎山上出了事？」

凌霄搖頭道：「待會再說。近雲，怎麼，你自己有好了消息，卻沒跟我說？」陳近雲臉上一紅，佯怒道：「呿！八字還沒一撇，我爹便到處宣揚！我要惱起來，再等三年不娶，看他們還敢不敢逼婚！」凌霄忍不住笑了，說道：「我聽令尊說，這回可是你自己願意的。」

陳近雲喝了一杯酒，哈哈一笑，說道：「好吧，我認了便是。大哥，我打算成親了。」凌霄一拍他肩頭，笑道：「這是好事啊！你中意的姑娘，人品想必是好的。」

陳近雲臉上微微一紅，壓低了聲音，說道：「她叫方玟，是玉陽山玉眞觀凡塵師太的弟子。」凌霄笑道：「原來是位俠女，那更好了。這位方姑娘想必英姿颯爽，溫柔美貌。大哥敬你一杯！」兩人對乾了一杯。

陳近雲平日豪爽直率，百無禁忌，說起這位方玟姑娘時卻略顯羞澀，頰上泛紅。他眼望酒杯，說道：「方姑娘人很溫柔，容貌也很秀美。她生長在官宦之家，倒是沒有走過江湖。我和她在玉眞觀上見過一次，之後又見了幾回。我們彼此都有些意思。」

凌霄笑道：「恭喜，恭喜。兩情相悅，再好也沒有了。」陳近雲望著他，遲疑一陣，忽然問道：「大哥，許多年前，你曾說過一句話，現在可還記得？」凌霄道：「什麼話？」陳近雲臉上一紅，說道：「你曾說過，我不但會娶妻，還會娶一位絕世美女。」

凌霄微微一笑，陳近雲的話勾起了他心中的隱痛：自從他自毀靈能以來，便徹底失去了探測人心和觀望未來的本領。每想起當年曾經「預見」的事情，總不禁感到一陣悵然若失，恍如隔世。此時他只淡淡地道：「我當年曾說過些什麼，如今可全記不得啦。我當時很可能只是玩笑一句，你切莫放在心上。況且這位方姑娘就算不是絕世美女，容色想必也是極好的。」陳近雲嘿嘿一笑，說道：「那也說得是。再說我父母年紀也大了，我一日不定下來，他們便一日不放心。」凌霄道：「這回我見到你爹，老人家確實上了年紀。但他爲了你的親事可開心得很。」

陳近雲話風一轉，問起凌霄怎會突然離開虎山，遠來關中。

凌霄搖頭道：「你既要辦喜事，我雖不願麻煩你，但還是得問上一聲。是我妹子的事。」陳近雲忙問：「雲兒怎麼啦？」凌霄道：「上個月我師父帶著一彪去往少林，我請一彪在途中幫我尋訪浪子，探問燕兒弟的消息。不意被雲兒偷聽見了，她竟然不告而別，跟著下山去。我在河南探訪半月，都沒有她的蹤跡。你可曾聽聞燕兒弟或雲兒的消息麼？」

陳近雲搖搖頭，歎道：「雲兒妹子心中還記掛著燕兒弟麼？我這幾年都沒聽到他的半點訊息，他這人像是憑空消失了一般。」皺眉沉思一陣，又道：「大哥，其實……我前幾日聽聞江湖上的朋友說道，有人見到雲兒和龍幫的人作一道。我只道雲兒不會離開虎山，並沒聽信。若是雲兒確然下了山，那傳聞或許是眞的。」

凌霄極爲驚訝，忙問：「這龍幫到底是什麼來頭？」

陳近雲道：「我也不十分清楚。聽說龍幫是近幾年才興起的祕密幫會。他們行事十分詭祕，似乎蒐羅了許多邪門外道爲他們辦事。幫中的人武功聽說都很高，但我並沒見過。」頓了頓，又道：「江湖上對龍幫所知不多，便有許多似是而非的傳聞。有人說龍幫在五盤山有個根據地，叫作龍宮。龍幫的首腦，幫中稱爲龍頭，傳聞是一個姓辛的人。又說龍宮中收羅了很多美貌女子，供其作樂，宮中極爲荒淫。」

凌霄大急，站起身道：「你說有人見到雲兒和龍幫的人在一起？」

陳近雲忙拉住他，說道：「大哥，你別急。江湖上關於龍幫的傳聞不一定屬實，而且雲兒和龍幫中人在一起的傳言也不見得眞確。」

凌霄坐下身來，歎了口氣，將自己在陝豫交界的小鎮上，從熊山幫諸人口中聽來的龍幫消息向陳近雲說了。陳近雲道：「這龍幫當眞古怪。不久前我才聽說山東的第一大幫青鮫幫也被龍幫收伏了，老大范漠言被一個龍幫使者打得一敗塗地。范漠言心懷不忿，率了一群手下去龍宮朝拜，想藉機反叛報復，卻如何也找不到龍宮的所在。沒過多久，范漠言和手下的屍身便被人在一山谷中發現，不知怎麼已被龍幫解決了。龍幫行蹤隱祕，由此可見一斑。依我說，咱們此時抓住了一絲線索，便該跟上去探個究竟。不然五盤山那麼大，咱們也無法找上龍宮去。」

凌霄心急如焚，說道：「正是。我今日便起程去黔，盼能找到龍幫的人。」陳近雲道：「我跟你同去。大哥，你別勸我留下。你的事便是我的事，我決不會袖手不管。家母的壽筵已辦完了，我的婚事還要等到明年，不要緊。」

凌霄知道義弟必然會爲自己出力，推卻拒絕反傷義氣，心下感激，說道：「如此多謝你了。咱們便同走一程，盡量早去早回。」

當下陳近雲去向父親辭行，又去方府與方玟道別。他引方玟會過了凌霄，凌霄見她靜雅大方，溫柔靦腆，心想：「近雲選的媳婦兒，人品很不錯，就是柔弱了些。」他和方玟見過後，便自走了開去，讓他們倆說些體己話。

方玟問道：「雲哥，此行要去多久？」陳近雲道：「少則三月，多則半年。」方玟眉心微蹙，說道：「這麼久？」陳近雲道：「這是我大哥的事，我一定得去。」方玟低頭不語，好一陣才道：「我們就快成親了，你卻要出遠門，好讓我放心不下。我眞不知道……在你心中究竟是我重要呢，還是你大哥重要？」陳近雲認眞說道：「我的好姑娘，世上怎能有人比妳更加重要？」

方玟聽了這話輕輕一笑，這才開心了，再白了他一眼道：「你這趟回來，往後可再也不許出門了。」陳近雲有些猶疑，說道：「永遠不許？」方玟假作生氣道：「永遠不許！有我陪在你身邊，你還嫌不足夠麼？」陳近雲忙道：「當然足夠！」

兩人相視一笑，陳近雲低下頭，飛快地在她頰上一吻，方玟羞得滿臉通紅。陳近雲又望著她傻笑了一陣，才與凌霄相偕離去，二人當日便啓程往南行去。

不一日到了貴州境內，凌霄和陳近雲一路上探訪龍幫的消息，豈知不但沒有半點龍幫的線索，連熊山幫等人也不見蹤跡，兩人便決定暗中探察當地的幾個幫派。陳近雲道：「黔中最大的幫派，就數飛蝠幫和桂花教。龍幫想收伏黔中的幫派，定會從這兩個幫派著手。」當下約定分頭探訪，凌霄赴黔南飛蝠幫，陳近雲往大婁山桂花教，一個月後在此地會合。

卻說陳近雲騎了玉驄，逕往大婁山區行去，一日來到山腳一略有人煙的市鎮。他心想：「傳言桂花教總壇便在這大婁山中，卻不知該如何去尋？」

他在鎭上牽馬走了一圈，見行人多爲苗族，衣著鮮豔，面目與漢人不大相同。他心想：「古來皇帝都想征服四方，才派軍隊來這邊地，將這地方和人民歸入版圖。龍幫的野心也眞大，這般偏遠地方的幫派，他也想來收伏！」

正行間，手中牽著的轠繩忽地一緊，陳近雲回頭看去，卻見自己馬上端坐著一個小姑娘，頭戴五彩花冠，圓圓的臉蛋，大約只有十三四歲年紀，身手伶俐，顯然身有武功。她低頭向陳近雲微笑，嘴邊浮出兩個小小酒窩。陳近雲一笑，說道：「小姑娘，妳跳上我的馬作什麼？」

那小姑娘格格一笑，操著不甚流利的漢語道：「你的馬長得好看，我喜歡。」陳近雲道：「妳想要麼？」小姑娘道：「我沒錢買。我只想騎一下。」陳近雲道：「妳騎一下，也沒有什麼不可以。」小姑娘道：「好，多謝了！」忽地雙腿一夾，在馬屁股上拍打一下，向前奔去，她只道自己縱馬跑去，這人便追不上了，低頭一看，卻見陳近雲不疾不徐地跟在馬旁，問道：「妳要去哪兒？」

小姑娘勒住馬，笑道：「你的功夫不錯。」陳近雲伸手牽住馬轡，說道：「妳想作小偷，功夫卻還不行。」正說時，前面街上忽地傳來一聲慘叫，聲音淒厲，路人一陣恐慌騷動，成群奔逃而來，口中大聲叫嚷，驚恐已極。陳近雲不懂苗族語言，忙問道：「怎麼了？」小姑娘皺眉道：「不知道?他們說大街上有鬼怪。」

路人逃命般地從二人身邊快奔而過，路上漸漸空了，才見到三個拿著大刀的漢子，身穿五彩花衣，頭包花布，正圍攻一騎。陳近雲向那馬看去，見牠通體黑毛，極是神駿，不由得暗讚一聲：「好馬！」再看那乘客，全身黑衣，連頭上都包了黑布，面上戴著黑色面具，猙獰有如鬼怪。黑衣乘客手持柳葉刀，刀法迅捷凌厲，將圍攻的刀招盡數擋開，絲毫不落下風。那幾個花衣漢子大呼小叫，黑衣人卻是一聲不響，柳葉刀青光森然，顯得說不出的詭異。又過數招，黑衣人一刀揮去，已將一個漢子的頭砍了下來。餘下二人大聲叫喊，奮力揮刀攻擊，黑衣人柳葉刀偏轉，又砍下了一個漢子的右臂，鮮血噴出，那人長聲慘叫，倒地不起。最後一人心驚膽戰，逕自呆了，站在當地直望著那黑衣人，無法動彈。黑衣人也向他瞪視，過了片刻，那漢子才大叫一聲，轉身拔步奔逃，正向著陳近雲這邊奔來。黑衣人縱馬追來，舉起左手，卻見他兩隻指尖上裝了尺許長的兩根鋼刺，左手疾伸，一根鋼刺刺穿了那人的喉嚨，那人傷口噴血，俯身倒下。

黑衣人右手提著血淋淋的柳葉刀，左手指上鋼刺猶自滴血，抬起頭，見空蕩蕩的街上只剩陳近雲和那馬上的小姑娘。他冷冷地向兩人瞧了一眼，陳近雲上前一步，擋在那小姑娘前面。黑衣人舉刀指著那小姑娘，沙著喉嚨道：「回去告訴無極老母，我每日都要殺幾個桂花教的人，直到殺光你們爲止！」

那小姑娘哼了一聲，並不答話。黑衣人勒轉馬頭，疾馳而去。

陳近雲望著他去遠了，才問道：「那是什麼人？」小姑娘答道：「黑風魔怪。」她轉頭望向陳近雲，問道：「你不怕麼？剛才怎麼不逃？」陳近雲道：「我看妳沒有逃，又捨不得我的馬，因此也沒有逃。」

小姑娘道：「嘿，你這個人很有意思。我叫作芻兒，你是我的朋友。你叫什麼名字？」陳近雲道：「我叫陳近雲。」芻兒道：「我就叫你近雲好了。你跟不跟我回去？」陳近雲道：「回去哪裡？」芻兒道：「你沒聽那怪物說麼？我得回去告訴無極老母，說黑風魔怪每日都要殺我們的人。」

陳近雲問道：「妳是桂花教的麼？」舃兒皺起眉頭，憤憤地道：「是啊。這個怪物膽子愈來愈大了，以前還偷偷的殺人，如今在光天化日的大街上就動手，還大聲向我們叫陣，當眞是不想活了。」

陳近雲又問道：「黑風魔怪爲什麼要殺桂花教的人？」舃兒聳聳肩道：「我怎麼知道？你這人東問西問，囉唆得很。你要來，便跟我走。」陳近雲笑道：「妳騎了我的馬，我只好跟妳走了。」

舃兒一笑，說道：「這馬很壯，你跟我一起騎好了。」陳近雲見她是個小姑娘，也不避忌，一躍上馬，坐在她身後。舃兒執起馬韁，策馬出了市鎭，向西行去。

行了約莫一個時辰，穿過了幾個濃密的林子，到了一處山坳。山坳中間是個極大的山洞，洞邊上布置了五彩布條，顏色鮮豔。洞門口站了兩個身形矮小的漢子，手中持刀。舃兒跳下馬來，向門口的人說了幾句話。那兩個漢子點了點頭，側身讓二人進去。陳近雲心中一凜，暗想：「這別是個陷阱才好。」他豪氣干雲，愈是危險，愈要去闖一闖，便跟在舃兒後面，走進洞中。

卻見洞內極爲寬闊，高有數丈，壁上畫滿了五彩的壁畫。洞中插了數支火把，光影反映在壁畫之上，忽明忽暗，甚是詭異。大洞的後方又有三個洞口，看來這是一個天然的石室。

陳近雲跟著舠兒走進中間的洞口，穿過一條隧道，來到一間小室。室中左右坐了兩個男子，兩個女子，中央供奉了一尊女神像，頭上戴了一頂奇形怪狀的高冠，身上纏了兩條毒蛇。舠兒跪下來，在神像前恭恭敬敬地拜下。她向陳近雲道：「你也拜。這是我們黎族人的老祖先。」

陳近雲見室中那兩男兩女冷冷地望著自己，便也跪下拜了，站起身來。舠兒道：「你坐。」讓他坐在自己身旁，便向那四人說起話來，似乎是在述說剛才在鎮中發生的事。陳近雲向那四人打量去，見左首那男子年紀較老，留著一部花鬍鬚，另三個男女年紀較輕，四人的衣服都以五彩花布製成，下身都圍著一條花花綠綠的圍裙，頭上也包著花布。舠兒說了一陣，那花鬍子指著陳近雲問了一句。舠兒回頭問陳近雲道：「長老問你，你會不會武功？」

陳近雲道：「會一點。」

那花鬍子長老瞪視著他，用漢語道：「你一個漢人，來黎族作什麼？」陳近雲早已想好了應對，答道：「我有幾個會武功的漢人朋友，聽說來到了桂花教，我來找他們。」那長老搖頭道：「沒有會武功的漢人來。」陳近雲點了點頭，心想：「或許龍幫的人尚未到來。」那長老問道：「舠兒說你是朋友，你到底是朋友還是敵人？」陳近雲道：「我不是朋友，也不是敵人。」

那長老微微一怔，說道：「好。舠兒，妳帶他出去吧。讓他在這兒待上幾日，再送他回去。」

芻兒便帶了他退出洞來。陳近雲問道：「剛才那是誰？」芻兒道：「那四位是無極老母的滦侍。」陳近雲道：「無極老母，便是桂花教的教主麼？」芻兒道：「是的。我們是黎族人，和苗族是不同的祖先。我們拜阿克拉多，意思是沒有盡頭的久遠的母親。漢語來說，就是無極老母。我們的教，你們漢人說是桂花教，在我們的語言中，意思是五彩的黎族姑娘。」陳近雲好奇道：「爲什麼叫作五彩的黎族姑娘？」芻兒一笑，說道：「因爲我們的姑娘生得特別漂亮。」

陳近雲心中一動，暗想：「傳聞桂花教的女子多會施迷術，我得留心。」

其時已近傍晚，芻兒道：「餓了吧？我帶你去吃點東西。」領著他到洞外西側一排木屋之前。她走進其中一間，屋中坐著四五個彩衣姑娘，正在煮食。芻兒讓陳近雲在外等候，自己進去取了一條野豬腿，一碗不知是什麼，走了出來，說道：「我們在外頭吃。」屋內幾個女子探頭出來，望了望陳近雲，咭咭咯咯地笑了起來，又縮回頭去。

芻兒將那碗東西遞給他，但聞香味撲鼻，見碗中綠稠稠的，不知是什麼。

陳近雲道：「這是什麼？我不敢吃。」芻兒笑道：「很好吃的。」挖了一瓢，送入口中。陳近雲見她先吃，再不疑有他，便也吃了一口，只覺入口鮮美，又吃了一口。

芻兒笑吟吟地望著他，說道：「這是毛蟲的肉作的，你放心，沒有毒的。」陳近雲啊喲一聲，作個鬼臉道：「毛蟲？」芻兒看到他臉上的表情，哈哈大笑。她又道：「長老要我照顧你幾日，再送你回去。」

陳近雲道：「好啊。但是妳還不還我的馬？」 嫋兒噗嗤一笑，說道：「你便只記著你的馬！」陳近雲道：「是啊。我的馬叫作玉驄，跟了我好多年了。」

嫋兒道：「你這人是個傻子。你在這兒只有三日，該好好盡興地玩兒。」陳近雲道：「這地方荒山野嶺，有什麼好玩的？」嫋兒道：「我們這裡的姑娘都很好，你喜歡哪一個，就去跟她玩吧。」陳近雲搖頭道：「我不喜歡和姑娘們玩。」嫋兒睜大眼睛道：「爲什麼？我們族中的青年男子，個個都喜歡跟姑娘們玩兒。」

陳近雲知道自己在嫋兒面前裝傻，或許可以混過一時，但要混過三日，卻也不易。口中跟她胡言亂語，心想：「我要自己離開這兒，也不是難事，但多待幾日，或許龍幫的人便會出現。」又想：「不知那黑風魔怪，會否便是龍幫的人？」便問道：「那個黑風魔怪是什麼人？」

嫋兒撇嘴道：「誰知道？他幾個月前出現後，便不斷殺我們桂花教的人，無極老母幾次想抓他，都被他逃了去。剛才長老說，無極老母這幾日打算親自出馬，去抓那個怪物。」

陳近雲待要再問，嫋兒拉起了他，帶他進入另一間木屋之中，說道：「來，我帶你見我的姊妹。」

只見屋中坐著四五個女子，也都穿著五顏六色的衣衫，鬢邊垂著纏繞各色花繩的細長辮子，頸項間戴著五彩繽紛的珠串，耳下掛著叮噹華麗的耳環。眾女個個面目都甚是秀美，見他進來，一齊掩嘴格格笑了起來。芻兒笑著交代了幾句，似乎要她們好好招待陳近雲，便自鑽出門去了。

陳近雲暗暗心惕，只好在眾女之間坐下了。那幾個姑娘顯然都不會漢語，陳近雲跟他們比手畫腳、東拉西扯地說笑了一陣，但見夜已深，這幾個姑娘都沒有去意，也沒有讓自己走的意思，反而愈坐愈近，幾乎挨到了自己身上，心想：「黎族人當眞奇怪得很。一個姑娘想風流也就罷了，四五個人一起，卻要如何？」

第四十五章　黑風魔怪

陳近雲正納悶著，忽聽屋外傳來一聲尖銳的號角聲，劃過靜夜，眾女都是一凜，停止說笑，慌忙整理衣冠，跑出屋去。陳近雲不知發生了什麼事，好奇心起，便也跟了出去。只見木屋中紛紛奔出了數十個男女，站在洞前，靜待指示。不一會，洞中緩步走出一個矮胖的老婆婆，頭戴如洞中女神像頭上一般的高冠，身後跟了今日見到的四個湊侍。陳近雲心想：「這多半便是無極老母了。江湖上說她武功怪異，近於妖邪，沒想到竟是這麼一個老婆婆。」

但聽無極老母尖聲說了幾句，眾人大聲答應了。陳近雲見芻兒站在一旁，神色嚴肅，便問她道：「怎麼回事？」芻兒道：「老母派人在冷月峽埋伏，已困住了黑風魔怪，要我們一起過去看看。」卻見無極老母坐上一乘轎子也似的東西，四個漢子抬了，當先行去。

陳近雲牽過玉驄，跟著芻兒和一群桂花教眾行去，約莫行了半個時辰，才來到冷月峽。那夜月色清寒，白颯颯地照在地上，冷月峽高高聳立，靜夜中洋溢著一股說不出的陰森詭異。

只見冷月峽前的空地上已聚集了黑壓壓的一群人，兵刃聲響，十餘人正圍攻那黑風魔怪。陳近雲早先見過黑風魔怪出手殺人，知他武功怪異莫名，兵刃狠辣迅捷，往往一招之間便取人性命。此時他受那十餘個花衣人圍攻，起初尚能占到上風，柳葉刀揮處，便有一人喪命，長指剛刺出處，便有兩三個較近的花衣人被戳瞎了眼睛，狂呼著退開。其餘人卻仍強攻不捨，刀光閃處，逐漸結成陣勢，將魔怪圍在中心。無極老母在數丈外觀看，月光下臉色鐵青，有如石刻，不時發出數聲尖銳的號令，指揮眾花衣人圍擊。約莫行了過了一盞茶的時分，花衣人漸占上風，魔怪左支右絀，腿上、肩上都中了刀。芻兒站在陳近雲身邊，向他道：「那怪物快支持不住啦。」陳近雲問道：「無極老母要致他死地麼？」芻兒搖了搖頭，說道：「老母下令活捉，殺不殺他，要由老母作主。」

話聲未落，眾花衣人齊聲歡呼，卻見魔怪俯身倒下。一名花衣人上前用刀背向他頭上砸去，另一人去扣他的手腕。無極老母緩緩向他走近，忽地魔怪尖呼一聲，左手伸處，兩根長指鋼刺刺穿了接近他的兩個花衣人的喉頭，兩人登時斃命，仰天倒去。無極老母的一名湠侍欺上前去，將魔怪兩手扣住，彎到背後。此時魔怪脈門被扣，加上數處刀傷，已無抵抗之能。兩名湠侍將他從地上提起，讓他跪在老母面前。

老母凝視著他，冷冷地道：「我總算收伏了你！」伸手往魔怪臉上抓去，扯下了一層面具。月光之下，卻見一張冷艷莫名的臉龐半隱在長髮之下，膚色雪白，顯得一雙櫻唇格外地嫣紅，看來不過十七八歲年紀。陳近雲不禁低呼一聲，他如何也沒料到黑風魔怪是個女子，並是個如此美貌的年輕姑娘！

老母用黎族語言說了數句，聲調極是陰沉嚴厲。魔怪低聲用漢語道：「妳殺了我就是，多說什麼？」老母哼了一聲，吩咐了幾句，她身後另一名侍者走上前來，雙手伸出，十指如鉤，撕開魔怪上身的黑衣，露出了丹紅色的褻衣。魔怪驚呼一聲，掙扎了一下，卻無法脫出被扣的雙手。陳近雲望見她雪白渾圓的肩頭和臂膀，心中不禁一動：「這女子的皮膚好白。」

無極老母冷笑一聲，伸出手抬起她的下頦，陰森森地說了幾句話。芻兒輕呼一聲，似乎有些恐懼，也有些興奮，說道：「老母要用對她施血刑，這回魔怪是逃不過的了！」

陳近雲感到毛骨悚然，問道：「什麼是血刑？」芻兒道：「那是我們族中對付叛徒的刑罰。這魔怪原來是黎族人，難怪老母要對她施以這麼嚴酷的刑罰。」

正說時，老母忽然伸腿踢，在那女子的小腹重重地踢了一腳，那女子輕哼一聲，痛得彎下腰去。老母接著又大聲宣布了幾句話，眾人轟然而應。

陳近雲忙問：「她說什麼？」芻兒道：「今晚我們可有好戲看啦！她說今夜便要行刑。有親人被她殺死的人，都可在她身上割一刀，但不能割太深了，要讓她受盡苦痛，血流乾了才死。」陳近雲臉色一變，知道這和漢人的凌遲之刑相去不遠，忍不住道：「爲何要施如此殘忍的刑罰？」

此時老母已接過一柄尖刀，一手捏住那女子的臉頰，便要往她臉上劃下第一刀。陳近雲只覺熱血上湧，大呼一聲：「住手！」飛身躍上前去，抽下腰間吳鉤軟劍，架開老母手上的尖刀，揮掌擊退那女子身後的湙侍，攬起那女子，飛身躍出數丈外。無極老母全未料到自己人中竟會有人出手救人，未曾防備，怒吼一聲，飛身上前，伸爪往陳近雲背心抓去。

陳近雲連忙施展輕功避開了，他知老母極不好惹，要救這個女子只有先將她帶走，當下頭也不回地奔去，跳上玉驄，一扯馬韁，急馳而去。身後眾花衣人齊聲大呼，紛紛追上，卻已不及，轉眼間玉驄已奔出數十丈，將冷月峽遠遠拋在了身後。

陳近雲將那女子放在身前，駕著玉驄狂奔一陣，見沒有人追趕上來，才放慢馬蹄。他向那女子看去，見她還赤裸著身子，便脫下外衣給她披上。那女子驚魂未定，回頭望了他一眼，見是個素不相識的漢子，顫聲道：「你是誰？爲什麼要救我？」聲音嬌柔，說的是漢語。

陳近雲道：「我也不知道。咱們先逃遠一些，再慢慢說。姑娘，我亂跑一陣，不辨方向，這山林中該往哪去才好？」

那女子定了定神，說道：「向北去有個山谷，可以躲一躲。」

陳近雲策馬向北行去。那女子不再說話，撕下裙擺，替自己包紮了幾個較大的傷口，便靜靜地坐在他身前。此時一彎弦月已然西沉，林中更加黑暗，陳近雲行了一陣，忽覺身上漸漸發熱，鼻中聞到那女子身上若有若無的體香，神馳意蕩，便想將她摟在懷中。他才舉起手，猛然驚覺，忙縮回手來，暗想：「我是怎麼了？怎地如此把持不住？」心中驚詫，他一向自制力極強，對於身上的覺受掌控極爲準確，這是在江湖上行走不可或缺的本領。此時他卻感到逐漸失去控制，好像身前的女子有著什麼魔力，又似乎腦中有個聲音不斷大叫大喊，要他放下一切拘束，盡情放縱一番。那女子聽得身後之人的呼吸聲愈漸粗重，回頭看去，但見他滿臉通紅，眼中布滿血絲，不由得微微一驚，轉回頭來，低聲道：「就快到了。」

陳近雲吸了口氣，盡力凝神自制，縱馬向前馳去，不多時便進入了一個山谷。那女子指點路徑，兩人來到山谷東側，在一叢灌木前下馬。那姑娘撥開灌木，但見其後有個小小的山洞，恰可容兩人，地上鋪了乾草，似是有人住的。那女子道：「我被人追殺時，便躲在這兒。你進去吧。」

陳近雲只覺身上火熱，無法按捺，退後了幾步，說道：「我留在外面。」

那女子點起一支火把，站在灌木叢外，一雙杏目凝望著他，嫣紅的雙唇微抿，火光閃爍下，映得她美艷的臉龐更加誘人。陳近雲喘息道：「妳在使什麼妖術，妳……妳離我遠一點。」

那女子忽地欺上前，揮掌打向他面門。陳近雲伸手格開，回掌攻擊，卻覺全身燥熱，內息洶湧，出掌不自覺地使了八成力道。那女子身形輕靈，向旁一滑，避開了這掌，又揮掌攻來。兩人交了數招，那女子忽地舉起左手，指上兩根長長的鋼刺直刺向陳近雲的雙目。陳近雲大驚，連忙向後仰去，那女子右腳一勾，登時將他絆倒在地，隨即伸掌向他胸口打去。陳近雲心中閃過：「我要死了！」眼前一黑，就此不省人事。

黑暗中，陳近雲只覺身上熾熱，感到自己在一團灰霧中狂奔，氣喘吁吁，明知後面有人追殺，腳下卻怎樣也快不起來，身上衣衫被兩旁的樹枝勾住，一片片扯了下來。接著又突然回到關中老家，他站在自家門外，仰頭見天氣晴朗，日光耀目。他欣然走回家中，卻見父母和兩個哥哥都坐在廳上，母親正掩面哭泣，兩個哥哥也臉色灰敗。他一驚，上去探問，家人竟全聽不到他說話，也看不到他，他悚然醒悟，家人竟是在爲他的死而悲傷！他大驚奔出家門，迎面一人將他攔住，伸臂緊緊抱住了他。他定睛看去，那人正是冷月峽中的美艷女子，她拉過他的雙手，讓他摟住自己的纖腰。他低頭望見她頸中雪白的肌膚，不可自制地狂吻她的頸項，耳中聽見她輕輕地喘息。他抱著她滾倒在地，鼻中聞到她身上淡淡的香味，一番雲雨纏綿後，忽覺自己跌入了一個深谷之中，眼前又是黑暗一片。

過了許久許久，他才醒轉過來，只覺全身疲勞不堪，頭痛欲裂，睜開眼，面前灰色一片，似是山洞的頂壁，洞口射入光線，已然天明。他身體一動，發覺臂彎中睡了一人，長髮披散在自己胸口。陳近雲坐起身，看清那人便是昨夜被自己救出的女子。她身上蓋了自己的外袍，猶自睡得香甜。

陳近雲呆了呆，輕輕起身，走出山洞，只見洞外豔陽高照，天氣清朗，揉了揉眼，心中只想：「我昨夜怎麼了？我昨夜怎麼了？」愈想愈覺頭痛，只想起一些零零碎碎的夢境片段，無法連貫，感覺身上疲乏，便盤膝坐下，將內息運了一周，順暢無礙，比起昨夜內息衝動不可控制的情況好得多了。他靜坐半晌，感到全身氣息舒順，精神一振。忽聽洞內傳來一聲驚呼，他忙跳起身，探頭望去，卻見那女子坐在地上，雙手掩面，低聲喘息。陳近雲問道：「怎麼了？」

那女子抬頭望見他，怔了半晌，才長長吁了一口氣，搖頭道：「沒什麼，我作了個噩夢。」雙手仍輕撫面頰，似乎想確定臉面不曾被無極老母毀傷。

陳近雲心想：「她大抵夢到自己身體遭了摧殘。昨夜我若不出手，她便得慘遭酷刑，一個女子受到這種驚嚇，也實在可憐得很。」又想：「昨夜到底是怎麼了？是她對我下了迷藥麼？她昨晚出手將我打昏，卻也沒殺了我。這女子扮作黑風魔怪，出手狠辣已極，其實卻是這麼一個美麗的姑娘，當眞意想不到。」

那女子定了定神，坐直了身來，陳近雲見她披著自己寬鬆的外袍，卻掩不住身形婀娜，雙手將一頭長髮挽起，在腦後盤了一個髻。陳近雲怔怔地望著她，心中一動，記起昨晚騎在馬上時，望見她後腦便是梳著這麼一個髻，隱約記得夢中似乎見到過她雪白的頸項。

那女子一邊挽起頭髮，一邊道：「昨晚我們沒說到話。你究竟是什麼人？你爲什麼要救我？」陳近雲道：「我叫陳近雲，是從關中來的。我不忍心見妳遭受刑罰，才出手將妳帶走。請問姑娘如何稱呼？」

那女子抬起頭來，陳近雲見她一雙杏眼水汪汪的，嫣紅的唇間橫咬著一根細細的雕花木簪，冷艷中帶著幾分野性，腦中忽然閃過她伏在自己懷中，抬頭望向自己的一幕。只見她從口中取過簪子，熟練地插入髮中，開口道：「我叫赤兒。你身子好些了麼？」

陳近雲聽她問起，心中疑惑愈來愈重，再也忍耐不住，問道：「我昨晚是怎麼了？」

赤兒輕哼一聲，說道：「桂花教的姑娘愈來愈不像話了。用藥用得這麼重，你連發生什麼事都記不得，就差沒要了你的命！」

陳近雲驚道：「我中了毒麼？」赤兒道：「也差不多了。你幹麼跟桂花教的人混在一起？」陳近雲道：「我在山腳鎭上見到一個姑娘，她帶我去了桂花教的總壇。」赤兒道：

「就是那個騎在你馬上的小娃子麼？」

陳近雲一怔，才想起黑風魔怪曾在街上見到自己和芻兒，只是一時無法將黑風魔怪跟眼前這個姑娘連在一起，便道：「是的，她叫芻兒。」

赤兒冷笑道：「芻兒這小丫頭，哼，膽子倒大。她騙了你回去，那兒的姑娘沒整到你，反而讓你救走了我，芻兒這下子可有得苦頭吃了。」陳近雲道：「她們也沒對我怎樣，請我吃了東西，便留我在屋裡說話。」

赤兒望著他，嘴角微微一撇，說道：「沒對你怎樣？她們給你下了極重的迷春藥，想讓你一個晚上陪四五個姑娘，以後夜夜讓你這麼揮霍，直到你不行了，便將你殺了。」

陳近雲大驚失色，說道：「我……我一點也不知道。」想起昨夜內力失控，對她大動情懷，原來是迷春藥的緣故。

赤兒不再說話，逕自取過自己的衣衫穿上。陳近雲連忙轉過身去，心中怦怦亂跳，不禁又想：「那麼我昨夜有否對她逾禮？」這話卻無論如何問不出口，忽地憶起昨夜似乎曾抱著一個溫軟的身體，愈想愈覺得自己確曾與她有一番繾綣，卻偏生模模糊糊的記不清楚，不由得臉紅過耳，不知如何是好。

赤兒穿好了衣衫，走出洞來，神色自若，說道：「你昨夜內息一團紛亂，我原想將你打昏了，替你調調息便可克制藥性，豈知桂花教的迷藥比我所知還要猛烈。無法之下，只好讓你藥性發散，藥性過了就沒事了。」

陳近雲聽了，心中再無疑問，不禁羞慚難已，說道：「赤兒姑娘，我對不起妳。」赤兒奇道：「對不起我什麼？」陳近雲道：「我傷了妳的清白，妳要打我殺我，我都不會皺一皺眉。」

赤兒先是一呆，才噗嗤一聲笑了出來，說道：「你們漢人眞是古怪。你救了我的命，有恩報恩，有什麼好對不起的？再說，你若沒救我，我昨夜便要被桂花教的人折磨，又要受血刑，比較起來，昨夜跟你一起可是好上千百倍了。」

陳近雲臉上又是一紅，心想黎族姑娘的想法當眞坦蕩，卻仍不敢和她同處一個山洞中，說道：「妳在這兒安全了，那麼我要走了。」

赤兒道：「這兒離桂花教不遠，現下周圍一定已布滿了搜捕我們的人，你一出這山谷，定會遇上他們的人。我們等到晚上再出去。」

陳近雲只好回入山洞坐下。赤兒從洞後拿出一些乾糧，說道：「吃吧。」兩人對坐而食，都不再說話。陳近雲想起一事，問道：「妳爲什麼要殺桂花教的人？」

赤兒抱著膝，說道：「你知不知道他們昨夜想如何處置我？」陳近雲道：「我聽芻兒說了。」赤兒道：「我娘便是受了那種刑罰。」

陳近雲不禁身上一寒。赤兒又道：「我娘以前跟無極老母的兒子要好，無極老母很是惱恨，便找藉口處她血刑，讓她兒子死心。我娘受刑後天幸保住了一條命，逃離了桂花教，後來才生了我。她從小教我武功，便是爲了要我替她報仇，殺光桂花教的人。」

陳近雲見她恨意深重，說道：「桂花教人很多，又很厲害，妳若再被他們抓住，便沒這麼容易走脫了。」

赤兒道：「我得去漢地躲一陣。待他們放鬆了戒備，我再回來報仇。你要回漢地去麼？」陳近雲知她不是龍幫的人，心想一個月將到，須得去與凌霄會合，便道：「是。」赤兒道：「我跟你同去。」

陳近雲暗覺不妥，又擔心她孤身一人，若再被桂花教的人抓住，下場堪虞，便道：「我往關中去，可以送妳到湖廣。」赤兒甚是高興，笑道：「好極。」

將到傍晚，赤兒從洞旁的樹林中牽過一匹全身黑毛的馬，正是陳近雲在鎮上見她騎過的馬。陳近雲原本愛馬，見這馬神駿非常，不由得讚道：「好馬！」赤兒甚是得意，微笑道：「我這馬叫作黑旋風，是我親手養大的，聰明得緊。」

赤兒餵飽了黑旋風和玉驄，當夜二人便並轡出了山谷，向東北方行去。赤兒揀荒僻的小路走，一路上遇到七八個桂花教的人，都由她出手解決了。到了當與凌霄會合的小鎮，凌霄卻在客店留了一封信，說他打聽到龍幫的消息，已先追了上去，請陳近雲自回關中，多謝他跋涉一趟云云。

陳近雲便與赤兒一起上路，往北行去。赤兒容色艷媚，體態動人，又視漢人禮法爲無物，陳近雲起先盡力自制，後來卻漸漸無法抗拒，對她柔媚的姿容神魂顛倒，如癡如醉。赤兒對陳近雲也漸生情愫，二人路上愈行親密，啓程後的第三夜，兩人便再度同宿。之後二人白日緩緩行路，晚上纏綣共眠，似乎都只盼這路永遠也走不完。

第四十六章　龍場驛丞

卻說凌霄和陳近雲分手後，逕往南方行去，漸漸進入黔南的丘陵地帶。又行數日，地勢越險，到後來只是荒山野嶺，少有村落。這一日來到一個較大的市鎮，一問人，才知已到了貴陽。他向人詢問，卻都無人聽過「飛蝠幫」的名頭。他待了兩日，束手無策，這日來到市集，繼續向人詢問，恰好遇到一個從外地來貴陽採辦的苗人，聽說他在尋找飛蝠幫，微微一怔，上前向他行禮，說道：「這位兄臺，我以前曾是飛蝠幫的人。」凌霄聽他漢語流利，也是一呆。他在貴陽盤桓數日，已知此地幾乎全爲苗人，而苗人中會說漢語的少之又少。他連忙請問其詳。

那苗人道：「飛蝠幫原本是苗族的一支，因崇拜蝙蝠而得名。族人好勇鬥狠，崇尚蠻力，多年前曾打敗兩廣一帶的數個漢人幫會門派，因而得名。但如今飛蝠幫已不復存在。」凌霄奇道：「卻是爲何？」苗人臉現恭謹之色，說道：「那是因爲王大人來了。」

凌霄追問之下，才知這王大人姓王名守仁，乃是弘治朝進士，數年前因得罪當權宦官劉謹而被貶貴州，作了龍場驛的驛丞。這人極有志氣，雖被貶到邊疆蠻荒之地，卻並不消沉絕望，在龍場這人煙稀少、民情悍勇之地開設書院，教苗人讀書識字，從此民風丕變，原本好鬥悍狠的飛蝠幫眾來書院讀了書後，受到感化，飛蝠幫就此煙消雲散。

凌霄聽了甚覺稀奇，有心一探究竟，便決定跟那苗人回去龍場。離開貴陽不久，人煙便稀少了，放眼便是一片窮山惡水，荊棘叢生。凌霄想起虎山也屬偏遠山地，山居生活簡陋清淡，但比起這窮鄉僻壤可要舒適寬裕得多了。他心中不禁對這漢地來的進士更加好奇，想知道他是如何在這困蹇的環境下，開闢出一片新的天地，竟能感化這許多的苗族人。

兩人抵達龍場時已是傍晚，苗人帶凌霄去書院見王大人。但見一個四十來歲的瘦弱男子緩步走出，面貌看來十分樸實忠厚，眼中卻閃著溫潤的光彩。即使凌霄已失去靈能，也看出此人頗不尋常，當下上前行禮道：「草民拜見王大人。」

王守仁連忙擺手讓他免禮，請他坐下了，說道：「貴客不必多禮。漢人而來此偏僻驛站的，幾年也沒有一個。請問有何可以效勞之處？」

凌霄道：「我原爲追尋飛蝠幫而來，到了貴陽，才知飛蝠幫眾受到大人的感化，已不復存在了。我心中好奇仰慕，因此特來拜見。」

王守仁瘦削的臉上露出笑容，說道：「我來此地三年，別的事沒作成，講學教化倒是頗有心得。聽閣下口音，似是北方人。請問貴客家鄉何處？」

凌霄道：「在下長居山東虎山。」王守仁眼睛一亮，說道：「可是醫俠居住的虎山？」凌霄不料這偏遠地方的小官竟也聽過自己的名頭，說道：「不敢，正是區區在下。」

王守仁聽了這話，一跳起身，大喜道：「天下豈有這等巧事！我正想派人去漢地尋求醫者，一位當世大醫便從天而降！凌大夫，本官有急事相求，請您務必應允。」凌霄道：「王大人請說。但教在下力有所能，必當效命。」

王守仁喜慰得不斷搓手，隨即蹙起雙眉，說道：「實不相瞞，龍場左近過去一月來瘟疫橫行，染病者已逾百人，死者超過十人。此地無醫無藥，我擔心病勢延展下去，將一發不可收拾。」

凌霄一聽，便知情勢嚴重，忙道：「請快帶我去瞧瞧病患。」王守仁便領他來到書院之後的幾間草舍，還未走入，一陣撲鼻臭味傳來。但見舍中躺了三名苗人，骨瘦如柴，面色發黑。王守仁道：「發作前毫無徵兆，先是腹瀉，一日數次。繼而嘔吐，腹痛如絞。數日之後，便有幾名病者不支死去。」

凌霄來到一名病者身旁，觀望探診，但見病人眼窩深陷，聲音嘶啞，皮膚乾燥皺縮，腹部下陷呈舟狀，唇舌乾燥，口渴欲飲，四肢冰涼。凌霄皺眉道：「這應是霍亂。」他雖從未遇過此症，但在《諸病源候論．霍亂病諸候》中讀到過：「霍亂者，由人溫涼不調，陰陽清濁二氣有相干亂之時，其亂在於腸胃之間者，因遇飲食而變發。」《雜病源流犀燭・霍亂源流》則說：「皆由中氣素虛，或內傷七情，或外感六氣，或傷飲食，或中邪惡、污穢氣及毒氣，往往發於夏秋。」他搜尋記憶中研讀過的眾多醫書，斷定這應為極易擴散傳染的霍亂之症。

王守仁忙問：「有救麼？」凌霄道：「有救，但此時正是盛暑六月，南方之地潮溼炎熱，需小心疾病快速蔓延。快找兩三個健壯的驛卒，將鄰近村莊山砦中所有病人都移來此地。」

王守仁捲起袖子，說道：「好！我這就去。」凌霄奇道：「大人何須親自動手？難道沒有驛卒麼？」王守仁苦笑道：「你瞧這鳥不生蛋的驛站會有驛卒麼？除了當年跟我同來的兩個隨從外，我再無其他手下。」凌霄眼見如此，便道：「我與你同去。」

當下王守仁帶了兩名隨從，連同凌霄，四人打著火把摸黑出門，一一造訪鄰近的苗族村落，讓村人將病者立即送到龍場的書院中。到得半夜，已有數十名病者被送到書院，草舍、講堂、外廳、食堂全躺滿了人。凌霄吩咐王守仁和兩個隨從：「病症好轉之前，切莫讓病人離開。病人須躺下休息，勿亂走亂動，唯腹瀉時得立即去茅房。每人皆需飲大量清水，以免脫水。」自己則一一觀察病人，分輕重症分置於不同房室。重症者，他以金針替病者扎指放血，在每指指甲蓋和第一關節之間扎下，接著快撫胳膊，令血流出，以助血脈順暢流通，又配製清熱補氣湯藥，餵病重者服下。

到得次日，左近村莊山砦聽聞有漢人神醫來此，紛紛將病者送來，不多時便將書院擠得水泄不通。凌霄長年爲醫，卻也是首次獨自面對上百名病家，只忙得焦頭爛額。幸而此病症狀單純，只要留心照護，絕大多數病人在六七日後便能痊癒，漸漸恢復，病勢甚少反覆。

凌霄便在龍場書院住了下來，不眠不休地看顧病人。王守仁也同樣不眠不休，盡心協助凌霄，照料病人。一有閒時，便給躺在講堂中的病人講學，有時凌霄也在旁傾聽。

但聽王守仁道：「心只爲一物。對芸芸眾生升起惻隱哀憐之心，便是『仁』；行止得宜，稱爲『義』，有條有理，就稱爲『理』。在心之外尋求仁、義、理，都是不可得的。在心之外求理，『知』和『行』就變成兩回事了。在本心中求理，即爲聖人『知行合一』之道。知與行乃是一回事，心與理乃是一回事，無二無別。因此心外無理，心外無物。」

有病者聽不懂，問道：「王大人，這話怎說？南山上的花樹自開自落，跟我的心有何關係？」王守仁微笑道：「問得好！你想想看，你不看這花時，花和你的心同歸於寂。你來看此花時，則花之顏色一時明白起來。由此可知花不在你的心外，而在你的心內。」凌霄聽了，若有所悟，想起自己仍具有靈能時，之所以能夠觀望人心和遠處事物，全源於心的作用。他心中甚是欽服王守仁學問深厚廣博，是個有道之人。

王守仁十分注重心學，常常告誡眾人道：「起心動念之處若有不善，就該立即將這不善之念克倒了，需要徹根徹底，不使那一念不善潛伏在胸中。」他說得興致高昂，眾病者雖一知半解，卻也聽得津津有味。

如此一個月匆匆過去，直到書院只剩下六七名病家，凌霄才鬆了一口氣，知道危機已然過去。這夜他與王守仁並肩坐在書院講堂中，相對一望，想起過去一個月來的辛勞焦慮，都笑了起來。王守仁拍拍凌霄的肩膀，說道：「我不斷向人講說『知行合一』的道理，此回見識到凌大夫的神妙醫術，才眞正展現了既知方法，又能實行的妙用。」凌霄微微一笑，說道：「我有機遇來此見到王大人，聽聞大人講學，那才是三生有幸。」忽然凝望著王守仁，說道：「此地病人大多已治癒，現在該輪到大人了。」王守仁臉色微變。

凌霄道：「王大人這咳病，已有許多年了吧？」王守仁搖頭道：「我知道自己這病無藥可治，從未抱存希望。」凌霄道：「且讓我瞧瞧。」伸指替他把脈，良久不語。

王守仁見他沉默如此，心中知道絕非好兆，說道：「王某已將生死置之度外。凌大夫有話直說，不用避忌。」凌霄抬頭望向他，說道：「大人病況不輕。少則兩年，多則五年。」

王守仁點了點頭。他雖已領悟了聖人之道、心性之學，心地開闊，但聽聞自己最多只有二至五年可活，也不禁有些悵然若失。凌霄又沉思一陣，說道：「給我兩日時間，我或能爲大人延十年之壽。」

王守仁聞言不禁驚喜，說道：「當眞？」凌霄點點頭，說道：「這病確實無藥可醫，但我練氣多年，能以眞氣紓緩大人病症，略延年壽。」王守仁道：「這難道不會減損大夫的修爲？」凌霄搖頭道：「無妨。」王守仁卻道：「我往年也曾習武練氣，深知眞氣累積不易，練武之人因此視之重若性命。大夫爲我耗損眞氣，我如何承受得起？」凌霄道：「不瞞大人，我原本命不長久，因此眞氣多寡，對我實非要事。」

王守仁大驚，忙問其故。凌霄靜默一陣，才將自己身受毒咒的前後簡單說了。王守仁聽得驚訝不已，不斷追問細節。凌霄從未向人說起這些往事，此時身在偏遠邊地，面對一個獲罪受貶卻德行高超的小官，感到無所顧忌，便將段獨聖、火教、靈能、咒術、虎俠等都如實說出。王守仁對江湖中事所知不多，這些內情實是聞所未聞，愈聽愈奇。凌霄也提起自己曾遇上能略解自己毒咒之苦的神祕女子，以及邂逅燕龍並對她暗生傾慕等情。王守仁專注而聽，神情中流露出對他的眞切關懷。

凌霄也問起王守仁的過去，得知他少年起便特立獨行，豪邁不羈，一心追求聖賢之道，走上了一條極爲孤單卻又極爲充實的道路。如今他雖官場失意，遠貶貴州，但他在潛居邊地數年中，幡然悟道，卓然有得，心境一片光明，凌霄也不禁衷心爲他喜悅。兩人惺惺相惜，結爲知交。

此後二日，凌霄每日花六個時辰替王守仁運氣通順肺脈，緩和宿疾。他眞氣豐沛，又毫無所惜，將一生功力都用於紓解王守仁的肺疾。王守仁衷心感念，知道開口稱謝不足以表達對他的感激，兩人分別時，只拍拍他的肩，說道：「凌兄弟，天無絕人之路，你我共勉之。有緣再見。」

凌霄拜別王守仁後，便返回貴陽，恰巧又遇上了熊山幫的那群人，得知龍幫已向熊山幫下手，姓馬的老者等人正趕回山西去看看情況。凌霄便留信給陳近雲，自己跟上熊山幫的人。到了山西時，才知道熊山幫已歸伏成爲龍幫屬下，據說其頭兒周老大是被一個美艷之極，名叫扶晴娘子的女子給打敗的，他輸得心服口服，已傳令熊山幫幫眾一體遵從龍幫指令。

凌霄見自己又錯過了遇到龍幫中人的機會，十分懊惱。他在山西太行山停留了幾日，這一日聽說龍幫派人來熊山幫傳令，便立刻趕去熊山總壇，想會見這龍幫使者。去了才知這人並非龍幫中人，竟是舊識金獅幫主金老大，不過是受了龍幫的令來傳話而已。金老大的獨生愛子往年曾得怪疾，全身腫脹疼痛，金老大連夜抬著兒子趕上虎山，跪地痛哭，請求醫俠救命。凌霄花了半年的時間，才將金老大的兒子治好。金老大感激不已，發誓這輩子要留在虎山，爲凌霄作牛作馬。凌霄不要他作牛作馬，他便摸摸腦袋，又回去作他的金獅幫老大。

凌霄待金老大離開熊山幫，便去找他。金老大見到凌霄，驚喜非常，又感激拜謝了一番。凌霄得知他曾去過龍宮，便問起龍宮的情況。不料金老大對龍幫害怕得要命，不敢多說，因感念凌霄昔年曾救活他兒子的恩情，才吞吞吐吐地說出了龍宮的所在。凌霄問明了路徑，連夜趕往五盤山龍宮。

注：王守仁便是明代大儒王陽明。他是歷史上少見的全才，不但哲學思想對後世影響深遠，在當代也是武功顯赫，勦匪討逆，屢戰屢勝，更是出色的詩人和書法家。

武宗正德元年（一五零六年），當權宦官劉謹爲消滅異己，逮捕了二十多位正直大臣，王守仁看不過去，上書抗救，觸怒劉謹，遭廷杖四十，貶至偏遠的貴州龍場，擔任小小的驛丞。他居龍場三年，爲苗人開堂講學，明史云：「守仁因俗化導，夷人喜，相率伐木爲屋，以棲守仁」，極得當地民眾愛戴。該地窮荒無書，王守仁只能朝夕溫習往年所學，苦思之下，終於頓悟了「心外無理，心外無物」的至理，發展出「知行合一」和「致良知」的創見。

他長年患有肺疾，終年五十六歲。本書在提到王守仁的事蹟時，大體依照史實，然年份上不免有所出入：王守仁在貴州龍場擔任驛丞的時間，應爲正德二年至五年；凌霄入貴的年份應在正德十三年左右，其時王守仁已轉任贛南巡撫，在江西大破盜匪，展現過人將才，立下彪炳戰功。至於眞氣延壽之說，自出於小說家編造附會。

第四十七章 龍宮高手

卻說凌霄往五盤山趕去，一路上聽聞愈來愈多關於龍幫的傳聞，不是什麼幫派被龍幫收服了，便是什麼教門被龍幫殲滅。又聽聞黑幫邪教的大頭子火教已開始和龍幫起了衝突。火教的羽翼廣泛，勢力龐大，多年來江湖上三教九流各種幫會大都臣服於火教，龍幫現在一一收服這些幫會，隱然有與火教爭霸之勢。

凌霄心中極為懷疑：「這龍幫究竟打算作什麼？它想要稱雄江湖麼？看它行事作風，野心著實不小。正教和火教已相殺不斷，現在再加上一個龍幫，只怕更要攪得武林上腥風血雨，爭鬥不絕。」轉念忽想：「難道龍幫的出現，正相應了籤辭中的『異龍現，江湖變』？」想到此處，心中怦怦而跳，莫非龍幫便是「異龍」？段獨聖曾從性覺老僧處騙得這段籤辭，此刻想必對龍幫極為忌憚。龍幫和火教大鬥一場，勢所難免。

他又想：「燕兄弟這幾年不見蹤跡，莫非已離開了中原？若真如此，那是最好。未來幾年武林只怕不得安寧，她身為雪艷胡的傳人，還是別捲入這場紛爭才好。」

這一日來到了商縣，離五盤山還有三日的路程。凌霄午時在一家酒樓打尖，卻見大街上三騎馬快奔過去，馬上人都穿黑衣，頭蓄寸許短髮，衣袖上繡了鮮紅的火焰圖案。乘客神情剽悍，當先一人口中高聲道：「聖火神教神聖教主有令，誰能取得龍幫龍頭辛龍若的人頭，明王將賞一千兩黃金！」二人在大街上來回奔馳呼喊了數遍，便快馳出城。凌霄心想：「火教這懸賞龍頭的令旨可狂傲的很，這麼大剌剌地在大街上宣告，段獨聖可將自己當成帝王了。」

他再往五盤山行去，來到山腳下的一個小村。那五盤山並不很高，但地勢險惡，密林連綿，十分難行。凌霄到了山腳，便知情勢已是劍拔弩張。那小村中聚集了四五百人，都穿黑衣，腰繫白帶，看服飾乃是狂教中人。他知道狂教乃是火教的旁支，教主石雷正是聖火教四大護教尊者之一。看來聖火教和龍幫是對上了，派狂教來攻打龍幫的總舵。凌霄對雙方都無好感，只因聽聞凌雲在龍宮，才趕來尋她。此時見兩邊將要決鬥，心想自己或可趁亂闖入龍宮，尋找妹子。

他避開狂教中人，待天色暗下，便獨自往五盤山行去。但見龍幫早有準備，數處關卡皆有十多個青衣人把守，幾處要隘也已布了陷阱。他心想：「狂教那些人多半討不了好去。」

看守的人卻擋不住似他這般的高手；他施展輕功，避開哨站，一路上山都無人發現。往龍宮的路上有幾處地形險惡，須得攀爬而上，最後的三里路布滿荊棘怪石，更是艱險難行。他在黑暗中辨識道路，緩緩行去，終於來到龍宮之前。卻見面前一條七尺寬的青石板路，路的盡頭巍然立著一座青石大殿，屋頂上盤了兩條巨大的飛龍，昂首向天，氣勢飛揚壯闊。門口十來個侍衛來回巡視，門禁森嚴。他不想打草驚蛇，見宮門左首三丈處有一棵大樹，枝葉茂密，便一躍上樹，隱身樹間，打算等狂教攻上來時，再趁亂闖入。

等了一陣，殿中走出了一個中年漢子，方面大耳，氣度儼然。數名幫眾見到他，趨前行禮，躬身聽令。中年漢子朗聲道：「龍頭有令，放石雷上來，其餘從後山和東路攻上來的狂教徒，都抓了起來，抓不到便殺了。」眾人齊聲答應，幾個幫眾便奔下山去傳令。那中年漢子抱胸站在殿口，靜候回報。

不多時，一個幫眾快奔回來，向那中年人道：「啓稟尚師傅，火教尊者石雷傳話來，說要上龍宮來拜見龍頭。」那中年人嗯了一聲。正此時，龍宮中款步走出了一個娉婷的身影，霎時間殿前猶如春風輕拂，芙蓉初綻，似乎陡然光亮了起來。凌霄定睛看去，只見一個絕美的女子緩步走出，容色媚艷無儔，一身紫衣襯得她膚光如雪，一頭烏黑的青絲梳了一個偏髻。她在殿前站定，幾個侍衛一齊躬身道：「夫人。」那美女點了點頭，開口道：「尚大哥，情況怎樣了？」

凌霄聽她聲音嬌媚輕柔，看她的容顏，約莫只二十六七歲年紀，心道：「沒想到龍頭的夫人如此年輕美貌。」這少婦比之他以前見過的女子都美上甚多，趙立如等自是遠遠不如，連武林三朵花白水仙、蕭百合、姬火鶴和江南第一美女盛清清等與她相比，也不免遜色，唯有燕龍的氣質可與她相比擬。燕龍的美中帶著懾人的英俊傲氣，這少婦的美卻帶著迷人的浪蕩妖冶。凌霄又想：「不知她是否就是打敗熊山幫周老大的扶晴娘子？」

果聽那尚大哥說道：「扶晴娘子，石雷說要來拜訪龍頭，看來想來個先禮後兵。」扶晴娘子道：「龍頭既然有令要放他上來，就讓他上來吧。」那尚大哥道：「狂教中高手只石雷一個，但我聽聞吳隙也來了，火教的其他高手，不知會否一起上來找麻煩。」

扶晴微微一笑，說道：「我便與尙大哥、舞雩姊姊，跟這些人過過招吧。」

尙大哥向手下傳令道：「讓他帶五六個手下上來。」

卻見龍宮中一個女子大步走了出來，粗聲道：「尙大哥、扶晴，咱們要動手了麼？」

扶晴轉頭向她笑道：「舞雩，妳想對付哪一個？石雷呢，還是吳隙？」

凌霄見這舞雩約莫三十來歲年紀，身形健壯，神情粗豪，劍眉大眼，和扶晴的細緻柔媚恰爲兩個極端。她道：「哪個都行。就是里山不在，不然咱們四個，也好鬥鬥邪火教的四個魔頭。」

扶晴歎道：「唉，提起里山，龍頭這幾日可是著實不開心呢。他遣了里山下龍宮，還不都是爲了那個小姑娘？」尙大哥道：「我可從沒見龍頭這般不快。不知這小姑娘是什麼來頭？」舞雩道：「我問了，龍頭不說，我也沒敢多問。扶晴，龍頭對妳也不談這事麼？」扶晴笑道：「嘻嘻，我也不敢問他。龍頭惱起來，我可擔當不起。」

三人站在廳口說著話，神態輕鬆好似等著要迎接客人一般，全沒將狂教攻山、高手來襲放在心上。

過不多時，青石板路的那頭出現了一夥人，當先一人身形矮壯，頭上光禿，正是火教尊者無法無天石雷；其旁是個瘦削漢子，是流星趕月吳隙。多年不見，兩人在火教中地位大大提高，春風得意，架勢十足，已非當年跟在張去疾身邊擔任侍衛時的景況。兩人之後是個身形高大的白衣道士，一部黑色長鬚垂在胸前。凌霄心想：「吳隙和石雷都是火教中武功數一數二的人物，不知龍幫中人能否抵擋得住？」

石雷走上一步，朗聲道：「聖火神教神聖教主麾下，尊者吳隙、石雷，雁蕩山天宗道長，特來拜見龍幫大龍頭辛龍若。」

尚大哥上前一步，抱拳道：「在下龍幫尚施，久仰諸位大名。龍頭今日不願見人，閣下有何貴幹，在下可代爲領教。」

石雷和吳隙對望一眼，石雷打了一個哈哈，說道：「我們專程來訪，龍頭竟要作縮頭烏龜，不肯出來相見麼？」言語極爲傲慢無禮。

尚施聽他語帶輕慢，冷冷地道：「龍頭不見不速之客。」石雷臉色微變，說道：「神聖教主有令，吩咐我等當面對龍頭示下。」尚施道：「龍頭不奉火教的令，龍幫亦不會屈服於火教之下，也不屑與火教相交。你們有什麼話，現下也不用說了。」

石雷勃然而怒，喝道：「閣下既然如此無禮，我們也只好不客氣了！」尚施道：「閣下原本便沒安好心，也不用假惺惺。石教主和吳尊者要出手，便請劃下道兒來。」

凌霄心想：「龍幫的人倒也爽快。這尚施看來和和氣氣的模樣，說起話來卻一針見血，直接了當。」

卻聽吳隙哈哈一笑，說道：「我聖火神教光明寬大，豈會無端生事？只因龍幫無恥橫暴，天下人人指責痛罵，我等看不過去，才奉聖火教主之令，出手懲戒。沒想到我等上山來，辛龍若竟然避而不見，對我等無禮已極，是可忍，孰不可忍？」

扶晴噗哧一笑，說道：「請教吳尊者，我龍幫作了什麼事，竟能比貴教的所作所爲還要無恥橫暴？」吳陰哼了一聲，說道：「你們直到此時還要裝傻，委實讓人瞧不起。龍幫依仗著武力，將本教的使者強行擄去，眾目睽睽之下橫行無恥，當眞卑鄙不堪。」

尚施一怔，望了望扶晴和舞雩，說道：「什麼使者？」

石雷大聲道：「本教青雲使者在應山被龍幫中人擒去，眾人眼見爲憑，你還想抵賴麼？嘿嘿，你們龍頭不肯出來，此刻多半正躲在後宮作那等見不得人的勾當！你們若不交出來人來，莫怪我等下手無情！」尚施搖頭道：「什麼青雲使者，我等從未聽過。本幫只怕還不屑對貴教的妖邪動手。我們就算眞要抓貴教的使者，也會光明正大地抓，比貴教四處偷偷擄掠良家女子要坦蕩一些。」

石雷怒道：「你要否認，除非讓我們將龍宮搜上一搜！」尚施道：「你們要踏進龍宮一步，只怕還沒這個本領。」

石雷從腰間拔出一對雷震擋，大步上前，喝道：「有沒有本領，手底下見眞章。我來領教尚師傅的高招！」

尚施望著他，神色自若，說道：「咱們是一對一呢，還是大夥齊上？」吳陰道：「閣下也是武林中有頭有臉的人物，如何能胡打群架？自然是一對一。我們由石教主、天宗道長和在下迎戰。」

尙施道：「打贏了又如何？打輸了又如何？」石雷道：「我們贏了，龍幫便須交出青雲使者，臣服聖火神教，龍頭並須親來獨聖峰，向神聖教主跪請不恭之罪。」

他這話說得極是狂慢，尙施和扶晴、舞雩都笑了起來，扶晴笑嘻嘻地道：「石教主，你說話當眞有趣得緊。若是我們若打敗了閣下，段獨聖是不是也會親來龍宮，向龍頭跪請不恭之罪呢？」

石雷向她怒目而視，說道：「在下眼拙，這位便是扶晴娘子麼？」扶晴道：「是啊。尙大哥，這位便是狂教的石矮禿子，是不是呢？」

石雷怒不可遏，他最忌別人笑他身矮禿頭，這時讓一個少婦當眾取笑，如何放得下臉來？他又不屑與扶晴交手，便舉起雷震擋向尙施叫陣：「尙師傅，出手吧！」

尙施向扶晴道：「夫人，這姓石的便由我來應付吧。舞雩可以和吳尊者過過招，夫人和天宗道長切磋切磋，妳瞧可好麼？」

扶晴笑道：「好，有什麼不好？這位道長相貌莊嚴，道行深厚，我可是不敢得罪的。」話聲未落，手中一條白綢帶悄沒聲息地甩了出去，攻向那道人的面門。那道士天宗見她說打就打，吃了一驚，忙低頭避開，豈知那綢帶跟著向下一彎，攻向他後頸大椎穴。天宗不得已，只能就地一滾，才逃了開去，狼狽之極。火教中人都是一凜，這少婦看來美艷嬌弱，武功竟如此精湛，一招間便將天宗逼得滾地相避。

石雷叫道：「接招！」手持雷震擋，向尙施攻去。尙施並不用武器，只揮掌迎敵。天宗惱羞成怒，趕忙爬起身，大步衝上前，揮起一根鋼製拂塵，直向扶晴砸來，扶晴身形輕巧，閃避了開去。吳隙取出月牙鏟和流星錘，向舞雩道：「請！」舞雩抽出長劍，走到左側，和吳隙鬥將起來。

凌霄在樹上觀戰，見兩方勢均力敵，不由得心驚：「龍幫中人的武功竟也如此高強，難怪那些黑幫邪教不是他們的敵手，一一被龍幫收服。這三人在江湖上沒沒無聞，也只這幾年到處收羅其他教派時才出過手，武林中恐怕都不知有如此三個高人！」

他愈看愈奇，但見龍幫三人不但武功高強，內力深厚，而且所使的武功見所未見，聞所未聞。扶晴使動綢帶，全屬柔勁，靈動精妙，卻是從無見過；尙施雙掌迎敵，掌法厚實穩重，陽剛威猛，但既非少林，也不像泰山，似乎在陽剛一路上另闢蹊徑。舞雩的武功更奇，她身法靈動，長劍卻凝重笨拙，好似揮灑不開，但招式狠辣猛進，每一招都將吳隙逼開半步。凌霄只看得手心出汗，心想：「我貿然隻身闖上龍宮，這三人如此武功，若圍攻我，我只怕無法全身而退。」

他又看了一陣，已知道狂教的人定然討不了好去。不多時，扶晴白綢飛出，點中了天宗後腰穴道，天宗哼也沒哼，便即委頓在地。尙施和石雷比鬥已占上風，舞雩和吳隙則旗鼓相當，兩人穩紮穩打，一時分不出勝敗。凌霄凝神觀看二人的武功，心中愈來愈奇：「這幾人武功特異，自成一流。眞不知他們是何來頭？」

正想時，尙施一掌打上了石雷胸口，石雷後退一步，吐出一口鮮血。尙施朗聲道：

「石教主，你山下的人已被我手下抓住，你若要他們的性命，便就此投降吧。」

吳隙見石雷受傷，忙罷手躍開，奔過去扶住。

石雷向身後一個手下望去，見他臉色灰敗，向自己搖搖頭，低聲道：「啓稟教主，兄弟約有百人被擒。」石雷心下一涼：「山下果眞打了敗仗。」回過頭來，大聲道：「石雷全心信奉神聖教主，死也不向外教之人投降！」

尙施道：「好！我敬你是條漢子，今日放你下山。但有一個條件，龍幫屬下三個幫派在在江西被你們扣住的首腦和手下，須立即釋放。」

石雷輕哼一聲，說道：「這些該死叛徒，今日暫且寄下他們性命，全數放回。你也得依言釋放我的手下。」尙施道：「一言爲定。你回去跟段獨聖說，龍幫有朝一日會回敬他的禮數。」石雷和吳隙臉色都難看之極，令手下抬起天宗道長，二話不說，轉身下山。

龍幫三人正想轉身進去，忽聽身後一人道：「三位請留步。」卻見一個男子從樹後走出，一身灰布衣衫，約莫三十上下年紀，臉頰瘦削，眼神沉凝，略帶病容，正是凌霄。尙施和舞雩回過身來，向凌霄望去，臉上神情都極爲嚴肅，全神戒備。他們自恃警覺敏銳，這人無聲無息地出現，想來已在龍宮門外隱身了不短的時間，自己竟然全無察覺，來者定非尋常人物。他若趁自己與狂教眾人對敵時趁亂闖入龍宮，情勢便危險得緊。

扶晴臉上卻全無訝異之色，媚然一笑，說道：「貴客終於現身啦。」

凌霄心中一凜，知道她早已發現了自己的蹤跡，卻極沉得住氣，沒有說破；她手中輕握著白綢帶，顯然已有準備，自己若出手偷襲，或擅闖龍宮，她自有辦法抵禦反擊。他抱拳道：「在下凌霄，冒昧擅闖龍宮，還請恕罪。」

尙施聽說他便是聞名天下的醫俠，臉露驚訝之色，神態轉爲恭謹，抱拳回禮道：「醫俠醫術精湛，救人無數，江湖上名聲顯赫，我等久仰了。在下尙施。這位是龍頭夫人扶晴娘子，這位是敝幫舞雩。」

凌霄與三人見了禮。扶晴娘了笑吟吟地向他上下打量，說道：「凌大俠在武林中好大的名聲，果然聞名不如見面。醫俠今日來我龍宮，不知有何指教？」

凌霄道：「我聽人說見到舍妹在貴幫，特來相尋。」扶晴奇道：「令妹？我沒見過啊。」凌霄道：「舍妹名叫凌雲，約莫十六七歲年紀。」扶晴一怔，忽然恍然大悟，脫口道：「你是說雲姑娘？她是你妹了？」

凌霄點了點頭，直視著她，問道：「請問舍妹現在何處？」

扶晴與尙施和舞雩對望了一眼，微微皺眉，說道：「據我所知，敝幫里山，已於日前護送令妹下山了。」

凌霄想起方才躲在樹上時，曾偷聽到二人對話，提及龍頭爲了一個小姑娘而遣里山離開龍宮，龍頭對此事情甚是不快，不願多說等情，三人還曾討論這小姑娘的來頭。莫非他們口中的小姑娘正是凌雲？

他心中滿是疑竇，問道：「舍妹爲何會來到龍宮？此刻又被貴幫之人帶去了何處？」

尙施沉吟一陣，才道：「凌大俠，我等確然不知雲姑娘是閣下的妹子。大約一個月前，龍頭邀請令妹來敝宮作客，敝幫上下對她都十分恭敬。前幾日令妹才在敝幫里山的護送下離開，想來是送她回家去了。這其中的緣由，只有龍頭才清楚。」

凌霄見尙施說話耿直，態度誠懇，便信了八九分，說道：「我可能拜見貴幫龍頭，當面向他請教麼？」

扶晴道：「不瞞凌大俠，外子正閉關練功，尙需十日才能出關。外子吩咐里山送令妹離開時，我也在場。他們走了有好幾日了，凌大俠請放心吧，你回去若仍不見令妹，我們龍幫總能助你找她出來。」

凌霄聽她如此說，心中仍不免擔憂，說道：「多謝賜告。舍妹在貴幫多有叨擾，在下在此謝過了。至於舍妹的去處，茲事體大，我仍想當面請問貴幫龍頭。」

扶晴凝望著他，知道他情急關心，在得到答案之前不會輕易離去，便向舞雩道：「妳去請示龍頭。」舞雩點點頭，回身快步走入龍宮。尙施擔心山下戰況，向凌霄告罪，走去旁邊會見手下，聽取山下與狂教對敵的情形。

扶晴微微一笑，說道：「凌大俠，請進宮來坐坐吧。我龍宮今日難得有貴客光臨，當眞是蓬蓽生輝。」說著向龍宮大門一攤手。

第四十八章 群龍之首

凌霄跟著扶晴走入龍宮大門。但見入門便是一間寬敞的大廳，屋頂總有三層樓高，正前方似乎有個供神佛的龕位，龕上卻空空如也，什麼也沒有；兩邊應當懸掛對聯的樑柱也並無任何字句。神龕前放著十多張森嚴的石椅，圍成半圓形，似是爲首腦們聚會所用。當中是張石製的方桌，桌面打磨平滑，光可鑑人，桌上空無一物。

兩邊各有洞門通向內進，扶晴領著凌霄走入左首的洞門，裡面又有一間小廳，擺了簡單的桌椅茶几，之後更有一條長長的甬道。

凌霄跟著扶晴走進那甬道，見兩邊牆壁皆爲厚重石塊建成，牆上點著油燈，甬道昏暗卻不陰森，路徑迂迴，千曲百轉，交叉迷離，偶爾經過一間小廳或小室，布置擺設竟都與第一間小廳一模一樣，難以分辨，整座龍宮似是個蓄意築成的巨大迷宮。他心中一動，忽然感到這地方十分熟悉，每一塊粗石、每一道陰影、每一絲氣味，似乎都在向他呼喚招手，爭相告訴他這龍宮中所隱藏的巨大祕密。但是他卻無法接收得到，只能隱約感到龍宮的創建者，可能是他非常熟悉的人物，他能從斧鑿布置之中看見那人的深重的習性、執拗的脾氣、堅韌的意志，卻無論如何也想不起那人是誰。

他跟著扶晴走去不多遠，便見甬道兩邊出現一扇扇的石門，門上都上著鎖，似乎是倉庫一類。淩霄心中甚奇：「這龍宮爲何建築得如此堅固，又何須這許多倉庫？不知都放著些什麼？」

扶晴似乎知道他在想什麼，停下步來，回頭向他嫣然一笑，伸手打開了一扇門，讓淩霄可以望見裡面。但見室中擺滿一綑一綑的麻布袋子，直疊到屋頂，似乎都是米糧一類。扶晴走到甬道的另一邊，又打開一扇門，裡面銀光閃耀，竟然擺滿了弓箭刀槍等兵器。淩霄微微皺眉，說道：「我無心窺探貴宮內情。」

扶晴關上石門，面對著他，火光下但見她眼波流轉，媚豔已極。她輕聲道：「外子的所作所爲，絕非常人所能想像。淩大俠，你既來此，也是有緣。不如讓我帶你去參觀我們龍宮之寶，你說如何？」

淩霄微一遲疑，說道：「不怕龍頭久等麼？」

扶晴道：「外子從練功中恢復過來，也要一段時間。你別擔心，他可以見你時，自會遣人來通報的。來吧。」說著引著淩霄又走了一段，已進入龍宮深處。淩霄知道，自己已深入險境，扶晴若要使動什麼機關將自己困在這龍宮之中，或就放任自己在這大迷宮中獨自尋找出路，都將危險之極。他吸了口氣，鎮定心神，繼續地跟著她走去。不多時，扶晴領他來到一間小廳，廳內什麼也沒有，只有一塊人高的石板，表面粗糙，色澤黯淡，孤獨地站立在石室當中。

凌霄走上前，凝望著這塊粗糙的石板，沉默不語。扶晴在他身後說道：「這就是我們龍宮之寶。」

這龍宮之寶既非珍珠寶貝、金銀古董，也非鋒利神器、武功祕笈，卻是一塊平凡無奇的大石頭。凌霄走近前去，伸手輕觸大石的表面，見到一片深褐色的痕跡，低聲問道：「是血跡？」

扶晴點了點頭。凌霄繞到大石的另一邊，卻當場呆住。但見血石邊的一個刀架上橫放著一柄無鞘小刀，刀鋒尖銳鋒快，極爲眼熟。凌霄立即認出，這正是他昔時曾隨身攜帶的小刀！許多年前，他曾多次想以這柄小刀自殺，每次毒咒即將發作，他帶著小刀進入虎穴，幾乎下定決心自盡時，毒咒陡然發作。他記得那夜風雪極大，飛雪撲面，風聲盈耳。也就是那一夜，有個神祕女子來到虎穴之中，用她冰冷的手掌相助自己解除毒咒的痛苦。也就是從那一夜開始，他打消了自殺的念頭，決意盡力活下去。那女子出現了總有七八次，每次都全力替他紓解苦痛，直到一年後，她不再出現爲止。

許多年過去了，他始終無法確定那一年中發生的事情是否眞實，甚至懷疑是否眞有人出現在虎穴之中。他只知道自己的小刀確實不見了，若不是被來人取去，又會去了哪裡？他一直暗暗期待能找到小刀，藉以找出那曾讓自己魂縈夢牽的神祕女子。自從他三年前遇見燕龍以來，心思轉移到了燕龍身上，便較少想起那虎穴中的神祕女子。但每當毒咒發作時，他總不免渴望那神祕女子會再度出現，渴望她能守在自己身邊，相助自己減輕痛苦，給予自己些許慰藉。

如今這柄小刀卻出現在龍宮之中，供在龍宮之寶旁邊。這究竟是怎麼回事？

他思潮起伏，莫非那神祕女子是龍宮的人？她在何處，當年爲何會來到虎山，又爲何要將自己這柄小刀供在此處？

扶晴見他盯著那小刀，臉上神色變換不定，不禁甚覺訝異，走上前來，望向那柄小刀，問道：「你見過這柄刀？」凌霄點了點頭。他鼓起勇氣，問道：「是誰將這柄刀放在此處的？」

扶晴呆了呆，說道：「我不知道。我只知道自龍宮建成起，這刀就在這兒了。」又道：「龍頭或許知道內情，你待會兒可當面向他詢問。」凌霄心中一動，看來只有龍頭一人知曉其中祕密。

便在此時，忽聽腳步聲響，一人快步走來，卻是舞雩。她向扶晴說道：「龍頭請凌大俠入寒冰窟一見。」

凌霄擔心妹子的下落，更想探究那血石和小刀的來由，便隨著扶晴和舞雩走入了一條甬道。曲曲折折地走了一陣，忽見前面一人快步奔來，卻是個頭髮散亂的女子，她狀若瘋狂，神色驚恐，撲在舞雩身上，尖叫道：「他們來了！他們來捉我了！快救我，救我！」

舞雩伸手扶住了她，點了她的昏睡穴，轉頭對扶晴道：「我送她回去。」扶晴點點頭。兩人對這女子的行止情狀似乎司空見慣，絲毫不以爲異。

舞雩便攙著那女子大步上前，推開了甬道旁的一扇石門，將她扶了進去。凌霄一瞥之間，見那石室中坐了十來個女子，大多頭髮散亂，形貌委頓，有的眼神散亂，口中喃喃自語，顯然神智失常，細看下個個竟都十分美貌。他微微皺眉，停步問道：「她們是怎麼回事？」扶晴只簡單地答道：「受了驚嚇。」

凌霄望著她，眼神嚴厲，說道：「舍妹在龍宮時，也被關在此處？」

扶晴神色自若，說道：「我們可沒關著她們。你見石門上鎖了麼？令妹在這兒時，住在我們宮中最好的一間房室，比我的房間還要好哩。」說完便回身走去。

凌霄卻不走，說道：「慢著！」

舞雩此時已關好了石門，見到凌霄臉色嚴肅，頗爲不解，望向扶晴。扶晴歎了口氣，說道：「你以爲是我們捉住了這些姑娘，把她們逼瘋了關在這兒？凌大俠，我們問心無愧，原不必理會他人的懷疑指責。我只能告訴你，她們是在龍宮的保護之下。龍頭收留她們可是冒了莫大的風險，若要依我，早將她們全放出去了。」

凌霄不知該否相信她，但他對扶晴、舞雩、尙施等人印象甚好，此時也只能暫且相信她的言語。

扶晴又向前走去，但見前面是一間較大的廳堂，周遭陡然間寒冷了起來，陣陣寒風吹來，令人背脊發涼。堂上有六七個頭髮散亂的少女，看樣子似乎也是從剛才那石室中跑出來的。她們擠在一扇窗前，目不轉睛地凝望廳後的一間內室，一個少女輕聲道：「是龍頭！」語音中充滿了讚歎欽慕之意。

凌霄走上前，但見廳堂之後有間內室，七八丈遠處，放著一塊巨大的寒冰，從這兒已能感受到從那冰塊傳來的寒意。寒冰當中有個模糊的人形，隱約看出是個男子，赤裸著上身，體型魁偉，筋肉結實，背對著門口，只見到他黑亮的長髮披散在身後。不多時，那人吸了一口長氣，緩緩吐出，開始舒活手臂肌肉，似乎在冰中待久了，手臂已有些僵硬。他緩緩走出那寒冰窟，旁邊兩個白衣侍女迎上前來，替他穿上外袍，另有兩個白衣侍女替他梳整一頭長髮。

舞雩向那幾個擠在窗前偷窺的少女低聲喝道：「還不快回去！」少女們有如驚弓之鳥，一窩蜂奔了出去，鑽進甬道，不見影蹤。

冰中那人穿好衣服，回過頭來，凌霄不由得一怔，卻見他一張臉黝黑醜陋，不似生人，原來臉上戴著黑鐵面具，遮住了面目。

凌霄心中升起一股強烈的好奇，暗想：「這人便是龍宮的主人麼？」

扶晴不聲不響，走入藏有寒冰窟的內室，來到龍頭身旁，壓低聲音說了幾句話。龍頭低聲回答了，忽然坐倒在石椅上，顯得極爲疲累。扶晴微微皺眉，似乎有些不快，又俯身在他耳邊說了幾句話，龍頭仍舊搖頭。

扶晴直起身子，走了出來，臉上頗有不豫之色，凌霄看不出她是因爲擔憂龍頭的身子，還是爲了什麼別的事情感到不快。但聽她冷冰冰地道：「龍頭讓我傳話，他因提前出關，練功岔了氣，一時無法恢復。他說令妹曾跟著敝幫里山一起來到龍宮，在這兒短住了一月有餘，之後他便令里山送她回虎山去了。」

凌霄聽她所說全是自己已知道的事情，說道：「就是如此？」扶晴道：「龍頭所知便是如此。」凌霄不禁十分失望，他原也知道，龍頭若不肯多說，自己在人家的地盤上，也無法逼他說出實話。況且親眼見他爲了會見自己而中斷練功，走火岔氣，當此情境，自也無法再強逼。他點點頭，站起身來。他還想詢問那柄小刀的來歷，扶晴已道：「凌大俠，我送你出去。」

凌霄轉身離去，忍不住回頭又望了龍頭一眼。但見他背對著門口，雙手掩面，全身顫抖，不斷喘息。凌霄只能壓下心中疑惑，跟著扶晴走了出去。

二人來到龍宮門口，凌霄道：「多謝相送，還請留步，我自己下山便是。」扶晴笑了笑，說道：「你不讓我多陪你一會麼？」

凌霄望向她，想探明她的用意。照理說，如扶晴這般美艷出奇而武功高強的女子，嫁給了龍頭這樣一個野心勃勃、雄才大略的人物，該當對夫君死心塌地、盡心扶佐才是。但看扶晴方才與龍頭相處的情狀，兩人似乎並不親密，扶晴口中對龍頭雖十分恭敬，神態卻顯得頗爲輕忽。而扶晴的輕浮浪蕩是不用說出口便能讓人清楚感受到的；自他上山起，扶晴便沒停止過向他傳情示意，直到此刻。

此時尙施仍在龍宮門口，他見到二人，走上前來，向扶晴問道：「凌大俠見過龍頭了？」扶晴一雙眼睛不離凌霄，口中說道：「龍頭讓我傳話，說他命里山送凌大俠的妹妹回往虎山了。」

凌霄道：「我回去若仍不見舍妹，須再著落在貴幫身上找她。」尙施道：「敝幫曾款待令妹，若令妹未曾回家，敝幫自當盡力協助尋訪。」凌霄道：「如此多謝了。」向二人抱拳爲禮，下山而去。

下山途中，凌霄回想在龍宮中的所見所聞，只覺一切都極爲詭異。這地方和獨聖宮有些相似，但又絕然不同。龍宮中人對龍頭尊敬卻不崇拜，信服卻不恐懼。這人是誰，爲何戴著面具隱藏眞面目，又爲何能指使這許多武功奇高的手下？他的這些手下是從哪兒冒出來的？雖說江山代有才人出，但龍幫這些高手的出現之突然，武功之奇特，委實令人百思不得其解。

而最讓他感到訝異震驚的，卻是那柄小刀。自己的小刀怎會出現在龍宮，當年那神祕女子是誰，龍宮的創始人究竟跟自己有何淵源？然而他知道眼下龍宮雖敵友未明，此刻卻不是追究探詢的時候，只能將滿心疑問暫且放在一邊。

他下山之後，見到龍幫果然已將前來偷襲的狂教打退，並俘虜了許多狂教教徒。狂教大張旗鼓而來，卻鎩羽而歸，此後應不敢輕易向龍幫生事。凌霄心想：「龍幫萬萬不可小覷，幫中不但高手眾多，並且號令嚴明，思慮齊備，如此幫派，足可稱雄江湖。」

他啓程回向虎山，心中爲了凌雲的事十分著惱：「雲兒不明世事，一下山便跟龍幫這樣不正不邪的幫派攪在一起，但盼她沒惹出大麻煩才好。」

他離開虎山已有四個多月，大江南北跑了一趟，倒也不想就此回去。這一日到了河南洛陽，他用飛鴿傳信回虎嘯山莊，讓莊中的人若見凌雲回家，便立時傳信給他。他在洛陽逗留了半個月，不知如何，心中對燕龍的思念與日俱增。他在江湖上行走，總會注意來往的武林人士，盼能見到燕龍的身影。他曾聽聞許多燕龍和成達行走江湖時的事跡，心中總不免感到一陣酸楚，暗盼與她一起行走江湖的是自己，而不是浪子成達。他回憶起她的一顰一笑，她的明麗英爽，心中愈發地掛念：「她爲什麼離開浪子了？浪子待她不好麼？她爲什麼不來虎山？我若得與她一起行走江湖，決不會讓她離開我。」想到此處，不由得長歎一聲。情感緣分原本難以強求，燕龍既已跟了成達，自己便當成全二人。再說，自己又能憑什麼希求她的青睞？就算她有心相隨，自己飽受毒咒之身，命不長久，又怎能誤她年華？想到頭來，畢竟這場思念還是如大邊月一般遙不可及，如鏡中花一般空幻虛無。

又過數日，他收到段青虎的回信，說凌雲並未回虎山，但託人送了一封信回山莊，說她一切平安，勿要掛念云云，並說柳大晏護送揚老和劉一彪平安到達少林後，已回到虎山。段青虎信中又說峨嵋派的子璋和尙派了弟子來，告知近日新興的龍幫將於九月十五上峨嵋索取龍湲劍，因龍幫聲勢浩大，手段詭詐，特邀請各大門派前去相助，細節請眾路英雄於九月一日前到峨嵋金頂詳談。

凌霄多年來避世行醫，雖與武林中人偶有交往，卻從不介入武林中的打鬥紛爭。武林中人素知他的性情，子璋和尚此番既傳信請他，可見對龍幫實是萬分忌憚，不得不爾。峨嵋若能請得醫俠前來相助，不但替正派增添一個高手，也不懼龍幫暗施毒術。

凌霄聽說龍幫竟公然向正派挑釁，想起尚施、扶晴、舞雩等人的武功，不由得甚為正教中人擔憂，思慮良久，才傳信回去，請黃虎柳大晏鎮守山莊，讓段青虎夫婦和黑虎馮遁率虎嘯山莊的眾江湖豪客前往峨嵋赴援，自己也首途入川。

南行數日，來到漢水之濱的一個小鎮。晚間他在城中客店要了間房，正要就寢，忽聽門外人聲喧鬧，一群晚到的客人似乎要不到房間，正與店主爭論。一人大聲道：「我家小姐是千金之體，怎能在這破爛的客堂中過夜？」那店主道：「不是我不給你方便，實在是本店的房間都住滿了。大爺請多多體諒。」

那人又道：「你跟相熟的客人說說，要他們讓出一間房來給小姐睡。我家小姐嬌貴，受不得風，在這外邊過一夜是使不得的。快去，快去！」

凌霄聽這人說話霸道，中氣充足，似是江湖人物，卻在幫一個什麼小姐爭房間，頗有點不倫不類，便披起衣服，出門去看。

卻見客店堂中站著十多人，都是家人之打扮，但個個攜帶兵刃，顯是武林中人。眾人圍擁中，一個青衣少女背對坐在火爐前，正自烤暖。她身邊一個白面皮男子從包袱中取出一件皮裘，恭恭敬敬地遞給那少女。

不多時那店主出來道：「有位客人說願意讓出房間，但是要賠償。」那白面男子抬頭道：「銀子不是問題。老三，取出一兩銀子來給這位掌櫃的。」那店主聽了，幾乎不敢相信自己的耳朵，一兩銀子足夠租借五間上房，那房客只要三十個銅子的賠償，這人一開口便給一兩，怕是腦子壞了，還是錢太多使不完？連忙道謝收下，歡天喜地的去準備房間了。

凌霄見沒什麼好瞧的，正要回房安睡，忽聽門外突然靜下，他回頭望去，卻見客店門口肅然站著一人。那是個身形高壯的漢子，濃眉大眼，勁裝結束，背上負了一柄長劍。店中光線昏暗，那漢子一聲不響，卻自有一股氣勢。堂中眾人狠狠向他瞪視，那漢子對眾人瞧也不瞧，眼光直望向那青衣少女，過了一陣，才開口說道：「雲姑娘，我來接妳了。」

凌霄聽到「雲姑娘」三字，不出得一驚，見火爐旁那青衣少女側過頭來，卻不是自己的妹子凌雲是誰？他按捺心中激動，走上幾步，見那漢子也往雲兒走去。一夥家人立時上前攔住了他，白面男子皺眉道：「你還在糾纏不清？兄弟們，快趕走了這人，莫讓他驚擾了小姐！」

眾家人紛紛取出兵刃，將那漢子圍在中心。那漢子甚是沉著，說道：「各位不肯放人，莫怪我要動手了。」白面男子怒道：「這位姑娘是你什麼人，你竟三番四次動粗搶奪？她不願跟你走，你沒看見麼？你們將她捉去關起來，我家公子路見不平，出手相救，你此刻還想捉她回去，如此欺侮一個年輕姑娘，我等豈能坐視？」

那漢子轉頭望向凌雲，似乎想探知她的心思。凌雲卻看也不看他，轉頭向那白面男子道：「我不要跟他走，孫大哥，你幫我趕走了他。」白面男子道：「謹遵姑娘吩咐。」向手下道：「拿下了這人！」

那漢子哼了一聲，從背後拔出長劍，在身前劃了一圈，銀光閃動，與那群人動起手來，劍法竟極爲高明，以一敵多，絲毫不落下風。

白面男子道：「小姐，待我扶妳去房中歇息。」凌雲嗯了一聲，站起身，跟著他走向店後，對眾人的打鬥瞧也不瞧。

那高大漢子大喝一聲，陡然脫出圍攻，欺上前來，伸手扣住了凌雲的手腕。凌雲使力一甩，卻怎甩得脫？白面男子怒罵一聲，出掌向那漢子劈去，掌風凌厲。那漢子只得放手，向旁一躍避開。白面男子和手下一齊圍攻上去。凌雲退站到屋角觀鬥，忽覺身邊多出了一人，接著身子如飛一般出了門外。她驚叫一聲，黑暗中覺得被人抱著上了馬，疾馳而去。屋中眾人聽聞她的驚叫，趕忙追出，凌雲卻已被那人帶著去遠了。

卻說凌霄趁亂出手帶走了妹子，縱馬奔馳出數里，才放慢下來，說道：「雲兒，我可找到妳了！妳沒事麼？」

凌雲見是哥哥，大爲驚訝，脫口道：「哥哥，怎麼是你？」口氣卻不似十分歡喜。

凌霄忍不住責怪道：「妳怎地一個人跑下山來？跑出來這麼久，都作些什麼了？」

凌雲小嘴一扁，說道：「我就知道你會罵我。我出來沒多久就被龍幫的壞人抓去了，給關在陰森恐怖的龍宮裡面，不見天日。你卻不來救我？」

凌霄一聽，甚是驚怒，說道：「我前幾日才上龍宮，那裡的人卻說妳是龍頭的貴客，他們好生招待於妳，難道不是如此？」凌雲語氣激憤，說道：「當然不是了！他們說的全是謊話！龍頭那人是個大魔頭，壞到不能再壞！」

凌霄微微一呆，他從未聽過凌雲呼人爲「魔頭」，問道：「他欺負妳了麼？」凌雲不斷點頭，說道：「是啊。這人壞極了，哥哥你若見到他，一定要殺了他！」

凌霄生怕妹子受人欺侮，又追問道：「他怎麼個壞法？他打你罵妳麼？他逼妳……逼妳作妳不想作的事？」凌雲道：「打我罵我倒是沒有，但他就是個大壞人，孫大哥他們都這麼說的。」凌霄問道：「孫大哥是誰？」凌雲道：「就是剛才護送我的那人，他是錢公子的管家。」凌霄又問：「錢公子是什麼人？妳怎麼識得他的？」凌雲道：「也沒有什麼，就是在路上遇見的。他對我很好，讓我認識了很多朋友。我被龍宮的壞人捉去時，也是他們救我出來的。」

凌霄回想那白面男子的容貌舉止，不知這姓孫的和錢公子是什麼來頭，又問：「那個來奪你的漢子呢？」凌雲甚是不屑，嘟起嘴道：「誰知道他？他呀，哼，一直纏著我，他也是龍宮的人。」

凌霄細細詢問她下山後的經歷，凌雲吞吞吐吐說了一些，前後不相連貫，凌霄只聽得疑心大起。只要問到關於龍宮的事，凌雲就說龍幫和龍頭的壞，卻也說不出個所以然來。只要問到錢公子和孫大哥一夥人，凌雲便說他們的好，說他們對自己如何的尊敬照顧，錢公子的一群朋友也都是好人，都是心地善良或行俠仗義的英雄人物。問起這些人的姓名，凌霄竟然一個也沒有聽過，那一眾家人的武功各自不同，也不像同屬什麼門派。

當夜，兄妹兩人在鄰鎮中的一間客棧下榻，凌霄見凌雲被自己問得十分不耐煩，神色疲倦，便讓她早早睡了。

凌霄找到了妹子，心中放下一塊大石，當夜睡得十分香甜。次日起身，去敲凌雲的房門時，竟沒有人答應。他暗叫不好：「那些人昨夜爭奪雲兒，難道又將她擄去了？我怎能如此大意？」推門而入，卻見床上被褥整齊，並未睡過，桌上放了一張字條，寫道：「字稟霄哥：妹有急事，先行一步。我知照顧自己，勿要掛念。妹雲字。」

凌霄心中又是焦急，又是惱怒，更有三分傷心。凌雲一向和自己親近非常，此時卻再度不告而別，不知去向，全然不顧自己對她的關心擔憂，不免讓他這個哥哥失望氣惱之極。凌霄長歎一聲，心想這回在漢水濱上遇到她，全屬巧合，她若要蓄意避開自己，卻上哪裡找她去？

自凌雲留書離去後，凌霄心中擔憂焦急，自不在話下。他花了半個月在左近城鎮到處探詢她的行蹤，卻毫無線索。時近八月中，須得啓程去往川中峨嵋，凌霄才又上路向西行去。

第四十九章　同赴峨嵋

這一日凌霄來到蜀鄂交界的道士坪，見市集上到處都是道人，一身黑衣，像是武當門人，心想：「莫不是武當派也向川行，剛巧路經此地？」去問了幾個道人，果然是武當派的，便去眾人下榻處拜見武當掌門王崇眞道長。

王崇眞和凌霄數年前曾在大風谷中見過，之後王崇眞也曾特意上虎山向凌霄拜謝救命之恩，並與凌霄對劍，互相欽佩，結成忘年之交。王崇眞聽說他來，笑呵呵地出來迎接，說道：「凌老弟好久不涉江湖，我總對我弟子說，他們沒有眼福，沒能親眼見過虎山醫俠的丰采！」凌霄道：「道長謬讚了。在下見識過王道長的四象劍後，才知道什麼是天下第一的劍法。」王崇眞笑道：「你老弟還沒想出破解之法吧？」

凌霄忽然想起燕龍所使石風劍和雲水劍合璧的威力，說道：「我數年前見到一套劍法，很是奇妙，或可與四象劍法相比擬。」王崇眞睜大了眼，忙問：「當眞？那是什麼劍法？我定要瞧瞧。」凌霄簡略形容了石風雲水劍雙劍合使的奧妙，王崇眞驚歎不已，連問如何才能見到這劍法。凌霄心想：「會使雲水劍和石風劍的，只有我和燕龍。我可不會雙手分使兩種劍術。」說道：「據我所知，世上會使這劍法的只有一人。」王崇眞好奇道：「卻是何人？」凌霄微一躊躇，不願說出燕龍的姓名，只道：「是我在江湖上遇到的一位奇人。」

凌霄爲免王崇眞再追問下去，連忙問起武當派是否也趕往峨嵋。王崇眞道：「正是。子璋和尚送了信來，說龍幫要上峨嵋討龍湲劍，讓大家去助他一臂之力。我擔心峨嵋應付不來，便讓乘風留守五龍宮，自己率領弟子西來。凌老弟可也接到了信麼？」凌霄道：「是，我也正往峨嵋去。」王崇眞歎道：「龍幫這幾年好生猖狂，到處收服黑幫邪教，勢力日大，前一陣子還打退了狂教的圍攻，只是一直沒和正教諸派打交道。沒想到他們實力蓄積夠了，便開始向正教出手了。」

凌霄道：「我曾見過幾個龍幫的人物，武功很是奇特。」將自己在龍宮的見聞說了。王崇眞聽了甚是驚訝，說道：「凌老弟都自認不一定能敵得過這些人，武林中只怕沒有幾個人是他們的對手？」

正說時，一個弟子跑了進來，急急忙忙地道：「師父，有位姓柳的姑娘求見。」王崇眞皺眉道：「什麼事這麼急，你沒見我有客人麼？我不認識什麼柳姑娘，請她多等一會兒吧。」

那弟子支支吾吾地道：「師父，她……這個，有點兒邪門。師兄弟們都快招架不住了。」王崇眞一凜，問道：「怎麼？動上手了麼？」那弟子臉上一紅，說道：「不是。她便坐在廳上。」

王崇眞見弟子神色古怪，便道：「好，我出去看看。凌兄弟請稍坐。」凌霄道：「我與道長一同出去。」

兩人便跟著那弟子走進大廳，卻見廳中一個紫衣女子背對廳門而坐，面前幾個武當弟子愣愣地站著，好似中了邪般地向她癡望。站在一旁的弟子也全呆呆地瞧著她，臉上一片癡迷。

王崇眞一見之下，大爲惱怒，自己這些弟子都是清修之士，竟然對著一個女子如此失態，成何體統？當下重重咳了一聲，朗聲說道：「貴客到訪，弟子們怠慢了，請勿見怪。」這句話用上了玄門內力，幾個弟子身子一震，如從夢中醒過來一般，忙躬身向師父行禮，叫了聲：「師父。」慌忙退了開去。

那女子站起身，回過身來，卻見她容光照人，嫵媚已極，凌霄見了不由得一呆，她竟便是在龍宮見過的扶晴娘子！他想起妹子述說龍幫中人曾欺侮於她，將她囚禁在龍宮等情，心中恚怒，便想上前質問。但此時有王崇眞和武當眾人在場，他不願節外生枝，況且此地王崇眞是主，自己是客，不好喧賓奪主，便強行忍住，沒有出聲。

卻見扶晴微微一笑，向王崇眞撿衽為禮，說道：「王道長，小女子柳扶晴有禮了。」王崇眞還禮道：「柳姑娘不用多禮。」他是年高玄修之士，雖見扶晴美艷過人，自不會為美色所動，只心想：「這女子多半會使迷魂術，才將我弟子迷得神魂顛倒。」

扶晴望向凌霄，說道：「咦，凌大俠也在這兒。您好啊。」凌霄行禮道：「辛夫人。」向王崇眞道：「這位便是龍幫龍頭的夫人扶晴娘子。」王崇眞斂色說道：「原來是辛夫人。久仰貴幫龍頭的名聲。請問辛夫人有何指教？」

扶晴站起身，走上幾步，笑吟吟地道：「王道長，您久仰外子，對我卻並不怎麼久仰，是麼？那也不要緊。這次我來拜見您，是想來見識見識道長的四象劍，不知道長肯不肯賞臉呢？」

王崇眞心道：「這是來踢館的了。」便道：「請問夫人是奉了龍頭的令，來向老道下戰帖的麼？」扶晴道：「下戰帖不敢。我聽聞王道長劍術高超，最近新學了一套劍法，想來和道長切磋切磋。」

王崇眞不願貿然下場，還待說話，卻見扶晴手上已多出了兩柄劍，瘦削柔韌，看模樣正是武當派的劍。她笑道：「嘻嘻，這兩柄劍，是剛才兩位道兄送我的見面禮。」王崇眞向一旁的弟子瞧去，見兩個弟子低下頭，滿臉通紅，定是剛才被她迷倒時自動送上了長劍，王崇眞甚怒，卻不便在此時加以責備，只向二人橫了一眼。

扶晴款步走到廳心，雙劍交叉，斜指於地，說道：「王道長，請指教！」

凌霄一見，便認出這是燕龍曾使過的石風雲水劍的起手式，心中一震：「她這劍術，定是向燕龍學來。想不到她也能雙手分使二劍！」

王崇眞是何等身分，如何能跟一個妙齡少婦動手？便向二弟子何至超道：「至超，你去向辛夫人領教高招。」何至超的劍術已得王崇眞的眞傳，武藝僅次於大弟子李乘風，加上性情沉穩，甚得王崇眞的信任器重。此時他卻臉現尷尬之色，走上前向師父躬身道：「徒兒無能，手中長劍已被辛夫人奪去了。」說著眼光望向屋樑。

王崇眞一呆，向屋樑望去，卻見樑上插著一柄劍，紅色的劍穗兀自晃蕩，正是何至超的佩劍。他皺起眉頭，大敵當前，也不好詢問弟子如何落敗，心想弟子的武功已和自己年輕時不相上下，若是在眞打實鬥下被扶晴娘子奪去去了兵刃，此敵著實可畏。但他畢竟不信扶晴有這等能耐，多半憑著美色奇術取巧得勝。當此情勢，自己不得不出手，便讓小弟子捧過自己的佩劍。

凌霄忽道：「且慢。王道長，待我先領教辛夫人的招術。」

扶晴望向他，神色異常嚴肅，說道：「醫俠的虎蹤劍法，我也是久仰的。我此番來，特為向王道長請教四象劍，下回再拜領醫俠高招。」

王崇眞聽她指名叫陣，實不容推拖，便道：「凌兄弟，多謝你的好意。」緩步走到場中，說道：「請辛夫人指教。」

扶晴道：「王道長，小女子有僭了。」長劍一抖，便即出招，招數奇快，著著搶攻，一招一式，全是石風和雲水的劍招。凌霄心中驚訝，但見她的使法與燕龍當年大不相同，她左手使石風劍，右手使雲水劍，招術全然求快，左右手緊密配合，許多繁複的變化，似是燕龍當年尚未領悟到的。凌霄心中一動：「原來如此！這石風和雲水劍，須得反過來使。左手的石風劍法每一招都得左右相反，上下相掉，如此配合，才是合拍合榫，天衣無縫。」卻見兩套劍法在扶晴手下使出來，較燕龍當年所使更加凌厲。王崇真原本還道她憑著美貌迷術，並無可懼之處，此時見她劍法絕妙，確是真材實料的功夫，也不由得驚訝，全神貫注接招。

兩人翻翻滾滾過了四五十招，王崇真已看出這套劍法高妙非常，極難破解。他面臨大敵，凝神沉著，手中以武當正宗的四象劍法對敵，仔細觀察扶晴的招術變化。不多時，他便看出扶晴招式雖奇，卻不免流於飄逸輕浮，不及玄門武功的精純。他數十年浸淫的四象劍法乃是武當劍法中的精華，博大精深，不但是道門武功中最上乘的劍術，更是中原武林堪稱淵源最長久的劍法，經數百年千錘百鍊，已臻絕頂高妙之境。過了百招，王崇真手上長劍圓轉如意，已呈不敗之勢。扶晴也絲毫不顯疲態，攻守有度。兩人如此打下去，便是比拚內力，誰能撐得久，不露破綻，便是誰贏了。

扶晴自也看出這一節，又過了十多招，忽然收劍，向後躍出，說道：「王道長，我這套劍法比之四象劍法，可是大大不如的了。」

王崇真道：「不敢！承讓。」

扶晴一笑，說道：「我可沒讓您啊。道長劍術高妙，小女子十分佩服。咱們峨嵋金頂再見。」躬身行禮，隨即回身飄然出廳，留下一屋目瞪口呆的道人。

凌霄叫道：「扶晴娘子，請留步！」提氣追出，見扶晴的紫衣在牆後一閃，當即躍牆跟上，追出數里，但見扶晴在一株柳樹之下站定，回過頭，笑盈盈地望著自己，說道：「請問凌大俠有何指教？」

凌霄道：「請問舍妹現在何處？」扶晴奇道：「令妹仍未回去麼？」凌霄哼了一聲，說道：「我在漢水見到她一面，她說貴幫多次欺侮於她，將她囚禁在龍宮。你們所言貴幫派人送舍妹回虎山，顯然是假。我找到她後沒多久，她便又失蹤了。」

扶晴沉吟道：「這可奇了，雲姑娘確實是龍頭的貴客。她在龍宮時，龍幫上下對她都極爲尊重禮遇。她當眞親口說我們欺侮於她？」凌霄道：「不錯。」

扶晴搖頭道：「雲姑娘所說，與我所知大不相同。敝幫的里山受命保護令妹，我卻不知他現下是否仍在令妹身邊。」凌霄問道：「貴幫的里山，可是個身形高大，濃眉大眼的漢子？」扶晴道：「正是，原來你見過他。凌大俠，你也往峨嵋去麼？」凌霄道：「不錯。」扶晴道：「到了峨嵋，我定要龍頭當面跟你說清楚這事。請你放心，我們龍幫絕不會欺侮了令妹。依我猜想，里山若仍與令妹作一道，一定也往峨嵋去了。」

凌霄追上來質問她時，原本頗爲惱怒，但見扶晴對答坦白，並不像托辭說謊，心中遲疑，又想起一事，問道：「請問辛夫人剛才所使劍法，是向誰學得？」

扶晴甚是驚奇，微微揚眉，說道：「你曾見過我的劍法？」凌霄道：「正是。我識得燕龍，曾見她使過這石風雲水劍。」扶晴奇道：「燕龍？那是什麼人？這名字我從未聽過。」

凌霄聽她竟說不識燕龍，不由得一呆。二人對望一陣，心中都動了許多的念頭。扶晴道：「這樣吧，到了峨嵋山，你到岷峰來找我，我引你見龍頭，令妹的事，他自會給你一個交代。」

凌霄點頭道：「好，我信夫人這一句。」扶晴嫣然一笑，媚態橫生，說道：「你怎能不信我？」回身走去，轉眼消失在一排柳樹之後。

凌霄回到武當眾人下榻處。王崇眞正皺眉沉思，見他回來，說道：「凌老弟，她這手雙劍劍法，可眞教人大開眼界。我若和她眞打，也只能略勝一籌。」凌霄沉吟道：「武當劍法講究陰柔宛轉，四象劍則主陰陽並濟，她的劍意陰陽相偕，似乎隱含了四象劍法的劍意。」

王崇眞拍腿道：「正是！我剛才與她雙劍相交，暗覺她的內力也近於本派的玄門眞氣。難道她和本派有些淵源？」兩人談起扶晴和龍幫的來頭，都不得要領，便又談論起石風雲水劍的要訣和破解之法，直至深夜。

次日武當一行人向峨嵋行去。凌霄隨著眾道同行，原以爲會再遇上龍幫中人，一路上卻風平浪靜，龍幫的人並未出現。

這一日將近巫山，一行人晚上在一家客店中歇息。約莫三更時分，凌霄聽到窗口微微一響，他立時醒覺，向窗口望去。只見一人輕輕推開了窗戶，看身形似乎是個女子，卻瞧不清面目。那女子向內望了望，便縱身跳入他的房間。凌霄在月光之下見到她的側影，心中一跳，激動得如要窒息。卻見她回過頭來，長眉入鬢，雙目清亮，正是燕龍。

凌霄顫聲道：「燕兄弟，是妳麼？」那女子低聲道：「凌大俠，我是龍頭座下使者，特來示警。火教在長平坡設了埋伏，將突襲武當眾人，請各位加意防範。」

凌霄聽她的聲音如此熟悉，口氣卻如陌生人般，他定了定神，說道：「妳……妳果真是龍幫中人？」

卻見燕龍臉上露出驚詫之色，好似他說錯了什麼要緊的話一般。凌霄見她不答，望見她臉上陌生的神色，心中便有千言萬語也難以說出口，呆了一陣，才低聲問道：「妳近來可好？」

燕龍退開幾步，說道：「我只是來通報一聲，這便去了。」凌霄忙道：「且慢。妳可是奉龍頭之命來傳話麼？」燕龍道：「正是。」凌霄道：「我們一行人正首途入川，相助峨嵋對抗龍幫，龍頭卻為何派人來通報示警？」燕龍道：「龍頭如此吩咐，我不過奉命行事。告辭。」一語方畢，回身躍出窗外。凌霄跳下床追上前去，只見她的身影已轉過牆角，隱沒在黑暗中。

凌霄知她輕功絕佳，也不再追，心中一陣酸苦：「她好似全不記得我一般，我們往日的情義竟已無影無蹤！」又想：「她果然是龍幫中人。憑她的武功，比之扶晴等人都不遑多讓，龍幫確然人才鼎盛，難以抵對。唉，我竟要與她為敵麼？」

他躺回床上，卻輾轉反側，難以入睡，心中思潮起伏：「龍頭又為什麼要派人來向我等示警？龍幫與火教為敵，乃眾所皆知之事，但卻為何會對正教中人如此好心？這龍頭到底是何用意？」想了半夜，無法入眠，心中愈來愈難受。他早知燕龍多年不曾回來虎山，已擺明了對自己毫無情意，但此時眞正看到了她，親眼見她待己有如生人，冷漠淡然，心中仍不禁難受之極。

次日凌霄將龍幫傳來的警訊告知王崇眞，兩人商議下，認為寧可信其有，不可信其無，便派了幾名輕功高強的弟子先行探路，餘人分批前行。那長平坡是蜀中一條狹長的道路，兩旁山崖險峻，甚是難行。眾人行到午後，探路弟子回報，說見到坡後有數十個黑衣人鬼鬼祟祟地躲藏。王崇眞和凌霄親自去探，見確是火教教眾，竟有兩百多人。武當派此次出山的弟子不過八十餘人，儘管個個武藝高強，但若被兩百人埋伏突襲，也不易抵擋，傷亡定然慘重。王崇眞當下決定連夜繞道趕過長平坡，避開埋伏。

一行人來到蜀境內的一個小鎮，見東方來了一行百餘僧人，隊容整肅，十人一伍，正是少林派眾僧。當先一個老僧身著黃色僧袍，行近客店，武當眾人看出正是少林派羅漢堂主空照大師。

王崇眞迎了出去，與空照相見。空照約莫六十來歲，精神矍爍，神色慈和，看來便是一位平凡老僧，如何也瞧不出是武功名望僅次於少林方丈空相大師的羅漢堂主。這回少林寺以空照爲首派出了一百零八人，僧俗參半。空相方丈年事已高，這幾年閉關禪修，已少管江湖俗務。

空照過去數年曾多次造訪虎山，傳授凌霄少林劍術掌法，兩人甚是熟稔。他見凌霄在此，十分歡喜，合十說道：「凌施主，令師在本寺留駐月餘，施展妙手神術，根治了方丈的宿疾，我少林上下皆感激不盡。令師弟聽說施主也將入川，便與敝派同行而來了。」凌霄驚喜道：「我師弟也來了？」劉一彪跟在少林弟子的隊伍中，此時也已見到了師兄，歡喜非常，奔上前叫道：「大師哥！」

凌霄見他臉色紅潤，神清氣爽，十分喜慰。晚間凌霄和劉一彪在房中談話，問起別來諸事。劉一彪道：「我隨師父和柳伯伯西赴少林，師父替空相方丈診療後，方丈便留我等作客，並讓我與諸位少林師兄們切磋醫藥之道。正逢空照大師率領弟子首途入川，師父收到段伯伯的信，得知虎嘯山莊各人也將赴峨嵋，師父便命我與眾師父們同行西來。」並說聽聞浪子成達去了陝甘一帶，未曾有機會遇見。凌霄也將入黔、上龍宮、找到凌雲、她又留書離去等情說了，最後歎道：「我只猜想雲兒仍在龍幫手中，也正往峨嵋去。只盼她未曾遇險才好！」

劉一彪道：「段伯伯六月上旬啓程，帶領山莊中人前往峨嵋，估量這幾日應會到達蜀地。雲師姊若眞被龍幫的人擒去了，我們總能救她出來。」

凌霄道：「雲兒說龍幫中人曾欺侮於她，我卻不十分相信。我見過龍幫中的尙施、扶晴、舞雩等，都是十分爽快正派的人物，應不會對一個小姑娘下手。唉！我們若眞要與龍幫動手，也沒有必勝的把握。」劉一彪道：「龍幫手段十分厲害。我聽少林派的師父們談起，都很擔心它勢力漸強，將成爲武林中的一大禍害。它此番明目張膽地向正教挑戰，少林深恐它別有圖謀，只盼及早發現並出手阻止。虎嘯山莊若能爲此盡一分力，也是應當的。」凌霄點點頭，心中卻感到十分矛盾，難道自己眞將與龍幫和燕龍爲敵？

便在此時，一人來到門外敲門，卻是空照大師親訪，說道：「凌施主，可否借一步說話？」凌霄應允，二人便出了客店，來到鎭後小丘上一荒僻無人之處，找了塊大石頭坐下。

空照道：「凌施主，你近日在江湖行走，對這龍幫是何來頭有無線索？」凌霄搖頭道：「我也尙未摸清。」當下告知曾見過龍幫中的尙施、扶晴等人物，空照凝神而聽，側頭沉思，過了一陣，忽道：「空相方丈已將籤辭內容告知老衲。」

凌霄點點頭，不禁對空照肅然起敬。當年姬火鶴將籤辭送上少林，看得到籤辭的唯有性覺老僧，而性覺老僧知其緊要，只將籤辭內容告知了空相方丈一人。二僧曾爲了解救凌霄，而決定以籤辭交換他，卻被凌霄阻止。當時性覺與空相曾起心將籤辭告知武當掌門王崇眞，王崇眞幾經考慮，最後決定拒絕聽取籤辭。一來他自知生性逍遙隨意，無法嚴謹保守祕密；二來他也不願將危難帶上武當。凌霄心中明白，空照有勇氣聽取籤辭，顯示他是個極有擔當的人，空相方丈也對他極爲信任。世人皆知，任何知道籤辭之人都是火教窮追猛打的對象：虎俠和求得籤辭的少年龍英已失蹤多年，從未露面，眾人皆相信他們早已死去；空相身爲少林方丈，有全寺僧人護衛，自不怕火教侵犯；凌霄孤身一人苦守虎山，唯一能保護他的，除了少林寺的全力支持和虎嘯山莊眾豪客的誓死保衛，便只有他的硬氣，他在那一年的酷刑逼供下都未說出籤辭。段獨聖自知即使擒住了他，也絕無希望逼問出籤辭，加上段獨聖自信凌霄遲早會禁不起毒咒的折磨而屈服，因此才未大舉侵犯虎山。即使如此，凌霄仍不得不在毒咒下苟延殘喘，咬牙苦捱。

空照從凌霄眼中看到了他對自己的佩服和擔憂，微微一笑，緩緩說道：「老衲與方丈討論之下，都懷疑龍幫是否應了籤辭的第三段。」凌霄點頭道：「我也這麼想過。」

空照抬頭望向夜空，喃喃說道：「異龍，難道這異龍就是龍幫？還是有人知道籤辭，故意創了龍幫，挑戰火教？老衲此番上峨嵋，最想知道的，就是這龍幫首腦究竟是何背景？有何意圖？他們挑明了要奪取龍湲劍，志不在小。」

凌霄問道：「請問大師，這柄龍湲劍，究竟有何特異之處？」

空照道：「龍湲劍乃是數百年前，一代鑄劍大師劍徒的生平得意之作，刃作青色，鋒快無比。武林中自古有此傳言：『龍湲寶劍，武林翹楚』，因此許多人都以爲這柄劍中藏有稱雄天下的武學祕密。但這柄劍百年來都由峨嵋派掌管，卻從未聽說峨嵋弟子從中學得什麼武功。慕名來奪劍的江湖豪客不在少數，二十多年前闖入中原的胡兒，也曾有意奪取龍涹劍，卻未成功。如果龍幫果然應了籤辭中的異龍，老衲懷疑，或許龍涹劍便是……」

凌霄心中一震，接口道：「便是靈劍！」

空照緩緩點頭，說道：「正是。方丈和我參研了許久，都難以明瞭籤辭第四段的意義。武林中出名的兵器甚多，寶劍也不少。而名氣最大，歷史最久遠的，確實要屬這柄龍涹劍。只是我們仍舊想不通，這龍涹劍究竟靈在何處？一柄劍又怎麼會哭泣？火教又怎會因此而消滅？」

凌霄心中激動，站起身走了一圈，說道：「靈劍泣，靈劍泣難道……要將劍毀去了，才能得知其中祕密？」空照沉吟道：「或許只有這柄劍，才能破除段獨聖的陰陽無上神功？」兩人對望，都想不通其中關鍵。

空照道：「看來你我二人的想法頗爲相近。這柄劍極爲重要，眼下我們並不清楚它重要何在，只知道不能讓它落入火教手中。」凌霄道：「龍幫的意圖不明，我們必得守住這劍，不讓它離開峨嵋。」空照點頭道：「正是。」

第五十章 春秋之劍

又過數日，段青虎夫婦和黑虎馮遁率了虎嘯山莊五十餘人，與凌霄、少林、武當眾人遇上了。段青虎說起凌雲仍舊沒有回到虎山，只送了信來說她也將入川。凌霄擔心妹子，想起扶晴的話，便讓段青虎和劉一彪等人與少林武當兩派同行，自己先入川去探詢凌雲的下落。

他向南行去，經過巫山。地勢漸高，所見已全是山地。凌霄辨別路徑，策馬獨行。這日來到一個山坳，忽聽遠處傳來一陣大笑，聲徹山谷，極是歡暢。凌霄一呆，這笑聲中蘊含著渾厚的內力，不知是何方高人？他縱馬轉過一個山腰，又走了一陣，才遠遠見到山腰上一座涼亭中，兩個老頭子正坐著對奕。凌霄心中驚佩：「這二人離此至少有數十里之遙，笑聲竟能傳來，內力當眞不可思議。」卻見其中一個全身白衣，一頭白髮，留著長鬚，滿面紅光，正自呵呵而笑。對面坐著一個灰衣道士，頭髮灰白，年紀也似有七十來歲，背上插了一根拂塵，一手按在石桌上一柄長劍之上，一手拿著一粒黑子，在石桌上輕輕敲擊，面色凝重，皺眉苦思。凌霄甚是好奇，沿著山路行去，來到亭邊觀棋。

只見石桌棋盤上黑白子才落了三十多子，但龍爭虎鬥，白子攻勢凌厲，黑子奮力抵禦，卻仍居於下風。那白衣老者笑容滿面，見他走近，說道：「小朋友會下棋麼？我這朋友快輸了，不如你幫幫他。」

那道士搖搖頭，也不生氣，說道：「你少來激我。小朋友請在一邊看著，瞧你道爺如何反敗爲勝。」右手一揚，擲出一枚黑子，穩穩落在棋盤之上。這一手擲棋顯示出極上乘的武功，凌霄忍不住叫了聲：「好！」

那道人回頭看了他一眼，又轉頭向白衣老者道：「這一著如何？」那白衣老人凝神觀看，拈了一枚白子，下了一子。那道人又拿了一枚黑子，在石桌上輕輕敲擊，這次卻沒想那麼久，很快落了一子。兩人你來我往，愈下愈快。凌霄在虎山時曾跟揚老學過一些奕棋，師徒偶爾會對奕一場，此時見這二老下子精妙，棋藝似乎遠在揚老之上，只看得心驚肉跳，連呼則則。不多時那道人已反敗爲勝，局面大改。白衣老人額頭流汗，久久下不了一子。

那道人原本全神貫注，這時局面勝算在握，便回過頭來望向凌霄，說道：「小朋友，你會下棋麼？」凌霄答道：「十分粗淺。」那道人道：「這下輪到我朋友快輸了，你幫幫他吧。」

白衣老人倒不在乎請人幫忙，抬頭道：「小朋友，你看這個局怎麼解好？」凌霄想了一陣，說道：「西南方已無生路，該向東方尋解。」白衣老人低頭望去，說道：「他若攻死西南角，再向北圍攻，卻又如何？」凌霄站在白衣老人身後凝思，他旁觀者清，忽道：

「是了！從西北入手，方有勝算。」當即拈起一枚白子，落在西北重圍之中，白衣老人驚道：「不行！」

那道人卻面色大變，凝神觀看了一陣，黑子落處，繼續攻擊東南。凌霄在西方又下二子，那道人開始在西北對應圍擋。不多時白子在西北轉為上風，續向西南拓地。那道人哈哈大笑，說道：「好！好！你這小娃子，不可小覷了。」凌霄向白衣老人道：「老爺子，您來完局吧。」白衣老人點點頭，繼續與道人對奕。過了一盞茶時分，兩人竟成和局。那道人笑道：「風老，咱們下棋五十年，這是第一次和局吧？」

風老哈哈一笑，說道：「多虧這小兄弟幫忙。」轉向他道：「小兄弟叫什麼名字啊？」凌霄道：「晚輩凌霄。」風老笑道：「凌霄？你便是老揚的徒弟麼？」凌霄奇道：「前輩識得我師父？」風老道：「我是常清風，和你師父是老相識了。你師父好麼？」

凌霄老早聽聞常清風的名聲，下拜道：「師父他老人家安好。我一直無緣得見前輩，不意有幸在此遇上。我少年時曾失手打傷令徒江離，好生過意不去。」

常清風伸手將他扶起，笑道：「快起來。說起江離受傷之事，我當時還不相信，一個小孩子哪能有這麼強的內力？不要緊，離兒老早沒事了。來，這個老道士叫作遙遙，也是我們幾個老不死中的一個。」

凌霄素知遙遙道人雅善棋藝，果然名不虛傳，當下也跪倒行禮。遙遙道人微笑扶起道：「不用多禮。」

常清風笑問：「你不是一直跟著師父在虎山行醫麼？怎麼獨自跑到蜀地來？」凌霄便將龍幫將赴峨嵋奪劍、自己受峨嵋子璋和尚之邀前去相助等事說了。常清風皺眉道：「龍幫？」凌霄簡略說了他所知關於龍幫的事，並說曾在龍宮見到尚施、扶晴、舞雩等人。常清風細細詢問三人使過的招數，凌霄便在常清風和遙遙道人面前演練三人的武功。常清風看了，哈哈大笑，說道：「我知道了！這些人，都是雪艷胡的傳人！」

凌霄一驚，他知道燕龍是胡兒的女兒，卻沒想到扶晴等人竟都是雪艷胡的傳人。當下問道：「請問前輩何以得知？」常清風道：「這姓尚的掌力陽剛，定是從金蠶袈裟中學得的少林功夫。扶晴娘子使的綢帶，顯然是武當柔雲拂塵的變化。那舞雩使的慢劍，必是少林久已失傳的『八風不動神劍』。」

凌霄甚是震驚，回想三人和燕龍的武功，心中不由得生起隱憂：「這些人都甚難對付，如今雲兒下落不明，多半又落入了他們手中，我能救出她麼？我們能守得住龍湲劍麼？」又想：「燕龍也是龍幫中人，我難道真要與她為敵麼？」一時思潮起伏。

常清風閉上眼睛想了一陣，才睜眼說道：「世侄，你要去峨嵋對付龍幫這些人，可不容易。我最近創了一套春秋劍法，是正宗的儒家功夫，便傳了給你吧。」

凌霄自少年起便聽聞常清風武功極高，仰慕已久，此時聽說他要傳授高深劍法，不禁歡喜，連忙拜謝。遙遙道人在旁笑道：「這老傢伙老早存心要教你武功，此刻只怕比你還要高興。你力抗火教的種種事跡，咱們早有耳聞，更從你師父那裡得知你劍術日益精進，今非昔比。今日風老剛好來我這裡作客，有緣碰上你，得以傳你武功，那才是得償他的夙願了。」

常清風哈哈大笑，讓凌霄坐下，說道：「我預料雪艷胡的傳人遲早會再現江湖，眼下你要去相助正教對敵龍幫，我將這劍法傳給你，時機竟是正好。許多年前，雪艷胡來中原偷去了少林的金蠶袈裟和武當的七玄經，將中原武林最高明的兩種武功都學了去。自古以來少林便以渾厚內力和剛強外功稱雄江湖，武當以陰柔內勁和圓轉劍法著稱。這兩派的武功表面似乎互不相通，實際上卻止是一體的兩面。雪艷的傳人若能將這兩種功夫融會貫通，武功必能達到深不可測的地步。聽你說那三個龍幫高手年紀都不大，武功便已有此成就，顯然已將少林和武當的功夫學到了家。我算算胡兒前次來中原距今已有二十餘年，她若有下一代，也是重入中原的時候了。我十多年前開始鑽研《春秋》，便是想從中另悟一套新的武功，可以剋制雪艷的傳人。我苦思多年，又讀了許多的佛經，很有啓發，卻總無法開創完整。直到四年前，我在淮南遇到了一位江湖奇人，自稱易中仙，對《易經》很有研究。我和他一談之下，才豁然貫通，創出了這套春秋劍法。」

常清風頓了頓，又道：「這易中仙隨身帶著一只籤筒，到處替人算命排八字。我原先還道他是個江湖騙子，後來與他深談，才知他確實有幾分門道。我靠著他的啓發，終於創出了春秋劍法。《春秋》乃是孔夫子最尊崇的　部經典，也是儒家道法的源頭。自古以儒釋道三家並稱，而以儒家爲主流。我仔細研讀了《春秋》和各家注解，才漸漸明白了所謂的『春秋大義』。《春秋》一書中對史事平鋪直述，卻總能以一二字傳達作者對事件的看法，寓褒貶於字裡行間，這便是所謂的『微言大義』了。此書成後，便立下了儒家道德的圭臬，數千年來這道統經由孔夫子、孟夫子、伊川先生、昌黎先生、朱子傳下，綿延不絕。我從中鑽研出的劍法，便以微言大義爲中心，以《易經》各卦爲輔。」當下細細解說了春秋劍法的主旨，直說到天黑。

凌霄幼學醫道，從未在四書五經中下功夫，只在貴州龍場聽聞過王守仁講述「心即是理、心外無理」的學說，此時聽了常清風的演述，感到其理貫通，高深微妙，凝神細思，啓悟極多。

當夜遙遙帶了二人去他的道觀歇宿。因凌霄從未讀過《易經》，遙遙便取出一部《易經》讓他研讀。凌霄晚上在燈下細讀，沉浸其中，無法釋卷，直到天明。他原本聰明強記，讀了一夜，已將一部《易經》的六十四卦象、本文、彖辭、象辭都記在心中，次日清晨便向遙遙請教許多不明白處，遙遙一一指點，聽他竟已將《易經》背下，也十分驚訝。

凌霄上午靜坐運氣後，小睡一陣，午時便起來隨常清風學劍招。常清風道：「春秋劍法共有六十四招，每招以六十四卦爲名。」當下從乾爲天、坤爲地、水雷屯、山水蒙教起，直到風澤中孚、雷天小過、水火既濟、火水未濟。每招都極爲簡單，進、退、攻、守，都是明明白白的一劍出擊、一劍回擋，樸質無華，更無虛招；但若將兩三招串連使出，威力便極強。凌霄劍術原本已十分高深，此番見識到這般反璞歸眞的劍招，直如登上了顚峰，卻見另有奇峰，而攀上絕頂後，又如回到了平地，平淡踏實，卻已是全然不同的境界。他滿心歡喜，學完了劍招，便自去參研《易經》中的道理，將招術以不同順序連貫起來，竟是巧妙不可言喻。

學完劍法，凌霄向常清風和遙遙道人拜謝教導之恩。二老見他悟性奇佳，自己有機緣教了這個高弟，都感到十分快意。那時天色已晚，二老便邀凌霄在道觀多留一夜。

當夜凌霄與二老閒談，說起火教和段獨聖。常清風道：「自古便有君子小人之爭，君子清高不群，小人朋黨爲奸。今日我傳你的功夫乃是君子之道，對付略帶邪氣的龍幫應是足夠，能否打敗段獨聖這等絕世小人，我便不知道了。」

凌霄問起段獨聖的武功。常清風道：「我聽說他練成了『陰陽無上神功』，這功夫以殘害女子爲引，乃是十足的邪門外道。聽說練成後周身刀槍不入，很難對付。」凌霄問道：「世上眞有這般的武功麼？」常清風神色嚴肅，點頭道：「這功夫確實是有的，只是練法太過殘忍，練成的人古今沒有幾個。據說一百年前有人練成過，這人叱吒江湖，稱霸六十餘年，直到他老死，都沒人能殺得了他。」

凌霄問道：「這功夫能破麼？」常清風沉吟半晌，說道：「或許有。解鈴還須繫鈴人，我聽說這功夫只有女子可破。」

凌霄一怔，問道：「這卻是爲何？」常清風搖頭道：「我也不十分清楚。我從古籍中讀到過，所謂陰陽無上神功，乃是一種採陰補陽的邪功，而這邪功須得不斷以處女爲引來積存鍛鍊。若在練功時受到阻擾，氣脈阻絕，練者便會暫時破功，須得耗時費日，重新修練方能恢復。而在破功期間，練者不復有刀槍不入的本領，便可取其性命。」

凌霄微微皺眉。他在獨聖峰上時，曾長期用天眼觀照段獨聖的心思及一舉一動，也曾見到許多不堪入目的淫行。想來當時段獨聖已開始修練陰陽無上神功，如今思之不寒而慄。

遙遙道人道：「龍幫野心之大，只怕不在段獨聖之下。我原以爲它不過是個新興於江湖草莽的幫派，待見它打退狂教、挑戰正教，才知它絕非易與之輩。辛龍若這人雄才大略，是個人物。雪艷胡昔年以武功震驚江湖，她的傳人竟超過乃祖，意圖稱霸中原，也眞教人意想不到。」三人直談到半夜，凌霄受教極多。次日他便拜別二老，再向西行。

不一日，凌霄趕到峨嵋腳下，峨嵋山綿延甚廣，他問了岷峰的路徑，來到岷峰之下。卻見山口以一個涼亭爲關，數十個青衣漢子持刀把守，極爲嚴密。凌霄讓人傳話說要見扶晴娘子，不多時一個身形粗壯的女子走了出來，卻是舞雩。她請凌霄進入涼亭，說道：「凌大俠，扶晴娘子此刻不在。請問有什麼我能效勞的？」

凌霄直言問道：「請問舍妹此刻身在何處？」舞雩點了點頭，說道：「我們知道你定會爲此而來。唉。龍頭對這事好生抱憾，但盼凌大俠不要太過怪罪。」

凌霄一聽之下，心中大急，忙問道：「她怎麼了？」舞雩搖頭道：「里山送她去後沒多久，兩人便一起回來了。唉，這也是沒有辦法的事，誰料想得到？她心中自有主張，誰也勉強不來。」舞雩口齒遲鈍，辭不達意，凌霄只聽得摸不著頭腦，忙問：「她人在哪裡？」舞雩道：「她就在我們這兒……」凌霄急道：「快帶我去見她！」

舞雩點了點頭，領著凌霄來到岷峰之上，一問木棚之外。凌霄快步入棚，但見凌雲單獨躺在一張床上。凌雲抬頭見到哥哥，忙坐起身，驚道：「哥哥，你怎麼來了？」

凌霄搶到床邊，數月不見，但見凌雲面容憔悴，臉色蒼白，不禁大感心痛，伸臂摟住了她，問道：「妳沒事麼？」凌雲點了點頭，頰上一紅，流淚說道：「哥哥，我錯了。你肯原諒我麼？」凌霄忙問：「怎麼回事？妳快告訴哥哥，有哥哥在，不用害怕。」凌雲卻掩面而泣，哭得說不出話來，忽然又彎下腰去，乾嘔起來。

凌霄一呆，忙伸手去搭她脈搏，察覺她竟懷了身孕。他震驚憤怒已極，大聲道：「雲兒？妳……妳怎會……那人是誰？」凌雲滿臉暈紅，低下頭來，幽幽地道：「我的事情，舞雩姊姊都告訴你了吧？哥哥你別生氣，我已跟他……我這輩子是跟定他了。」

凌霄陡然省悟，腦中如轟雷般響起個念頭：是龍頭那惡賊！他握緊拳頭，勉力控制心頭怒火，顫聲問道：「是龍頭逼妳的，是不是？」

凌雲伸手抹淚，連連搖頭，說道：「不，龍頭沒有逼我。你不要怪責龍頭，他不斷容忍我的種種錯處，對我百般遷就，我……我對他只有心存感激。」

凌霄心中雪亮，妹妹定是失身於荒淫無恥的龍頭，還被迫爲他掩飾。他想起被關在龍宮中的那些女子，顯然都是落入龍頭魔掌的犧牲品，自己當時竟然天眞地相信了扶晴的謊言，實在愚蠢至極。他握住雲兒的手，說道：「妳跟我走！」

凌雲卻仍舊搖頭，眼中滿含淚水，說道：「不，哥哥，我不能跟你走。我這輩子都要留在他的身邊，不然我是活不下去的！」

凌霄感到一顆心直向下沉，妹妹的處境比他想像中還要糟，不只受辱失身，更被對方迷住了心竅！自凌雲離家出走以來，他便爲妹子擔憂不已，但心底始終相信龍幫眾人光明磊落，應當不會欺負了她。此時他再也無法抑制心中憤怒，倏然站起身，大步衝出門外，但見舞雩站在不遠處，他忍不住向舞雩怒吼道：「你們竟如此欺騙我！」

舞雩見他暴怒，呆在當地，不知所措，吞吞吐吐地道：「這……這……我們不知……」

正此時，十多丈外一人低頭匆匆奔過，凌霄瞥見了她的面目，脫口叫道：「燕兄弟！」燕龍一呆，停步轉頭向他望來，滿面驚訝之色。

凌霄踏步上前，想跟她說話，卻見一人悄然來到燕龍身後，伸手搭上燕龍的肩頭。燕龍回頭望去，但見那人一襲青袍，身形修長，臉上戴著黑鐵面具，雙目炯炯有神，正是凌霄曾在龍宮中短暫見到的龍頭。他此時顯然已恢復功力，整個人精神飽滿，氣勢凝重，非同常人。跟在龍頭身後的是個方面大耳的中年男子，正是尙施。其後另有一個年紀約莫十六七歲的小姑娘，身穿紅衣，容色秀麗，面目和扶晴有些相似，只是年紀小上許多。

只聽龍頭輕輕哼了一聲，向燕龍瞪了一眼，眼神凌厲如刀。燕龍立時低下頭，轉身快步走開了去。凌霄見到燕龍臉上的恐懼之色，只覺十分陌生，心中動念：「燕龍該是天不怕地不怕的性子，卻對此人如此恐懼！」不由得對這龍頭生起一股難言的忌憚之意，厭憎之心。

龍頭走上前來，在凌霄面前五尺外止步。在龍宮時他從未離開那寒冰窟，這是凌霄第一次與他對面而立，感受到他逼人而來的懾人氣勢。凌霄凝望著黑鐵面具後的眼睛，那是一雙冰冷的眸子，背後卻似乎掩藏著幽隱難言的種種情緒。

凌霄壓抑不住胸口怒氣，喝道：「你將我的妹子害成如此，我不會饒過你！」

龍頭聲音嘶啞，開口道：「令妹是自願的，沒人逼她。」凌霄如何相信，怒道：「將她還給我！」龍頭嘿了一聲，顯得有些不耐煩，走開幾步說道：「你有辦法，便自己將她帶走。」凌霄想起妹妹斷然拒絕離開，顯然對這人死心塌地，心中更怒，說道：「你使了什麼妖術，竟騙得她……騙得她如此迷失心神？」

龍頭回頭望向他，似乎感到饒有趣味，語音竟帶著一絲笑意，說道：「少女芳心初動，情竇初開，便是這麼回事。你不知道麼？」

凌霄一時之間種種情緒充斥胸際，他感到一股強大的怒意趨使，直想衝上前將這人撕成千片萬片，以洩心頭之恨。龍頭顯然能感受到他強烈的恨意，安然自若地望著他，說道：「令妹對你有多麼重要，現在我可知道了。」

凌霄激動得全身顫抖，說不出話。龍頭望了尙施和舞雩一眼，眼光又回到凌霄身上，說道：「此時此地，你無法以力奪人。但要讓她回到你身邊，也並非不可。」他頓了頓，緩緩說道：「你想必知道，我就將上峨嵋金頂，挑戰正派，奪取龍湲劍。」凌霄怒道：「你要我助你？再也休想！」

龍頭微微搖頭，說道：「不，我要你爲正派出手，跟我交手。我要你毫無顧忌，放手一戰。你若能勝我，我便還你妹子。」

凌霄默然凝視著龍頭。這人言語中自信十足，難道他眞有勝過自己的把握？凌霄見識過其手下的武功，即便一個燕龍，自己都不一定敵得過。想到燕龍，他心中忽然閃過一個念頭：「這龍頭有扶晴爲妻，又四處誘騙女子，荒淫無恥，聲名狼藉。燕龍是他座下使者，莫非也是他的妻妾之一？」

想到此處，他再也無法自制，目光往燕龍的方向望去。但見她仍站在遠處，始終背對著眾人，沒有回頭。他只覺心痛如絞，自己此時的處境何等難堪，她怎會不知，卻甚至不肯回過頭來望自己一眼！

龍頭順著他的眼光望去，落在燕龍的背影之上。他回過頭來望向凌霄，語氣中帶著幾分揶揄，淡淡地又加了一句：「你若能打敗我，我不但還你妹子，說不定連燕龍也還了給你。」

凌霄聞言，不禁全身一震，頓時明白，這人是衝著自己來的。他的手下對自己可能並無惡意，但龍頭卻別有居心。他對我的一切弱點瞭若指掌，自己心中最珍貴重視的兩個女子，竟都落入此人的掌握之中。我怎能如此輕忽，讓妹子落入虎口？而自己多年來對燕龍的一番癡情，難道竟是大錯特錯，引導自己走到這步絕地，不但賠上了妹子，還讓自己受制於敵？

龍頭望著他，問道：「如何？」凌霄默然不答。龍頭哈哈一笑，回身走去，說道：「峨嵋金頂見！」

凌霄強壓怒氣，舉步下山。他原本以爲此生最大的敵人是段獨聖，絕沒想到世上還有一個龍頭，神這般將自己操控於股掌之上。

當夜他獨宿荒山，半夜恰好毒咒發作，全身烙印劇痛，加上心傷自責，更是痛苦難當，他一生受苦甚多，卻從未如此時此刻這般煎熬。

第五十一章 各路人馬

卻說峨嵋派面臨大敵，子璋和尚送信去了少林、武當、雪峰、長青、點蒼五派和虎嘯山莊，請各掌門人率眾前來相助。這幾個門派乃是當時武林中勢力最強的門派，十年來為抵抗火教而結盟互助，唇齒相依，關係密切。

山東兗州長青派掌門錢書奇收到了峨嵋子璋的來信，考慮再三，才決定率眾赴峨嵋相助。他當年在岳陽梅家莊被張去疾的千刺鐵鞭傷了右臂，長刀功夫已不復當年。加上年紀漸老，體弱多病，這幾年來專心於教導弟子，已甚少參與江湖事務。但他對正教各派義氣深重，仍率領了四十個弟子前往峨嵋。

一行人剛過了七盤關，正行在道上，忽見一個紫衣女子騎在一匹白馬之上，攔在當道，笑吟吟地望著長青眾人，正是扶晴娘子。錢書奇並不識她，令大弟子朱邦上前探問。朱邦拍馬上前，行禮問道：「這位姑娘，請問有何指教？」

扶晴笑道：「我沒有什麼指教，只想請各位早早回頭，別往峨嵋去了。」錢書奇臉色微變，問道：「閣下何人？」扶晴道：「我好言相勸，你們最好快點聽話回頭，不然逼我出手，可不大好了。」

錢書奇冷笑道：「哪裡來的妖女在此人言不慚，別理她，我們走！」扶晴嬌笑道：「你不理我？我偏要你理我。」忽然飛身下馬，身形晃動，最前面的長青派十餘人一一中指，跌下馬來。扶晴抬頭望向錢書奇，笑道：「錢掌門，你這些弟子可不大長進哪。」

錢書奇臉色難看已極，喝道：「妖女，來接我的掌法！」飛身下馬，雙掌交錯，向她攻去。扶晴也展開掌法，迎上對打，瞬間拆了十餘招。二人的掌法都是陰柔一流，錢書奇使出長青嫡傳的柔綿十二掌，軟如絮，柔如綿；扶晴使的卻是正宗武當雲掌，雙臂畫出無數圓形，將對手全身籠罩住。錢書奇大驚，他知道師祖風塵道人曾向武當學藝，長青派的掌法因而多有借鏡自武當之處，此時見到對手的雲掌精妙純熟，其中更加上了許多從未見過的變化，既快且奇，對手的內力又兼深厚，只逼得他喘不過氣來。二十招後，扶晴一掌按上了他的胸口，錢書奇內息翻騰，哇的吐出一口鮮血。

眾長青弟子高聲驚叫，李超拔出長刀，扔去給師父。扶晴出手卻更快，綢帶飛處，已將長刀捲住，手一抖，將長刀一甩，直飛出老遠才落地。

錢書奇畢竟是一派掌門，雖敗不亂，抱拳說道：「在下今日藝不如人，甘拜下風。請姑娘留下名號，日後再向姑娘討教。」

扶晴冷冷地道：「我饒你性命，你已該偷笑了，還說什麼日後向我討教？算你走運，扶晴今日不想殺人。這就乖乖去吧。」眾人聽她竟然便是龍宮的龍頭夫人扶晴娘子，都相顧變色，眼見掌門人幾招間便被她打傷，哪裡還敢多吭一聲？

扶晴躍上白馬，揚長離去。她行不多時，忽覺一人騎馬跟在身後。她回頭看去，見是個大鬍子漢子，不疾不徐跟在自己身後五六丈處。她也沒去留意。過了一陣，那人仍舊跟著她。扶晴忽地停馬，回頭向他望去，笑道：「你一直跟著我作什麼？我身上可沒什麼好偷的。」

那漢子正是浪子成達。他在黃河畔偶遇扶晴，為她的美艷所折，便隨後跟上，一直到見她出手擊退長青派眾人。此時他往扶晴面上看去，細看之下，見她膚色極白，鼻高目深，不似漢人，但其嬌美艷媚之態，早令他目瞪口呆，心神俱醉。他笑道：「我不是要偷妳的東西，是想偷妳的人。」

扶晴嗔道：「你這人油嘴滑舌，可惡得緊。」手中白綢悄沒聲息地揮出，直點向成達面門。成達不意她說打便打，忙側頭避了開去，叫道：「好姑娘，這麼凶？」

扶晴手腕翻動，白綢從中曲折，又向成達面門攻來。成達伸手捉住了白綢，卻覺觸手刺痛，不知綢上裝了什麼尖刺之類，急忙放手仰頭，白綢從他臉前劃過，只差寸許，勁風到處，將他臉上刮得刺刺生疼。

扶晴見他躲過攻招，微覺驚訝，問道：「你是誰？」成達道：「在下成達。」

扶晴啊的一聲，說道：「你就是浪子成達？我一直在找你。」

這一句大出成達的意料之外，不禁受寵若驚，說道：「妳在找我？」扶晴媚然一笑，說道：「是啊。我聽說了不少關於你的事兒，人人都說你是江湖上第一風流浪子，我早想見你一見。你跟我來。」成達驚喜交集，便跟著她去了。

且說成達與扶晴度了一夜春宵，次日清晨醒轉時，見扶晴睜著一雙美目，正望著自己，嘴角帶笑。她輕聲道：「你這人挺好的。難怪咱們龍頭這般誇讚你呢。」成達奇道：「龍頭？妳是說龍幫的大龍頭辛龍若麼？我可不識得他。」

扶晴笑道：「你只怕忘了。咱們龍頭總說我是個蕩婦，與你浪子正是一對，呵呵。」成達一驚，坐起身道：「妳……妳是龍幫的人？妳和龍頭是什麼關係？哎喲，不好！」他曾聽聞江湖小道消息，說龍頭有一位美艷無比的夫人，名叫扶晴娘子，武功高強，在龍幫中僅次於龍頭和尚施，是龍幫的四大高手之一。這位扶晴娘子生性放蕩，傳說在外行爲不檢得緊，有許多情人。成達當時聽了也不甚相信，心想龍幫龍頭如何會任由妻子在外胡搞，況且無人能指出扶晴曾和什麼人有過霧水。

卻聽扶晴格格嬌笑，說道：「是啊，我是龍幫的人。人家叫我扶晴娘子。」

成達這一驚非同小可，翻身跳下了床，伸手搶起了桌邊的單刀，說道：「我不知妳便是龍頭夫人，這可多有得罪了。」

扶晴笑道：「你緊張什麼？我又不會去向龍頭說，你也不會去說，有什麼好怕的？」成達道：「我還不擔心龍頭知道，只擔心，嘿嘿，妳下手殺我時，我還道自己走桃花運，無端遇上一個嬌艷的美婦，共度春宵一刻。」

扶晴望著他，奇道：「我爲何要殺你？」成達搖頭道：「妳若不是殺盡了和妳睡過的人，江湖上怎會沒人知道妳有哪些情人？和妳睡過的人，又怎會不大肆宣揚？」

扶晴格格笑道：「你這人眞有意思。我是殺了幾個想跟我睡的傢伙，但那是因爲我本來便要去殺他們的。再說，要殺人還和他睡，多煞風景？跟我睡過的人很多，有些不知我是誰，有些不是江湖中人的，我也沒殺他們。」

成達持單刀護身，說道：「我是江湖中人，又知道妳是誰，妳定然要殺我了。」扶晴不解地道：「我要殺你，早便下手了，何必等到你跳下床拿了刀子對著我？再說，你是浪子，和人睡一覺又怎樣了？」成達道：「我是浪子，妳卻作不得蕩婦。妳和我一起的事若讓龍頭知道了，妳可有顏色瞧了，是以妳必要殺我滅口。」

扶晴笑了起來，說道：「咱們龍頭忙得很，身邊美女如雲，哪裡有空來管我？別的事情我還受得了，獨守空閨我可作不來。欸，浪子，我問你一件事，好麼？」成達道：「妳說。」扶晴道：「你識得一個叫燕龍的人麼？」

成達一呆，答道：「自然識得。但我四年前和她分手後，便沒再見過她了。」他回想那年與燕龍分別之時，兩人在京城酒樓中盡興對飲，之後便各自上馬，她向西馳去，自己向南馳去，匆匆幾年過去，再無她的音訊。自己當時從未問過她爲什麼要走，或要去那裡，她也沒說半個字。又想起自己在陝西臨洮初遇燕龍之時，她還只是個十七八歲的少女，容色俊秀無匹，卻身著男裝，神態落寞，身負驚人的武藝，但全無初出江湖少年人的狂傲佻達。從那時起，也不是成達要她跟著，也不是她要跟著成達，總之兩人便結伴闖蕩江湖，互相照應，一起幹下了許多名聞武林的俠義之行。成達外號浪子，自然早已看出她是個女子，卻不曾點破，也從未招惹過她。直到有一日，她向成達告別，他也不覺得有何不妥，兩人便這麼各奔東西。成達孤身闖蕩江湖，原也不在意是否有伴，只覺與她邂逅是件十分奇特的事。此時想起燕龍的種種，暗想：「聽說龍頭手下眾多，個個武藝高強，莫非燕龍也入了龍幫？」

扶晴微笑道：「你猜對啦，燕龍也入了我們龍幫，正是龍頭的得力手下呢。」成達奇道：「妳怎知我在想什麼？」扶晴道：「我自然知道。昨夜你喝醉了，什麼都跟我說啦。」成達忙問：「我說了些什麼？」扶晴道：「我也記不清了，你說了很多往事，也說了不少燕龍的事。你說她是你見過最美的姑娘，也是武功最高的姑娘。但你從沒碰過她，倒很辜負了浪子之名。這是眞的麼？」

成達搖頭道：「我不知道她的來歷，她既然扮成男子，又不曾對我有什麼情意，加上她武功高強，我怎敢隨便碰她？」

扶晴格格一笑，說道：「你這浪子確然不錯。我走了。」起身披衣，出屋而去，成達愕然望著她的背影，呆了一陣，才輕笑起來，重又躺下，回味咀嚼昨夜的溫柔滋味。

卻說點蒼派掌門上清道人也收到了峨嵋派求援的信，派了首徒許飛率領二十餘名點蒼弟子去峨嵋金頂赴援。點蒼掌門人上清道人年歲已高，一心閉關清修，眼見許飛能幹穩重，逐漸將點蒼派中的事務都交由他掌管。許飛這幾年來在四川境內主持武林正義，成為西蜀遠近知名的俠士，已儼然有一派之主的氣度。

點蒼山離峨嵋甚近，只有幾日的路程。這日點蒼諸人騎馬在官道上向峨嵋趕去，卻見迎面來了四騎，皆是極駿美的良駒，快馳經過了點蒼諸人。馬上乘客身披玄色斗篷，一瞥之下，竟是上好的純黑貂裘，四人臉上都罩了面紗，看不清面目。

又行一陣，但聽身後蹄聲響動，那四騎又折了回來，繞到點蒼諸人之前，其中一個說道：「勞駕，各位可是往峨嵋金頂去麼？」一口官話，聲音清脆，是個女子。

許飛道：「正是。」

那女子說道：「好極，我們也是要去峨嵋。你們是哪一幫哪一派的？」她直言相問，口氣甚是無禮。許飛素來穩重，答道：「敝派西川點蒼。」

那女子哦了一聲，說道：「點蒼以古松劍聞名江湖，你會使古松劍麼？」許飛聽她言語輕率，毫無敬意，微覺不快，說道：「是。」

那女子向另三人道：「大姐二姐，這人會使點蒼古松劍，我想試試他的劍法，妳們等我一陣哪。」這話便是公然向許飛挑戰了。許飛心中一凜，暗想：「這四人不知是何來頭，竟敢向點蒼挑戰？莫非是龍幫中人？」

那女子已跳下馬來，說道：「喂！快來使點蒼劍法給我瞧瞧。」點蒼眾人見她無禮如此，都暗暗恚怒。點蒼素來門規嚴謹，眾弟子都不出聲，只望向許飛，靜候他的指示。

那女子側頭望向許飛，說道：「怎地？快下馬來啊。」

許飛翻身下馬，抱拳說道：「請問姑娘高姓大名，爲何向我等尋釁？」那女子道：「你管我是誰？江湖上人人動刀動劍，又有什麼道理好說了？我就是要向你挑戰，你不敢麼？」

許飛見她無禮如此，必得出手教訓她一下才行，便道：「好。許飛領教了。」長劍出鞘，捏了一個劍訣。那女子叫道：「好，這才像樣！」也抽出長劍，卻見那劍雪亮寒淨，的是一柄寶刃。另三人仍騎在馬上，其中一個開口道：「三妹，別胡鬧了。咱們趕路要緊。」聽聲音也是女子。

那三妹說道：「我跟他試試劍罷了，很快。」話聲未了，長劍寒光閃動，已向許飛攻來。許飛凝神接招，但見她招式平凡無奇，只是仗著寶劍鋒利，出手迅捷，一時倒也相持不下。許飛在點蒼古松劍上已有甚深的造詣，看了一陣，便知自己可在十招內取勝，只是不知這四人的來歷，不願貿然得罪，又過了數招，那女子長劍直攻他右肩，許飛回劍去擋，看準了她劍身，用劍鋒踅去，噹的一響，將她手中長劍震飛出去。那女子哎喲一聲，退後幾步。許飛長劍指住她胸口，說道：「今日且饒了妳性命。以後說話留心些，江湖上各門各派皆有絕藝，不容妳大言不慚，胡亂挑戰。」

那三妹怒道：「你幹麼打飛我的劍？」

許飛見她蠻不講理，不再理她，正要收劍而去，卻覺身後風聲響動，他連忙回身，見另三人已跳下馬，手中各持寶劍向他攻來。許飛一驚，立即向後躍開，避開了三柄寶劍的攻擊。那三人更不稍停，又仗劍攻來。那第一個女子也拾起長劍，上來圍攻。點蒼弟子忍不住喝了起來：「怎麼，四個打一個麼？這是什麼規矩？」紛紛跳下馬，抽出長劍，便要上前相助。許飛叫道：「莫要出手。」

他看出這四人武功都不十分高強，只是攻守配合巧妙，往往一個搶攻，一個代為守禦，好似心意相通一般，加上四柄寶劍凌厲鋒快，許飛不多時便危機四出，只能自保。他舞動長劍，在四柄寶劍中間穿梭，擋避之餘，偶爾反攻，每一招出去，卻都被守禦的兩人擋了開去。四女的劍鋒每每劃過他的身邊，雖刺不到他身上，卻已將他衣襟劃出了八九個口子。許飛暗暗心驚：「這四人聯手，威力竟如此之強！」

他豪氣頓起，有心一試古松劍的極致，長嘯一聲，手中長劍閃出一片劍光，點點如星，那四人都是一驚，手上略緩。許飛使的這一招「松影點點」是他師父上清道人所創得意招數，乃由陽光自松葉間灑下的點點光芒所化出，使動時須將長劍急速抖動，織成一片耀目的劍光，再從劍光中陡然攻擊。此時許飛使出這一招來，那四人果然為之目眩，許飛趁機長劍直出，一人右臂中劍，又一人左腿中劍。

許飛只道自己已破了四人的劍陣，卻見那中劍的兩人似乎毫無損傷，繼續圍攻，一轉念間，已明其理：「她們身上多半穿著護身寶衣之類事物。」吸一口氣，凝神接招。他知道自己只要有一絲疏忽，便是長劍穿胸之禍，而自己若砍中敵手，卻傷不到對方，處境實是不利之極。

又交了數十招，許飛見四人手上微微減慢，心想：「這四人都是女子，氣力不長，如此久戰下去，對她們不利。」豈知那四人出劍雖慢，劍陣卻漸漸緊縮，將他擠在中心，愈來愈不易反攻。許飛多次變招，都脫不出四人的圍攻，心想：「我這回出山，未上峨嵋便被人打得不能還手，未免太過丟臉。」心中焦急，出手更加狠穩，招招向對手的要害攻去。他一劍向右首一女面上刺去，她向後一仰，許飛長劍劃開了她臉上的黑紗，露出一張雪白清秀的臉來。那女子哎呀一聲，退了開去。許飛心中一動，長劍又劃開另一人的面紗，卻見那也是個女子，他再劃開另二人的面紗，見四個女子都是一般的面如桃花，唇紅齒白，面貌各異，眉目間卻頗爲相似，顯然是四個姊妹。點蒼眾人陡然見到如此四個美女，都不禁一愣。

四個姑娘不再相攻，收起長劍，年紀最長的女子向許飛行禮道：「許少掌門，你今日竟能見到我們的面目，我們很欽佩你的武功，咱們就此別過。」

許飛定一定神，問道：「請問四位如何稱呼？」

頭先來挑戰的三妹說道：「你既問起，我便跟你說了。我們是江寧四姝，我是秋露，這是我姊妹春風、夏雨、冬雪。」

許飛從未聽聞江寧四姝的名頭，心中疑惑，正想再問，四女已翻身上馬，疾馳而去，秋露回頭一笑，叫道：「許少掌門，峨嵋金頂見！」

四女去後，點蒼諸人紛紛議論，猜測她們是什麼來頭。許飛想起秋露，心中微微一動，她的倩影不知如何，似已印在了他的腦中，難以揮去。

第五十二章　峨嵋金頂

九月初一，少林、武當和虎嘯山莊眾人相偕抵達峨嵋派所在的普願寺。又一日，雪峰掌門司馬長勝帶了兒子司馬諒及其他雪峰弟子，許飛率領點蒼弟子，也先後來到金頂，唯有長青派的錢書奇和門下弟子始終未到，醫俠凌霄也不見影蹤。

峨嵋掌門子璋和尚迎接眾人入普願寺奉茶，說起三個月前龍幫遣人送信上山，言道九月十五將上峨嵋金頂，向峨嵋派索取龍湲劍。子璋眼見龍幫來勢洶洶，生怕不敵，因此下書邀請各大門派前來相助。此時五大門派加上虎嘯山莊的江湖豪客，總共有五百多人，高手雲集，可謂是正派英雄齊聚一堂。眾人互相問起龍幫的來頭，竟無一人知曉，最多見過龍幫中人，但對龍幫的底細、龍頭辛龍若是何許人也，卻都毫無線索。眾人在普願寺中商議當如何與龍幫交涉，若是龍幫不肯好言退去，又當如何抵禦。

這日清晨，峨嵋派去打探消息的弟子回來報道：「龍幫眾人聚集在岷峰，約有三百多人。」子璋和尚、空照大師、王崇眞等便商議決定，派遣各派弟子共二百人到山下布置，龍幫上山後，便把守住要道，將龍幫圍堵在山頂，不放人下山。山頂留有各大派的高手三百餘人，人數和龍幫相當，自有辦法對付。眾人仍不放心，在金頂廣場的四周分派三十六名武當道人，三十六名峨嵋弟子，正派首領一聲令下，便能立時結成劍陣，將廣場中的人圍在中心，加以圍擊。

一切布置妥當，已是十四日的傍晚，凌霄卻一直沒有上山。子璋、空照、王崇眞等都甚是擔心，虎嘯山莊各人在峨嵋山四處探問尋找，卻都不見他的蹤跡。直到深夜，凌霄才獨自來到金頂，眾人見到他神色憔悴，好似大病了一場，都極爲吃驚，忙問究竟。凌霄沒有多說，只道：「明日龍幫來攻，我自當傾力相助峨嵋。」便自去休息。劉一彪去探望大師兄，凌霄也不答理，早早睡了。

原來凌霄那日離開岷峰後，晚間毒咒再度發作，身心飽受煎熬。他一度想起虎穴的神祕女子和供在龍宮中的小刀，但思緒逐漸被激憤所掩蓋。他每憶及妹子蒼白憔悴的臉容和淚眼，心中便生起一股難以壓抑的憤怒，憤怒中又夾雜著自責、後悔、痛惜種種情緒。他童年少年時飽受火教凌虐，可說生長於火教的魔掌和陰影之下。過去數年中，他眼看著妹子在眾人疼愛呵護下一日日長大，天眞快樂，爲世間純淨美善所包圍，內心感到極大的喜悅滿足。他曾對自己發誓，絕不能讓雲兒吃一丁點兒的苦，受一丁點兒的罪，流下任何一滴眼淚。他聽了陳近雲的勸告，告訴了雲兒許多關於火教的事，盡心防範她受火教引誘侵襲；但他卻全然沒有料到，雲兒竟會如此不明不白地毀在一個新興邪幫的頭目手中！在他心中，什麼火教、什麼爭奪龍涘劍，都比不上雲兒的幸福快樂重要。他絕不能讓欺侮雲兒的人活在世上。

他獨自留居山中數日，專注於練習春秋劍法，一心想殺死龍頭，救回妹子。他白日苦練劍法，回想龍幫各人的武功，揣測自己能否勝過，晚上便在山洞中睡下。這夜他躺在山洞中，腦海中忽然浮起燕龍清麗的臉龐。他一直不敢去想關於燕龍的事，此時忍不住動念：「燕龍既是龍幫的人，龍幫出手抓走雲兒，說不定她也幫了忙。她知道雲兒對她傾心，或許便利用這點，騙了雲兒去龍宮？莫非燕龍當年來到虎山，便是爲了引誘雲兒，讓龍頭能夠藉機挾制我？」

他始終不相信燕龍會作出這種事，但是難道自己不曾看錯了她？或許錯就錯在自己不該對她動情，以致鑄下無可彌補的大錯？轉念又想：「或許她仍顧念著和我的交情，盡力保護雲兒，卻無法反抗龍頭的淫威？龍頭說我若打敗了他，便將燕龍也還給我。這是什麼意思？」愈想愈迷惘，恨不得自己此刻仍有靈能，好將事情始末看個清楚。他翻過身，忽然望見天上明月將圓，十五將至，心想：「我得趕去峨嵋金頂了。」

次日晚間他來到金頂，睡了一夜，天剛亮起，便聽得門外騷動，一個峨嵋弟子高聲叫道：「龍幫大龍頭拜山！」

九月十五辰時剛過，山下便傳報龍幫大龍頭率領了龍幫幫眾前來拜山，正派眾首腦心存戒備，一齊走出普願寺，在金頂前的廣場上站定。不多時，但見遠遠兩個青衣人奔上山來，身法奇快，一瞬間便來到了廣場中央。眾人眼一花，才看清那是兩個身形瘦小的漢子，一個尖臉，另一個圓臉，都留了部鬍子。兩人手中持了帖子，向正教首腦躬身道：「龍幫大龍頭辛龍若幫主，率座下四護法、八使者、及三山五嶽三十六個所屬門派，拜見少林、峨嵋、武當、雪峰、點蒼五大派掌門暨虎嘯山莊醫俠及諸位英雄，令屬下飛影、落葉先呈拜帖。」

峨嵋子璋和尚見這二人上山來耀武揚威，心下有氣，大步走上前去，接過了拜帖，說道：「二位好俊的功夫！」手上用勁，想將二人往後掀一個筋斗。但見飛影和落葉身子一震，一齊向後退去，二十步後，已將子璋的掀勁全數卸去，隨即轉身，如快馬疾馳般奔下山去。他二人輕功極佳，而且同進同退，不差分毫，猶似一個人，正派群雄心中都是一凜：「龍幫兩個送帖的使者，輕功也這麼好，龍幫自是有備而來。」

子璋和尚哼了一聲，與其餘門派的首腦一起看那帖子，卻見其上自龍頭辛龍若起，列了尚施、扶晴、舞雩、里山四護法，飛影、落葉、曉嵐、懸露等使者，和最近龍幫收羅的三十餘個幫會門派首腦的名號。正派中人面面相覷，子璋和尚皺眉道：「龍幫竟將一群邪魔外道都帶了來，人多勢眾，不好對付。」

過不多時，山下浩浩蕩蕩上來一群人，正派中人見這群人半奔半走，全無次序，正感奇怪，到得近處，才不由臉上變色。原來這群人正是昨日派下山去守禦要道的各派弟子，眾人身上不是帶了傷，便是手腳遲鈍，似是被點了穴道。之後跟著兩百多名青衣漢子，隊列整齊，空手而來，在廣場邊上站了一圈，守在那兩百名正派弟子身旁。

只見青衣漢子的隊伍從中分開，一人緩步走上前來。那人身著青布長衫，身形修長，臉上戴了黑鐵面具。當頭的數十名青衣人齊聲喝道：「龍幫大龍頭駕到！」正派眾人心中都是一震：「這便是龍頭辛龍若麼？」

卻見他雖以面具遮住臉龐，眼光卻極爲清亮銳利，向眾人一掃，眾人與他目光相觸，心中都不自禁想道：「這人的目光竟如此懾人！」他身後跟著兩男兩女，正是龍幫的四大護法；其後又跟了男女十來人，都穿青衣，之後是一群奇形怪貌的異人，衣著各異，想來便是歸服了龍幫的三山五嶽黑幫邪教首腦。

正派中人見來人竟有近千人，都倒抽一口涼氣，心想：「對方竟然傾全力而出，帶了這麼多人來，倒是始料不及。」又見派下山的弟子全數遭擒，己方情勢不利之極，司馬長勝低聲道：「是否動用劍陣？」王崇真搖了搖頭，子璋和尚也搖了搖頭。

龍頭獨自走到場心，朗聲道：「龍幫辛龍若，拜見峨嵋子璋和尚，少林空照大師，武當王道長，虎嘯山莊凌醫俠，雪峰司馬掌門，點蒼許少掌門。」他聲音有些嘶啞，但遠遠傳出，令遠近眾人聽得清清楚楚，顯然內力深厚，語音聽來卻似乎甚是年輕。

眾人都回了禮。

龍頭又道：「敝幫此回來金頂拜山，一來是久仰各大派首領的名聲，盼能有緣拜見，此願已足。二來，敝幫數月前已遣人送信至峨嵋普願寺，說明敝幫想向峨嵋請討龍湲劍。不知子璋大師考慮過後，可願賜予麼？」

子璋和尚哼了一聲，說道：「龍湲劍乃是敝派祖傳的至寶，如何能交給邪魔外道之徒？」

龍頭點了點頭，說道：「既是如此，敝幫迫不得已，只好有虧客道了。」

司馬長勝冷冷地道：「你擒住我們手下弟子，早已有虧客道，還假惺惺的作什麼？」

龍頭笑了一聲，說道：「這些朋友不知是迷路了還是怎地，在山下遇上敝幫，動起手來。不知是貴派有虧主道，還是我等有虧客道？兄弟們，將眾位朋友放了。」二十餘名青衣漢子走上前，替正派受擒的弟子解開了穴道，眾人垂頭喪氣，形狀狼狽，紛紛走回各派陣營。

空照大師合十道：「辛施主，多謝閣下釋放敝派弟子，足感盛情。但龍湲劍乃是正派武林至寶，我等拚死也要守護。施主想恃強搶奪寶劍，於理不合，我等不能任你逞強。」

龍頭轉向空照，說道：「少林一派，一向在武林中主持正義，空照大師禪修精進，德高望重，我一向是很敬重的。」空照道：「老衲愧不敢當。辛幫主若能看在老衲的面上，放棄爭奪寶劍，此後貴幫與正教六大派互不侵犯，結爲友好，不知辛幫主以爲如何？」這話出自少林羅漢堂主，實是對龍幫極爲看重了。天下哪一幫派若能得到羅漢堂主這麼一句話，就此在江湖上樹名立威，占有一席之地，必定欣然樂從。

豈知龍頭只淡淡回道：「大師之命，恕不能從。在下對龍湲寶劍，志在必得，大師不必多費唇舌勸阻。」

王崇眞道：「既是如此，武林中素有言道：『龍湲神劍，武林翹楚』。辛幫主志在奪劍，想必自負武功天下第一，便請賜招吧。」正教中人見對方來勢洶洶，知道免不了一場大戰，但見龍幫人數眾多，打群架並非上策，王崇眞便想約定只讓辛龍若出手，一決勝負。己方高手眾多，應可敵對。

卻聽龍頭道：「我今日率了許多幫眾屬下前來拜山，諸位恐怕要笑我以多壓少。王道長說得不錯，這柄龍湲神劍號稱武林至寶，唯有武林翹楚才可以保有。在座各位可以說是武林正教的佼佼者，我等若將各位掌門一一打敗，各位無力保衛這劍，那麼這劍也只好換主人了。」

他這話說得十分狂妄，正派首領聽了都臉上變色。子璋和尙怒道：「好大的口氣，竟敢挑戰我正教武林六大門派的掌門人！」

空照大師、王崇眞和司馬長勝等互相望望，心中都想：「這人當眞狂妄過了頭，竟出此大言，想連勝過我正教六人。」司馬長勝低聲道：「這人如此出言，那是自取其辱。就怕他們打不過，惱羞成怒，反成混戰之勢。」王崇眞道：「這人年紀輕輕，武功再高，也高不過空照大師。他手下的武功有人見識過，最多和我們打成平手，畢竟無法勝過。不如便答應他的挑戰，交手時若能打傷他，將他擒住，便不怕他龍幫人多。」

眾人商議已定，子璋和尚便向龍頭道：「平幫主既向我等挑戰，我等自當奉陪。閣下若無法打敗我方六位，卻又如何？」

龍頭道：「我等自當磕頭賠罪，恭敬退去，再不敢向峨嵋請討龍淚劍，此後也不敢對六大門派有半絲不恭。」

正教眾首領都不相信龍幫中人能夠全勝，子璋和尚便道：「好！便是如此。但咱們比武，須定下一個規矩。貴幫除閣下外，還有誰下場？」

龍頭道：「便是本人和四護法，一共五個人。打法很簡單。我方從四護法開始，一一向六位掌門挑戰，輸了便下場，不可再上。在下爲本方押陣，我們五人都打完了，還無法勝過六位掌門，便算我方輸了。若是我們五人能夠一一打敗貴方六人，龍淚劍便歸龍幫所有，如何？」

正教中人心想：「這般戰法，他們以少對多，本已吃虧。我們如何能不勝？」子璋和尚便道：「如此可行。」龍頭道：「好極。但我方人數較少，出戰順序及貴方下場之人，須由我方指定。」正教中人都無異議。

凌霄在一旁觀看，未發一言，心中忽覺一陣不安。他曾見識過尙施、扶晴、舞雱等對敵火教高手，也在漢水客店中短暫見到里山與人交手，知道這四人的武功乃是從金蠶袈裟和七玄經中學得，絕非易與之輩，正教六人雖都是高手，他卻感覺並無必勝的把握。六人之中以自己的劍術最高，最後對敵龍頭的應是自己。他吸了一口氣，心中只存一念：「我要殺了他，為雲兒報仇。」

正想時，忽見廣場邊上一陣騷動，十來人圍著一騎，大聲呼喝，動起手來。那馬全身青色，帶著花班，凌霄凝目望去，不由得一驚，那馬似乎便是陳近雲的愛駒玉驄。正此時，馬上乘客轉過頭來，凌霄看得親切，卻不是義弟陳近雲是誰？但見陳近雲身後坐著一個全身黑衣的女子，揮動柳葉刀，斬向周圍的十多名花衣人。花衣人揮動大刀向二人攻去，二人不及下馬，在馬上揮刀劍擋禦，卻不甚靈便，轉眼間那女子和陳近雲身上都中了數刀，處境甚是危急。

凌霄叫道：「近雲！」奔上前去欲待相救。卻見一個漢子縱馬自龍幫陣營中衝出，直馳到眾花衣人群當中，高聲道：「龍頭有令，桂花教不得為難這二人！」

一眾花衣人殺得興起，不肯住手。那漢子拍馬上前，手中馬鞭揮處，將十來個花衣人手中的大刀一一打了下來，手法狠準快捷，幾個花衣人被鞭子打中手臂，痛得倒在地下。凌霄此時也已趕到陳近雲馬旁，問道：「近雲，傷得如何？」陳近雲苦笑道：「還好。這些人一路從湖廣追殺我們到此，所幸只給砍了幾刀。」

那龍幫漢子向一眾花衣人冷冷地道：「無極老母呢？叫她過來！」幾個花衣人奔去傳

令，不多時，一個矮矮胖胖，頭戴高冠的老婆婆走了過來。龍幫漢子道：「無極老母，妳奉不奉龍頭號令？」那老婆婆低頭道：「是。桂花教謹奉龍頭號令，不敢不遵。」

那漢子道：「龍頭有令，桂花教此後不可再與陳大俠和這位姑娘爲難，妳聽到了麼？」無極老母道：「是。謹遵號令。」那漢子道：「好，去吧。」桂花教一干人便退了開去。凌霄心想：「龍幫對手下這些幫派倒很有約束力。不知他們是如何統御這些黑幫邪教的？」

陳近雲身後那姑娘正是赤兒。她冷然望向桂花教眾人的身影，哼了一聲，冷笑道：「沒想到桂花教也歸伏了龍幫！」

陳近雲向那龍幫漢子抱拳道謝，那漢子點了點頭，轉向凌霄道：「凌大俠，在下里山。」

凌霄見他濃眉大眼，英挺雄健，正是在漢水客店中見過的漢子，心想：「我上龍宮時，四個護法中便是這人不在，說是送雲兒下山了。我在漢水找到雲兒時，這人正幫龍頭擒雲兒回去。」心下暗惱，只冷冷地道：「閣下助我義兄弟解圍，在下在此謝過了。」

里山道：「不必，我只是依龍頭之命而行。」頓了頓，又道：「凌大俠，令妹之事，在下好生歉疚，我……」凌霄擺了擺手，不讓他說下去，說道：「你只是奉命行事，須怪不到你頭上。」他不願多說妹子的事，心中卻不知如何對這漢子頗有好感。當下與陳近雲和赤兒返回正教陣營。

陳近雲向凌霄道：「大哥，這位是赤兒姑娘。赤兒，這是我大哥凌霄。」赤兒握著陳近雲的手，向凌霄一笑，說道：「凌大哥，近雲時時提起你呢。」

凌霄見她美艷動人，又與陳近雲神態親密，心中奇怪：「近雲不是已和方姑娘訂了親麼？別來不過數月，卻從何處冒出這個赤兒姑娘？」但此時無暇多問，只向陳近雲簡略說了金頂上的情勢。

過不多時，龍幫中走出一個漢子，正是里山。他開口道：「龍幫里山，請雪峰司馬掌門賜招。」

司馬長勝見對方是個二十來歲的小伙子，心中頗不以爲然：「峨嵋派也太沒有出息，對方不過是幾個小毛頭，還要請動天下英雄來相助？」便想讓兒子司馬諒下場，但想：「這是武林中關係重大的一戰，諒兒武功雖不低，但往年曾大大得罪武林同道。他若在天下英雄之前輸了這第一場，我們雪峰可擔當不起。」當下緩緩站起，走到場中。司馬長勝已有六十來歲，身形瘦長，一張馬臉，頭髮灰白；里山卻是英俊挺拔，眉清目朗，眾人一見這二人相對而立，心中都想：「我們正派的人，長相竟不如這個邪幫的護法。」好些人心下都暗覺司馬長勝未免太也不夠體面。

司馬長勝拔出長劍，擺了個劍訣。里山也抽出長劍，行禮道：「請前輩指教。」

司馬長勝在雪峰歷代掌門中並不算最出色者，但他長年浸淫雪花劍法，四十餘歲便名動江湖，乃是威震西川的劍術名家。雪花劍法勝在變幻莫測，虛招特別多，此時司馬長勝將長劍輕輕一抖，揮灑開來，織成一片銀光，繞在身周，久久不散。旁觀眾人見他使出這一手，都喝起采來。里山凝神觀招，嚴謹守住門戶，全神貫注。兩人知道這是雙方第一場比試，都極爲謹愼，不敢冒進。

司馬長勝不等銀光散去，首先進攻，虛招連連，中夾一兩個實招，甚難防範，里山卻攻守自如，展開輕功與對手遊鬥，守勢嚴密，攻招快捷，兩人轉瞬間已過了三十來招。他二人都是以快打快，在場中進退盤旋，衣袖翻飛，煞是好看。里山一柄長劍使得法度嚴謹，卻非少林劍法，亦非武當或峨嵋、點蒼、秋霜等派的劍術，自成一家，大有名家高手的風範。眾人心中不禁都想：「這個青年武功極好，又生得如此俊朗，若是正派中人，非是少一代的後起之秀。」

過了五十多招後，里山忽然開始搶攻，招招指向司馬長勝的手腕。司馬長勝心下驚詫難已：「這人如何知道我雪花劍法的破綻？」雪峰派的雪花劍法善於攻敵所不防，往往對手一個疏忽，長劍便以出其不意的方位砍向要害。唯一能辨識出長劍方位的，便是觀察使劍者手腕的動向。此時里山眼光不離司馬長勝的手腕，自然將他的劍路看得一清二楚，長劍揮處，已將司馬長勝全身罩住。司馬長勝心中從未如此恐懼：「這人、這人……怎麼可能知道雪花劍法的弱點？」

雪峰派的這個弱點，自司馬長勝師祖以來便竭力隱瞞，甚至在招式中加了更多的變化虛招，以求遮掩。在司馬長勝一輩中，只有他和他師兄兩人得知這個弱點，當時他師父曾屢屢告誡：「你與人交手，若見對方知道這個破綻，便當早早棄劍投降，以免身敗名裂。」司馬長勝的師兄已死，弟子中連親生兒子司馬諒都未得告知，雪峰一派中只有他一人知道這個祕密，不意在峨嵋金頂與這個邪教青年交手，竟碰上了平生最懼怕之事。

又過數招，里山已占上風，長劍一轉，斬上司馬長勝的劍身，將劍震得向旁蕩開。司馬長勝大驚，心中殺念陡起，左掌陡出，往里山面門打去。里山忽覺頭一暈，忙屏息向後急退，隨手擋住對手長劍，心想：「他使毒！」當下閉住氣，長劍揮處，直斬司馬長勝的手腕。司馬長勝忽然擲出長劍，劍尖刺入里山右肩，里山悶哼一聲，左掌揮出，擊中司馬長勝的胸口。

這一下突變陡生，眾人本見里山將要得勝，卻忽然後退，反被司馬長勝擲劍擊傷。司馬長勝中掌後退出數步，口角流出鮮血，復又猱身衝上，雙掌齊出，打向里山胸口。里山自知中毒，雙目無法睜開，危急中聽風辨位，長劍急出，正迎向司馬長勝急速打來的左掌。但聽噗的一聲，這一劍將司馬長勝的左掌刺穿了去。司馬長勝大叫一聲，向後退去，坐倒在地，全身顫抖不止。雪峰弟子忙上前扶起掌門人，見他手掌鮮血直流，都大驚失色。

里山也坐倒在地，雙目緊閉，咳嗽不止，一望而知是中了毒。凌霄微微皺眉，離座走入場中，蹲下身查看里山中毒情狀，從懷中取出一粒藥丸遞給他，說道：「這藥丸能抑止毒性，快吃下了。」

里山道謝接過，站起身，緩緩走回龍幫陣營，幾個幫眾上來看顧他的傷勢。

正教中人見里山中毒，知是司馬長勝偷加暗算，都覺臉上無光。司馬長勝不但輸了這一場，更以陰險毒物傷敵，傷敵後又下手狠辣，急欲致敵死命，毫無一門之主的風度，正派中人都不由得暗暗搖頭，眼見醫俠上前施藥，都無異言。

第五十三章　連挑六派

子璋和尚清清喉嚨，朗聲道：「這一場兩敗俱傷。司馬掌門雖小輸一籌，貴幫的里護法也不得再出手。便請貴幫派下一位出手賜教。」龍幫中人聽了，都不禁惱怒。既然約定光明正大地比武決勝，使詐用毒者原該受到譴責才是。而里山身中毒傷，原本不能下場，子璋這話不過意在為正派稍稍扳回一些面子罷了。

龍頭淡淡地道：「看來我們這幫妖邪之徒，暗中下毒和趕盡殺絕兩門功夫還沒練得到家。舞雩，峨嵋派子璋和尚道行高超，慈悲為懷，應是不會作出不合身分的事。妳去向大師請教吧。」

舞雩奉命上前，躬身說道：「大師請。」子璋和尚哼了一聲，見對方派出女子對付自己，意存輕視，又聽龍頭出言譏刺，心想：「我若不打贏這女子，以後還能作人麼？」口中說道：「舞雩護法請。」

子璋和尚自四十五歲上接任峨嵋掌門人，當家為首已有十多年，可稱是四川武林中的第一人。他雖是出家人，卻專心於練武，少修佛法，武功練得高了，在武林中地位也高了，不免心高氣傲，不將他人放在眼中。加上他脾氣急躁，與左近鄰里和武林其他大派都處不來。此番受龍幫之迫，不得不邀請各大派前來幫手，很覺失了面子，此時正是發洩怒氣的時機，一心想打敗這龍幫妖孽，為峨嵋爭光。他拍了拍手，一個小沙彌奉上一柄長劍，正是龍湲劍。他接過了，冷冷地道：「這便是你們這群妖魔想奪取的龍湲劍，看清楚了！」

他將寶劍出鞘，但見劍身色作碧藍，寒氣逼人，的是一柄好劍！舞雩心中一凜：「傳聞這柄劍切金斷玉，鋒利無比。我得當心了。」

龍頭忽道：「舞雩，用雪刃。」他身後一個女子聞言，當即走上前來，解下腰間佩劍，雙手呈交給舞雩。那柄劍長二尺半，雪白如冰，輕薄如紙，凌霄一見之下，便認出是燕龍佩帶的雙劍之一。舉目望去，赫然見到遞劍上來的正是燕龍。只見她清美如昔，但在扶晴身旁不知為何遜色一分，而在舞雩身邊則少了一分英氣。她在龍幫中地位顯然不高，並不與四大護法站在一處。她垂首低眉，送上劍後便躬身退下，站在龍頭身後。

凌霄的眼光再也無法離開燕龍，他只盼她能抬頭望他一眼，只是匆匆一瞥也好。但她的眼神時而關注地望著龍頭，時而順著龍頭的目光望向場中，始終未曾向他望來。凌霄心中失望，轉向龍幫其餘人望去。但見龍頭安坐在椅上，尚施、扶晴分坐在他兩旁。他身後站了一個十六七歲的紅衣少女，凌霄記得在岷峰時曾見到她跟在龍頭的身後。那小姑娘不時低下頭與龍頭說話，雙目黑白分明，目光機靈，凌霄心中一動：「這小姑娘長得和燕龍也有點相似。」

此時舞雩和子璋和尚已在場中交起手來。峨嵋劍法著重厚實穩重，一板一眼，和雪峰派的雪花劍虛招繁複完全不同。旁觀眾人在一日中見到兩大派的高深劍法，都覺眼界大開。

但見子璋橙色僧袍翻飛，龍淺劍夾著勁風，招式源源不絕地向對手遞去。劍術中原有刺、挑、砍、劈、抹、迴六法，雪峰派的雪花劍主在輕快，招術多為刺、挑、迴；峨嵋劍法卻多為砍、劈、抹，中夾刺招。子璋劍術精湛，膂力又強，峨嵋劍法在他手下使出，眞如狂風暴雨一般，攻勢凌厲已極。

舞雩身形靈動，劍勢遲滯，如凌霄上次見她出手時一般。旁觀眾人雖都見識多廣，卻從未見過舞雩這般以劍使人的劍法。她好似在狂風大浪中的一艘小船，身子跟著對手的攻勢起伏避讓，長劍卻永遠在前，不離對手身邊三尺。兩柄長劍有如一條青龍，一條白龍，青龍飛舞盤旋，白龍則以靜制動，數十招過去，旁觀眾人都不由得大聲喝采起來，卻見二人雙劍勁道猛烈，招式變化萬端，兩劍卻從未相交一次，想來舞雩不願損毀了手中雪刃，因此避不與龍淚劍相擊。

凌霄看得心驚，暗想：「常老前輩說這是少林失傳的『八風不動神劍』，峨嵋武功主厚重，卻無法比這劍法更加厚重。這劍法處處剋制峨嵋，子璋和尚這場已是敗了。」又看了幾招，心想：「龍幫眾人武功各自不同，尚施和舞雩是沉穩厚重，出自少林派；扶晴是輕柔靈奇，出自武當；里山是嚴謹快捷，自成一家。那麼龍頭呢？他的武功又是如何？」

此時舞雩勝勢已明，子璋和尚不過仗著寶劍鋒利，兩人才相持不下。又過了十來招，舞雩叫道：「著！」手中雪刃已指住了子璋和尚的咽喉。子璋又驚又怒，滿臉通紅，不意自己竟會輸在一個女子手中，呆了好一陣，才長歎一聲，說道：「貧僧甘拜下風。」

舞雩點點頭，收劍而去。旁觀眾人都看得目眩神馳，這場打鬥不似里山與司馬長勝對敵時的驚險，但兩人交手總有一盞茶時分，雙劍竟無相交一次，舞雩的劍術實是驚世駭俗。但見她走回龍幫，雙手將雪刃交還給龍頭，龍頭點了點頭，讓燕龍收下了，轉頭道：「扶晴，妳去向王道長請教吧。」

王崇眞聽了，心想：「我已見過她的石風雲水劍，應不懼她。」取過佩劍，緩步走入場中。

扶晴也走到場中，雙手各持一柄劍，嫣然一笑，說道：「道長，上回承您指教，我那劍法實是不足道長一哂。我見識了您的四象劍法後，好生仰慕，自己頗有些體會，想請道長指教。」右手長劍遞出，竟使起四象劍法來。

王崇眞原擬她會使出那日的雙手劍法，心中已籌思了幾個破敵之方，豈知扶晴竟使起自己的看家本領來，不禁一愣。他隨手擋仕了，看了幾招，心下驚疑不定：「她怎麼可能會使本門的四象劍法，又使得如此到家？難道她……上回見我使這劍法，竟學了去？」一時無暇細思，使出四象劍法擋避反擊。

此時兩人同使一種劍法，交起手來猶如同窗練劍的師兄弟，招招合節合拍，旁觀眾人都看得撟舌不下。忽地扶晴左手劍起，交替使起石風、雲水劍法，右手仍使四象劍法，兩般完全不同的劍術，不但不合拍，更且互相抵觸。可是說也奇怪，這雙手劍法竟有極大的威力，十招之內，王崇眞全取守勢，竟無法反攻。他心中好奇更多於驚詫：「這是什麼玩意兒？駁雜無章，竟也能有如許威力？」仔細觀察她的出招，忽然見到她雙劍分使的破綻，長劍遞出，直指扶晴眉心。扶晴連忙低頭退出三四步，才避了開去，身上已都是冷汗，心想：「這老道不是好對付的。」當下左手長劍變招，也使起四象劍法來，雙手一陰一陽，交錯配合，都是四象劍法的招術。扶晴的四象劍法竟純熟之極，此時雙手同使，將劍法中陰陽分合，圓轉如意的意境使得淋漓盡致。

王崇眞見了，忍不住驚喜交集，心想：「是了，是了！雙劍合使，即是眞訣！」他悟性高超，實爲武當派立派以來屬一屬二的人物，數十年苦練四象劍法，總覺得這劍法中的陰陽合和之意甚難僅以單劍達成，有心要另闢蹊徑，以雙劍合使來取代劍術中陰陽分合的難處。此時見到扶晴將自己苦思未得的訣竅使將出來，只看得目眩神馳，狂喜不禁。他手中全取守勢，已覺難以抵敵，但心底又極想多看看扶晴的劍法，好似一首苦練良久的樂曲，自以為已能彈奏得甚好，卻忽然聽見他人以完美純熟的技法演奏出來，曲調的優美流暢遠非自己摸索習練時所能想像，只盼能多聽一些，牢記在心中。

又過了二十餘招，王崇眞內力漸漸使動，長劍出時帶著一股強大的柔勁，將扶晴的劍黏得稍稍偏了開去。扶晴一驚，也催動內力，雙劍卻始終無法攻入王崇眞身邊一尺。兩人同是修習道家玄門內功，扶晴的內力畢竟比不過王崇眞數十年的修為，心念電轉：「他對這劍法熟透於胸，自然能輕易擋住。我需得變招才行。」忽然右手劍脫手，向王崇眞擲去。

這一擲拿捏得極好，一般高手對劍，絕不會脫手將劍扔出，王崇眞全沒料到，左袖竟被削下了一截。卻見扶晴左手四象劍法不斷攻上，右手已扯下腰間白綢帶，如一條靈蛇般飛出，點向對手身上穴道。王崇眞見她白綢靈動巧妙，柔軟中帶著無盡變化，攻勢凌厲，心中更加驚疑：「她這綢帶的使法，像極了我武當柔雲拂塵的招術！」側身避開了幾招，凝神細觀其中的變化。扶晴左手長劍招數不斷，仍是四象劍招，王崇眞見她雙手各使不同的兵器，一剛一柔，一硬一軟，竟能配合得天衣無縫，心下不由得讚歎，一柄長劍穿梭在對手的長劍和白綢間，盡能擋住對手眼花撩亂的招數。

扶晴眼見仍舊無法打敗對手，心想：「他是武當高手，多半知道一些少林武功。」左手長劍陡然一變，轉爲剛猛的劍路，直向王崇眞劈去。王崇眞心想：「這是少林開山劍法。」忙揮劍去擋。他只道那是少林劍招，劍上用了七分力道。不意扶晴劍招中途又變，轉成太極劍，力道柔軟如絮，纏住了王崇眞的長劍，同時右手白綢揮出，勁急如棍，竟是一招剛猛的少林棍法，打向王崇眞面門。

這幾招當眞匪夷所思，由柔轉剛，由剛變柔，王崇眞內力轉變不及，眼見白綢打到眼前，連忙仰身後退，手中長劍仍被對方的太極內勁緊緊纏住，不得不鬆手放劍，向後躍開。扶晴揮白綢捲回王崇眞的長劍，伸手接住劍柄。

圍觀眾人失聲驚呼，想不到這場比試竟會如此分出勝敗。

王崇眞一怔之下，這才醒悟：「我上當了！我只道她使出少林劍法，必定輔以陽剛內勁。卻沒想到她剛才這幾招少林劍法棍法都只是形似而實非，內裡終究是以柔勁爲主，才能變化得這般快。我被她騙得轉運內力不及，以致失手。她剛才那白綢便打到身上，想必也是毫無勁力。」想到此處，心下甚是懊惱，卻也不由得佩服她的智計。

扶晴和王崇眞一場激戰，使盡全力，最後還是靠了取巧才險勝，身上衣衫都已爲汗水濕透。她吸了口氣，向王崇眞恭敬行禮，雙手捧還長劍，說道：「多謝道長承讓。」

王崇眞伸手接過了，哈哈大笑，說道：「妙極！妙極！老夫改日還要向辛夫人請教雙手使劍的妙要。」

扶晴一笑，說道：「王道長，依我所領悟，這四象劍法比之太極劍或兩儀劍，都要難上百倍。太極是渾沌未開，天地未分之時，一般人只要放下外務，身心澄淨，便可達到太極的境界。兩儀是陰陽初分的時刻，陰陽相隔，剛強柔弱，各自成形，壁壘分明。一般人若不是柔弱無用，便是剛強自愎，兩種極端都不難達成。四象卻是最微妙的階段，此時陰陽交融，不但互相吞噬，甚且互相抵抗，雙方既互相吸引，卻又互相排斥。好比一對戀人，在初初開始相戀時，又愛對方，又恨對方不明白自己的心意；又想接近對方，又怕對方傷害自己。在這陰陽初交的時刻，由錯縱複雜的衝突，到達和諧圓融的平衡，陰中含陽，陽中帶陰，其間的過程，就是四象劍法的眞髓。請問道長，我的領悟可對麼？」

王崇眞凝神傾聽，不斷點頭，彷彿往時極力想達到卻無法形容的境界，突然被人指出點明，活生生地放在眼前，能觸摸著也似，渾忘了這是在天下英雄前與邪幫高手對敵，說道：「極是！極是！辛夫人能有此領悟，老夫好生佩服。」

扶晴一笑，又行了一禮，才翩然走回龍幫。

正教中人見王崇眞竟輸在扶晴手中，都震驚已極。正派六人中已有三人敗陣，只剩下空照大師、凌霄和許飛三人。許飛年輕，武功畢竟不及，實際上能打敗龍幫中人的只有空照和凌霄二人了。而龍幫除了里山中毒受傷外，尙施還未下場，舞雩、扶晴各勝一場，龍頭也還未出手，正教的形勢不利已極。空照和凌霄對望一眼，心中估量，不知下一場對方會派誰出來挑戰誰？

卻聽龍頭道：「舞雩，妳若休息夠了，便去向空照大師討教少林劍法吧。」舞雩領命走出，向空照行禮道：「領教大師達摩劍法。」

空照口宣佛號，從弟子手中接過一柄劍，緩緩走出，說道：「女施主請。」手中長劍一抖，那劍便發出嗡嗡聲響。舞雩長劍伸出，劍尖對著空照的劍尖，凝住不動。過了片刻，空照的劍停止抖動，便在雙劍靜止的那一剎那，舞雩陡然出招，剛猛直進，似是少林達摩劍法，又像泰山重劍的招式。空照長劍橫削，打上她的劍刃。二人交起手來，都是勇猛剛烈的招數，雙劍不斷相擊，發出噹然巨響，每劍劈出都貫注了強大內力。如此過了七八十招，舞雩畢竟是女子，手勁漸弱，內力也不及空照數十年的修爲，忽然空照大喝一聲，有如晴空霹靂，長劍猛然砍出，擊上舞雩的劍刃。舞雩但覺虎口劇痛，再望去時，長劍竟已被從中斬斷。她怵然心驚，忙退後幾步，收劍行禮。空照也收劍合十，行禮退開。

凌霄眼見空照勝出，心想：「該是龍頭下場的時候了。」站起身向場中走去，不料走出來的卻是扶晴娘子，卻見她臉帶微笑，走上來向他行禮。

凌霄道：「辛夫人剛才和王道長比劍，怕還沒休息夠吧？」扶晴道：「多謝凌大俠關心。我來接凌大俠的招數，勉強還行。」

凌霄想起扶晴幾番告訴自己雲兒在龍宮受到禮遇，此刻想來都是騙人之辭，自己當時卻輕信了她，受其愚弄，心中暗自惱怒。他吸了口氣，長劍出鞘，說道：「辛夫人，請。」扶晴舉起兩柄劍，雪白而薄，正是燕龍的兵刃。凌霄看在眼中，不由得更覺心酸。

卻聽扶晴道：「凌大俠，你見過我的劍法，自也見過這兩柄劍。」凌霄點了點頭。扶晴道：「你是否覺得奇怪，爲何劍的主人不親自出手與你過招？」凌霄搖頭道：「不管誰出手都是一般。」扶晴一笑，說道：「難道你對她下得了殺手？」

凌霄忍不住向龍幫陣營中的燕龍望了一眼，但見她站在龍頭身後，雙目注視著龍頭的側面，似乎龍頭的一喜一怒，在她心中要比場中這場比試更加重要百倍。凌霄感到一陣難以言喻的傷痛，心下煩亂，說道：「勿要再說，快出招吧。」

扶晴道：「你既不想聽，那我不說也罷。我特意令她去長坂坡向你示警，你不曾抓住機會與她敘舊，此後只怕再也沒有機會了。」說著搖頭歎息。

凌霄凝望著她，心想：「她知道些什麼？難道她知道我對燕龍的心意，此刻竟想藉此勸我認輸麼？這女子和龍頭一般，用心險惡之極。」心中惱怒，說道：「快出手吧！」

扶晴微微一笑，雙劍一抖，便向他攻去。

凌霄見過她與王崇眞相鬥，已知道自己可以勝過她，手中使出虎蹤劍法，轉眼與她過了二十餘招。正教中人都知道凌霄會使虎蹤劍法，卻沒有多少人見過他出手。此時但見凌霄出招沉穩，招數簡樸卻威猛，風聲響動，將扶晴逼在五尺以外，更無法近身。眾人剛才見過扶晴對敵王崇眞，知她不但劍術高超，而且智勇機巧兼備，但此時她在凌霄劍下，卻全然落了下風，即使不斷轉換劍法攻招，卻盡數被凌霄劍上的勁風封住，心中都大爲驚奇：「醫俠內力深厚，使出的虎蹤劍法竟能有如許威力！虎俠當年稱雄天下，近年來各派掌門人同聲稱讚醫俠劍術超卓，果非虛言。」

到得五十餘招後，凌霄看準了扶晴雙手劍的破綻，長劍直進，點上她的眉心。扶晴低呼一聲，花容失色。凌霄點到即止，倏然收劍，還劍入鞘，退開兩步。他正想向龍頭挑戰，卻聽龍頭淡淡地道：「尙大哥，不知空照大師休息夠了沒有？你再等一陣，便可向空照大師領教掌法。」

空照聽聞，起身緩步走入場中，說道：「老衲休息已足夠，願領教尙施主高招。」尙施走到場中，行禮道：「素聞大師掌法精妙，晚輩領教了。」空照道：「尙施主請。」兩人相對而立，相隔三丈，各自凝神運氣。

空照陡然大喝一聲，跨上一步，右掌拍出，氣勢懾人，一出手便是少林天王開碑掌中的「石破天驚」，端的是剛猛無比。尙施心中一凜：「看不出他掌力竟這般強勁！」右掌迎出一招「天崩地裂」，也是天王開碑掌中的招數，雙掌相交，砰然作響，各自退了一步。空照見他出掌形態雖頗爲不同，但掌意和內勁卻顯然是少林的根底。少林武功在江湖上流傳甚廣，天王開碑掌更是許多江湖武人練掌時必練的功夫，空照見他會使，倒也不大驚奇，又揮掌向他攻去。

二人四掌飛舞，各自使出天王開碑掌和羅漢掌中的招術，喝聲連連，打得旗鼓相當。對了上百掌後，尙施忽然收起剛猛掌力，一掌輕飄飄地打出，竟是達摩掌中的「祖師密傳」。空照一怔：「這是我少林絕技之一的達摩掌，極少外傳，他怎能學了去？」也以達摩掌中的招數對敵，使出「一葦渡江」、「十年面壁」、「楞嚴大義」、「一燈即破」、「祖師心法」、「菩提非樹」、「明鏡非臺」、「何惹塵埃」、「衣缽傳承」等招數，仍舊不分上下。

約莫兩百掌開外，尙施掌法又變，出掌時拇指與食指相觸，有如拈著一朵花，而掌中勁力虛實不定，若有若無。空照大吃一驚，心想：「這掌法我竟沒有見過，難道是本寺失傳已久的拈花掌？」這掌法已失傳了上百年，寺中僧人只約略知道掌法的招式，卻不明內力的運用及掌法的要訣。空照此時看尙施使來，掌掌高妙精純，令他不能不信那便是失傳多年的拈花掌，心中的驚訝實是不可言喻。他收斂心神，改使出伏魔掌中的「降魔式」應對。

此時兩人已對了三百餘掌，兩人的掌法從剛猛轉爲輕靈，又從輕靈轉爲虛無。少林內外功夫首在正心觀照，講究內外空明的禪境。空照在少林寺出家四十餘年，對於祖師禪的參究極爲深湛，在禪門中已達二禪的境地，內外寂照，無人無我，此時他入定而出招，內力渾厚圓融，似有還無，尙施不由得驚佩：「他掌法平實，內力卻如此教人捉摸不定。」他自幼學習正宗少林武功，但從未修習禪功，此時與空照對掌，他的掌法雖較爲精妙，但在內力的運用和掌意上便顯得不如了。

兩人出掌愈來愈慢，尙施交錯使出天王開碑掌、羅漢掌、拈花掌等，掌勢奇奧；空照則只使伏魔掌中的十三式，以拙待巧，絲毫不落下風。旁觀眾人功夫差一些的，都不明白兩人出掌的意旨。只有凌霄等內家高手才看得出兩人已由比試掌法，逐漸轉爲比試內力。空照和尙施雖然相隔三丈，但兩人之間充滿一股股激蕩來去的內力，任一個不留心，便可能身受重傷，吐血立亡。

如此又過了百餘掌，空照畢竟年過六十，剛才又曾與舞雩交手，內力漸漸轉弱。而尙施正當壯年，體力內功都在鼎盛之時，知道這般相持下去，自己只要謹愼守住門戶，便能得勝，卻不免成兩敗俱傷之局。到了四百掌開外，二人全身衣衫都已溼透，汗水如泉，一滴滴淌在腳邊，形成一灘汗池。

尙施心想：「這般糾纏下去，拖到兩個人一起力竭氣盡，必各受嚴重內傷。我年紀尙輕，猶可慢慢恢復功力，他年紀已老，不免油燈枯盡。」心中生起惺惺相惜之意，掌中蘊含推勁，空照不由自主向後退了一步，過了一陣，又退一步。空照心中了然：「若在三丈內罷掌，我兩人都非身受重傷不可。若不停手，又必耗盡內力。只有如此，才不致兩敗俱傷。」他明白了尙施的用意，掌中亦使推勁，二人各自後退七八步，直到相距十丈之遠。二人相對一笑，同時罷手，尙施躬身行禮道：「大師內功深厚，在下好生欽佩。」

空照心下對他的功力和用心也十分贊服，合十道：「施主掌法精妙，世間少見。承施主高義相讓，老衲甘拜下風。施主若能學習禪門正宗，明心見性，對掌法武功將更有助益。」尚施道：「謹聆大師教誨。」

空照口宣佛號，退了下去。眾人見二人如此風度，都不由得讚歎。

第五十四章　龍爭虎鬥

凌霄見空照略輸尚施一籌，兩人激鬥以後都大耗內力，不能再下場，知道自己和龍頭交手便是分出勝敗的關鍵。他走進場中，但見龍頭也站起身，向他走來，在他面前站定。

凌霄道：「辛幫主，你遣人通報，讓我和武當眾人避過火教埋伏，我在此謝過。你約束桂花教的人不與我的義弟為難，我也好生感激。但你我之間另有仇怨，我卻不能輕忘。」

龍頭冷冷地望著他，說道：「恩恩怨怨，總有理清的一日。凌大俠，我那日已說過，你若能打敗我，我自當遵守諾言。」

凌霄道：「出手吧。」

龍頭抽出長劍，說道：「虎山醫俠，請進招。」

此時兩人相對而立，四周上千人屏息而觀，寂然無聲。正教中人皆知這是關乎正教勝負臉面、關乎龍湲劍去留的一場大戰，手心都捏了一把冷汗。旁觀眾人看了半日打鬥，見識到了正教和龍幫各高手的武功，都覺已看到了武術的盡頭。眾人中有不少人曾見識過凌霄的虎蹤劍法，卻無一人見過龍頭出手。眾人心中都想：「這人的幾個手下武功已如此高強，他自己定然更加厲害。」但是世間豈有人的武功能勝過空照大師、王崇眞道長、醫俠凌霄？實是難以想像。

凌霄清嘯一聲，當先出手，一劍橫劈。龍頭閃身避過，手中長劍遞出，直取對手眉際。他的劍招詭異快捷，竟與四個手下的武功完全不同。凌霄低頭避開，手中長劍帶了七分內力，使開來風聲呼呼，勢道強勁。龍頭並不正面對敵，卻展開輕功在他身畔遊走，身法快極，有如鬼魅。凌霄心想：「這人輕功極佳，我應以靜制動。」便立定不動，仔細觀察他的起落。龍頭好似足不著地般在地上飄浮而過，時時縱身飛躍，自空中攻下，劍中貫注內力，每與凌霄的長劍相交，便是一聲巨響，火花飛迸。

這二人不但比拚劍法，更且比拚內力和輕功，若有一項不至絕頂之境，便無法撐得下一招半式。龍頭身形靈動，有如飛龍在天，長劍如虹，攻勢快而奇，準而狠。凌霄竟也抵擋得住，還招時風聲響動，內力激蕩，兩袖鼓起。兩人的武功都已臻絕頂，各使全力，竟然旗鼓相當，不分上下。

旁觀眾人都看得目瞪口呆，心想：「我若是其中一人，只怕一招也接不住，便會身受重傷，吐血而亡。」前幾對正邪高手交手時，各派的師長們都指指點點，藉以教導弟子。此時眾武林前輩皆睜大眼睛，直視著兩人相鬥，目光不敢稍瞬，本身對兩人的武功都不能完全領悟，哪裡有暇向弟子解說指點？

凌霄忽然長嘯一聲，劍招驟變，使出常清風傳授的春秋劍法。這是春秋劍法創成以來首次現於江湖，旁觀高手都發出驚噫之聲，紛紛起身觀看，心頭都有同一個疑問：「這是什麼劍法，竟能高妙若斯？」王崇眞也看得呆了，喃喃地道：「登峰造極！這劍法，只能說登峰造極！」

龍頭自也已看出這劍法高明之極，心中驚詫，施展輕功繞著凌霄轉動，迴劍守住門戶，仔細觀看他的招數，但見這劍法樸拙平實，一招一式精簡扼要，威力卻強得出奇。凌霄已將春秋劍法練得十分純熟，各種招數的連貫組合在腦中快速閃過，不多時劍風便將龍頭全身罩住，任憑龍頭如何快速移動身形，竟都無法避開，更無還手的餘地，形勢岌岌可危，若非他輕功絕頂，更無法撐下這許多招。

凌霄正逼得他不斷走避，偶一抬頭，望見龍頭的眼神仍舊冰冷沉著，便如在岷峰時所見一般，想起妹子受他所辱，心中恨意頓然又起，直想置他於死地，出手狠辣凶猛，招招取敵要害。過了幾招，他忽覺招數不順，再過幾招，劍法竟又轉回虎蹤劍法。龍頭不知他爲何如此，還道他故意相讓，長劍閃處，又反攻回去。

凌霄心中一驚，忙以虎蹤劍法擋住，一時無暇細想，只道自己的春秋劍法畢竟沒有練熟，才又使回了虎蹤劍法。他卻不知這春秋劍法的主旨蘊含了中和之道，即如《中庸》所說：「喜怒哀樂之未發，謂之中；發而皆中節，謂之和。中也者，天下之大本也；和也者，天下之達道也。致中和，天地位焉，萬物育焉。」使動時須本持著《詩經》中「樂而不淫，哀而不傷，怨而不怒」的心境，他此時心中陡然生起強烈的憤恨怨怒，不免心浮氣躁，便偏離了春秋劍法的主旨；這一偏離，竟再也無法順暢地使出春秋劍招。他的心境與殺氣較重的虎蹤劍法相合，自然而然便依虎蹤劍法的劍意出招。他幾次想再使動春秋劍法，卻被對手攻得緩不出手，心中焦急，只能繼續以虎蹤劍法對敵。

轉眼凌霄和龍頭翻翻滾滾已過了上千招，兩人猶自不呈疲態，凌霄內力愈加渾厚，龍頭身形愈加靈動。旁觀的高手都已看出，兩人招術上不分上下，輸贏全比內力。凌霄內力剛猛，有如一聲聲震耳雷鳴向對手打去；龍頭內力卻屬陰柔，好似綿綿蠶絲，一層層纏繞在對手身畔。兩人身周的三丈之地都充滿了兩人的強力內勁，令人連連後退，不敢接近；甚至十丈之外的旁觀眾人都覺勁風撲面，刮臉生疼。

又過了數百招，凌霄陽剛的內力漸顯不濟，龍頭的內力卻仍綿綿不絕，但身形移動卻變得較爲遲緩。忽地凌霄大喝一聲，長劍迴轉，左掌擊出，勁風將龍頭全身罩住。龍頭劍交左手，右掌迎出，與凌霄的左掌相接。凌霄心中一動：「他或許和燕龍扶晴一般，左手也能使劍。」果然見他左手一翻，長劍繼續攻來，凌霄左掌與他相對，右手舉長劍格開，雙劍也拆起招來。

此時兩人一掌比拚內力，另一手持長劍相攻，近身而搏，情勢又更加驚險。凌霄畢竟左掌較爲無力，與他右掌相對，漸落下風，而龍頭左手使劍，竟較右手毫不遜色，攻勢凌厲，凌霄右手劍並未占到優勢。如此拆了數十招，眾人都看出已到了你死我活的關鍵，凌霄出手毫不容情，催動內力，長劍招招攻敵要害。龍頭自知內力稍有不如，須當速戰速決，左手劍也盡是殺招。忽地噹的一聲大響，凌霄手中長劍被龍頭震飛，龍頭的長劍快捷無倫地遞出，刺向他胸口。凌霄一動念：「我要死在這人手中了！」右手回掌，向他胸口擊去，竟是兩敗俱傷的打法。此時龍頭的長劍已刺穿凌霄胸口衣服，眼看便要透胸而過。在那一刹那間，龍頭的劍鋒一偏，竟然收劍不攻。高手對決，如此相饒實是不可思議之事，而凌霄卻掌力已出，難以收回，砰的一聲，龍頭胸口中掌，身子向後飛去。

這一下變起倉促，旁觀眾人都驚叫了起來。只見龍頭的身子飛出數丈，在空中翻了一圈，雙足落地，左手長劍柱地，右手扶胸，噴出一口鮮血。

凌霄呆立當地，心中猶自震驚，自己只差分毫便是利刃穿胸之禍，這人原可刺死自己，就算中掌受傷，傷勢也不致太重，情勢將爲一死一傷，畢竟是他贏了。豈知他長劍將及己體，竟然硬生生地收回，這麼一滯，反而自己正面中掌，身受重傷。

他望著龍頭，忽覺全身冰冷，好似陡然從噩夢中驚醒一般，當年失手打傷江離的情景彷彿重現眼前，心中升起一股說不出的恐懼慚愧。腦中浮起師父揚老很多年前說過的話：「你出手時應當三分虛，七分實，這樣出手，才能攻守兼備，收發如心。要達到這樣的掌握，須控制自己的心緒和脾性，愼防憤怒占據你的心思。」想到此處，他心中充滿懊喪自責。自己自命爲醫，竟能對人產生如此強大凶猛的恨意和殺意！他從未殺過人，剛才這一掌卻意在同歸於盡，力道之強，足可震斷對手的心脈。他不暇思索，奔上前去，想查看龍頭的傷勢。

龍頭卻舉起右手，阻止他近前，又吐出一口鮮血。

凌霄誠懇地道：「辛幫主手下留情，饒我不殺。在下自認不如，承辛幫主相饒，卻傷了閣下，好生抱憾。請讓我略補過失，爲閣下查看傷勢。」

他這話一出，旁觀眾人才知兩人中竟是龍頭贏了，龍幫中歡聲如雷，正教中人默然無聲。

龍頭拭去嘴邊血跡，低聲道：「我沒事。」抬頭向正教六大派環望，他雖身受重傷，目光仍舊英氣逼人。他的眼光停留在點蒼許飛身上，說道：「許少掌門，請賜招！」

旁觀眾人上千對眼睛都注視著許飛。依照雙方約定的比試規則，龍幫須打敗正教六人才算全勝，那自也包括打敗許飛在內。此時龍幫只剩龍頭和尙施可以出戰，二人一個身受重傷，一個內力耗竭，許飛若出手，自然可輕易取勝，爲正教保住龍淚劍；但他這一出手，卻不免淪爲趁人之危的小人。空照、王崇眞、子璋等都凝望著他，不知他會否下場。

江湖上輩分較高的武林人士都知道許飛個性孤傲不群，十餘年前，他為挺身護衛滿身灼痕、會施咒術的凌霄，不惜捨命與正教各派為敵，不論旁人如何曉以大義、威脅利誘，都毫不動搖。此刻他在峨嵋金頂所面臨的抉擇，只怕還較當年更加艱難險巧。

眾目睽睽之下，但見許飛緩緩站起身，走到場邊，從腰間拔出長劍，揮手一擲，長劍飛出數丈，劍尖插入廣場當中的土地之上，劍身搖晃不止。但聽他道：「辛幫主，在下遠非閣下敵手，自認不如，也不用下場了。」正教中人不禁鼓譟大譁起來，許飛卻不為所動，逕自回座坐下。

龍頭緩緩說道：「好。敝幫既勝過了六位掌門，便請峨嵋派交出龍湲劍。」正教首腦互相對望，都搖了搖頭。峨嵋子璋和尚又急又怒，卻是無可奈何，躊躇半晌，眼見空照和王崇眞凝望著自己，顯然期待自己遵守諾言，只能呸了一聲，低低罵了句粗話，說道：「我等無能守護寶劍，好生慚愧。寶劍便交由閣下處置！」走上前去，遞過龍湲劍。龍頭伸手接過。

此刻龍幫可謂大獲全勝，峨嵋金頂一役，技壓少林武當，戰勝峨嵋雪峰，甚至打敗了虎山醫俠。眾人望著龍頭辛龍若站在場中，風吹衣襟，傲然獨立，都知這人此後在武林中的地位已是不容置疑。

龍頭手持龍湲劍，緩緩走回龍幫陣營。忽聽一個女子的聲音大聲道：「你和這人打了一場，便想取去寶劍麼？」話聲未了，四條黑影倏然飛上前，四柄長劍同時遞到龍頭身上。他內傷甚重，勉力舉劍應敵。龍幫尙施、扶晴、舞雩一齊飛身入場，護住龍頭。但那四人已結成劍陣，將龍頭圍在中心，龍幫眾人都大叫起來：「龍頭已受傷，不可趁人之危！」「這四人是什麼來頭？」

只見那是四名女子，出劍方位奇幻，互相呼應，竟將龍幫相救三人擋在陣外，繼續圍攻龍頭。

眾人都是大奇，先前見過尙施等人出手，知道都是江湖上第一流的武功，在這四女的劍陣下，竟然搶攻不入，無法維護龍頭。龍頭獨自在圈心抵敵，雙劍舞動，他受了凌霄一掌，內傷甚重，此時勉力抵禦，已是危機四出。四女同時嬌叱一聲，寶劍遞出，一刺龍頭右腕，一刺咽喉，一刺小腹，一刺左臂。龍頭提氣上躍，卻覺一口氣提不上來，難以避開。他當機立斷，一揮手，將龍湲劍往半空中擲去。那四女意在奪劍，其中一人躍起抓住了劍柄，四人同時退去。只見四女奔到場邊，躍上四匹駿馬，疾馳而去。

這下奇變陡生，龍幫奪劍又失劍，只是瞬間的事。龍幫眾高手忙向四女追去，但她四人的坐騎極爲神駿，快奔下山，幾個上下，轉眼已不見影蹤。

扶晴奔上前扶住龍頭，滿面憂急，問道：「傷得如何？」龍頭道：「不礙事。」扶晴扶著他回向龍幫陣營，走出數步，龍頭忽地停步回頭，向正教中人問道：「請問諸位知道那四位姑娘的來歷麼？」

正教中人面面相覷，俱都搖頭。許飛開口道：「辛幫主，我在前往峨嵋的路上遇到過這四人。她們自稱江寧四姝，名叫春風、夏雨、秋露、冬雪。至於她們是什麼來歷，我卻也不知。」

龍頭點點頭，說道：「多謝許少掌門指點。」與扶晴等人走回龍幫陣營。

正教中人議論紛紛，有的說龍幫是故意將劍輸給這四人，以避免正教中人強追索劍；又有人說這四人多半是龍幫的對頭火教派來，趁機奪劍的。

凌霄和兩個義弟聚談，向許飛問起四女的形貌武功，卻也不得要領。到了傍晚，凌霄想起一事，來到雪峰派聚集處，向司馬長勝道：「司馬掌門今日毒傷龍幫中人，可否克賜解藥？」

司馬長勝臉色青白，知道自己使毒傷人殊不光明，又知凌霄是醫藥的大行家，向自己索取解藥乃是給自己面子，便訕訕地取出解藥，說道：「請凌大俠轉交龍幫里護法服用，並代爲致歉。」

凌霄便去龍幫紮營處探看里山的傷勢。

龍幫當夜仍在岷峰紮營，眾人在一山坳中生火煮飯，就地安歇。凌霄向人說了來意，不多時飛影便迎了出來，領他去見里山。凌霄隨他來到一間木棚，才踏入棚中，便見一個少女坐在里山的榻邊照料，竟是自己的妹子凌雲。凌霄一怔，脫口道：「雲兒，妳怎麼在這兒？」

凌雲抬起頭來，卻見她神色焦急，眼中淚光盈盈，說道：「哥哥，你快來救他！他……他中毒很深，昏迷不醒，我正要去求你幫忙。」

凌霄道：「我帶了解藥來。」

凌雲低下頭，臉上一紅，說道：「還是哥哥好，我就知道你會原諒我。你果然願意來救我的夫君。」

凌霄聞言一怔，脫口道：「什麼？他……他是妳的夫君？」

凌雲望著他，疑道：「你不是早知道了麼？」

她見凌霄滿臉詫異迷惑，再道：「里大哥多次救我性命，對我一片真情，我感激他的相護之恩、相待之誠，早已與他的心意一致。後來……後來我們私自成了親，再後來……我便懷了他的孩子。我知道哥哥會很生氣，你要打我罵我都行，只求你救救他的命！」

凌霄只覺腦中一陣迷糊，說道：「如此說來，妳並非受龍頭逼迫，而是自願與里山成親？」凌雲急道：「自然是的。我不是早跟你這麼說過了麼？哥哥，他有救麼？」

凌霄又呆了一陣，才俯身查看里山的傷勢，餵他服下解藥，並替他重新包紮了肩頭的傷口。凌雲凝望著哥哥替里山治傷，眼見里山性命無礙，才吁了一口氣。凌霄望著她，說道：「雲兒，妳告訴我，妳下山後究竟發生了些什麼事？」

雲兒點了點頭，眼兒含著淚，向凌霄述說下山後的經歷。

第五十五章　青雲使者

那日，凌雲偷聽到劉一彪和衛清河談話，心想：「哥哥要他去找浪子，問另一個人的去處，那不是燕大哥是誰？」她少女情懷，自十五歲上見到燕龍，常自思念，山中寂寞，她一縷情絲竟牢牢地纏繞在燕龍身上，難以自遣。她常想像再見到燕龍時，要跟他說她已將兩隻小虎養大了：「他或許便會向我笑一笑，說我很好，那我就心滿意足了。」想到此處，眼前似乎浮現燕龍俊秀的臉龐，嘴角帶著傲然的微笑。又想起自己昏暈過去時，他曾抱過自己，雖然自己半點也不記得了，但只要一想起此事，仍讓她羞得滿臉通紅。她幾次向哥哥詢問燕龍當年爲何匆匆離去，何時會再回來，凌霄也只搖頭說不知。恰逢劉一彪下山，凌雲思前想後，終於決定不告而別，追下山去尋找燕龍。她收拾了一個小包袱，在桌上留了字條誤導哥哥，便牽了一匹馬，逕向山下而去。

下得山來，她不識道路，心想：「河南大約在西南方，我沿著河向西行去便是了。一彪就在前頭，我過了幾日追上他，逼他帶著我去河南，他怎敢不聽師姊的話？」

她一路到了鄭州，卻並未遇上劉一彪等人。凌雲一個人獨行江湖，也不由得有點害怕。這日她在鄭州一家客店中住宿，晚上一人獨坐房中，忽聽隔壁房間傳來嘈雜語聲，似乎有不少人。聽得一人道：「咱們了夜動手。大家都準備好了麼？」另一人道：「刀劍都在這裡了，全憑大哥指令。」前一人道：「好！幹了這一筆，往後大家都有好日子過，誰也不會再少了銀子。」

凌雲好奇心起，過了子夜，隔壁那些人果然出店而去，凌雲便也跟了上去。卻見一群十七八人都穿黑衣，偷偷摸摸地奔到一間大屋之外，爬進了圍牆。

凌雲躍過圍牆，向內望去，卻見好大一間屋子，似是十分富貴的人家。那群人持刀衝入內堂，有的抓起家人僕妾綁起，有的便四下翻找財物。凌雲心中大怒，原來這些人乃是盜匪，半夜下手搶劫富戶。她見那些盜匪人多，不知自己能否敵過，但她義憤填膺，也不去想那麼多，拔劍便跳了出去，叫道：「快住手了！好大的膽子，竟敢公然搶劫？」揮劍向一個盜匪砍去。那盜匪揮刀擋住，看來似乎毛手毛腳，卻總能擋住凌雲的長劍，兩人交了二十多招。凌雲見自己連一個盜匪都收拾不下，心中暗自焦急。

正焦急時，門外忽地衝入了十來個漢子，當先一人是個三十來歲的公子，喝道：「大膽匪徒，還不快放下凶器投降！」眾匪徒高聲吶喊，持刀攻去，那公子的手下迎上動手，個個武功高強，不多時便將盜匪打敗，傷了幾人，餘下盜匪都逃去了。

那公子望向凌雲，抱拳說道：「女俠打抱不平，仗義出手，在下好生佩服。」凌雲臉上一紅，回了一禮。那公子又道：「請問女俠貴姓？」凌雲道：「我姓凌。請問公子高姓大名？」那公子道：「在下姓錢，草字開平。」凌雲但見那公子面目英俊，氣度不凡，臉上又是一紅。

這時錢公子的手下已救出那富戶家人，一個胖胖的老者上來向錢公子跪倒拜謝，錢公子甚是謙虛，連忙將他扶起，說道：「除惡護善，乃我俠義道份當所爲。區區小事，何足掛齒？老丈快快請起。」

那老者自稱姓丁，十分客氣，一定要錢公子和凌雲等都留下作客數日，以示感激，其意甚誠，令人推辭不得。錢公子便應允在丁家待一夜，凌雲想要離去，見那錢公子望向自己，似乎也盼自己留下，便也不走了。

次日午間，丁老爺吩咐家人整治上好菜餚宴請各人，感激稱讚不已，極爲殷勤。席間丁老爺向錢公子敬酒，說道：「錢公子俠名遠播，江湖上人人聽到錢公子，都要翹起大拇指說一聲：眞英雄！老頭我虛活了這把年紀，這才第一次見到錢公子的金面，當眞是名不虛傳！這回我身家性命都爲公子所救，老頭子一生感激不盡。」錢公子謙遜了幾句。凌雲心中不由得想：「原來這錢公子十分出名，我當眞是孤陋寡聞。回去定要問問哥哥有關錢公子的事。」

丁老爺也盛讚凌雲的英勇俠義，卻並不知凌雲便是醫俠的妹妹。

酒席吃到一半，錢公子道：「丁老丈，我見你愁眉深鎖，可是有什麼心事？」丁老爺歎了一口氣，說道：「唉！不瞞錢公子說，內人得了怪病，這幾日來病況愈來愈糟，請了城中最好的大夫都看不好，我心中甚是擔憂。」凌雲正想說自己的哥哥或許能醫治，卻聽錢公子道：「我略懂一些醫術，請問令夫人病徵如何？」

丁老爺道：「她半身癱瘓，神智不清，口出囈語。」錢公子道：「老丈若不嫌棄，可能讓我去探望一下令夫人麼？」丁老爺連連說好，當即請他入內。凌雲心中好奇，也跟了進去。到得夫人房中，卻見丁夫人癱瘓在床上，全身顫抖，雙目發直，口中不斷喃喃自語。錢公子看了一驚，說道：「丁老丈，這是被邪鬼附身啊！」丁老爺驚道：「邪鬼？」

錢公子道：「正是。我來試試能否將之驅除。」當下要人準備了雞血、線香、清水等物，在丁夫人的床前盤膝而坐，口中念起咒訣，雙目緊閉，忽然大喝一聲，將雞血撒在地上，用線香點去，那雞血便燒了起來，接著又用清水潑在其上，說道：「萬能天神，請護佑這個為魔所纏的婦人！」

話聲未了，丁夫人忽然坐起身來，一臉茫然，原本癱瘓的身子竟全然恢復了，走下床來。丁老爺大喜，上前握住了她的手，流著淚向錢公子道謝不止。

錢公子笑道：「這沒有什麼。這樣的病我見過很多，你們只須衷心崇拜天神，便不會生這樣的病了。」丁氏夫婦感激無已，都道：「我們以後一定全心崇拜天神，一生供養奉獻，不敢間斷。」

凌雲看得驚奇萬分。她在虎山早晚見到爺爺哥哥醫治病人，都是先把脈問診，再施用針灸草藥，或推宮點穴，從未見過這般施法術治好病家的手法，也從未聽過鬼怪附身、信仰天神等種種奇事，心想：「我這次下山來，眞是大開眼界。」

丁老爺對錢公子更是尊敬如神，恭請他和眾家人多留幾日，錢公子卻說身有要事，須得離去。凌雲便也向丁老爺告辭。錢公子問起凌雲的去處，她道：「我要去開封。」錢公子微笑道：「那正好了，我們也往開封去，姑娘家單身行路總是不便，不如便讓我等護送姑娘一程吧。」當下要手下一個姓孫的白面漢子去準備馬匹，與凌雲一起上路。

一路上錢公子對凌雲極爲尊重照顧，不斷稱讚凌雲俠義勇敢，女中少見。

凌雲找了個機會，向他問道：「錢公子，丁夫人的病，眞的是邪鬼纏身麼？」錢公子神色嚴肅，答道：「自然是的。」那姓孫的白面漢子，凌雲稱爲孫大哥的，插口道：「我聽人說，這一帶邪鬼不少，生這種病的人特別多。有的全身發紅，在病榻上輾轉掙扎幾個月都不好。也有些人明白事理，不斷默念天神名號，向天神祈求，便會好起來。不信天神的人，很多便都病死了。」

錢公子皺眉道：「是麼？不知這一帶是否受了詛咒，怎地這麼多人受邪鬼纏身？」孫大哥道：「公子，這裡離摩天嶺不遠，不如我們去請教南宮長老。」

錢公子雙眼一亮，拍手道：「是了！南宮長老一定知道答案。他老人家什麼都知道，我們這便去求見他老人家，請問其詳。」孫大哥也甚是歡喜，說道：「我每回見到南宮長老，都感到受益無窮。南宮長老修行極高，他說的每句話都充滿了睿智，讓人佩服得五體投地。」

另一名姓朱的家人說道：「公子，你可聽說南宮長老前年在山中修煉時，凌空飛過了一個山谷的奇事？很多村人見到了，都道山上出了神仙，數千百人趕上山去膜拜哩！」

錢公子笑道：「南宮長老具備各種神通，在天空中飛行只是小事。他還能預知未來，探知他人心中所想。我平日有任何困惑，一定上山去請教南宮長老。若不能見到他，便暗中想像他的形貌聲音，往往晚上他便會來我夢中，給我指點。」

凌雲聽了，不由得對這南宮長老充滿了好奇，問道：「錢公子，我也能去見見這位南宮長老麼？」

錢公子面露難色，說道：「這位長老隱居已久，不喜見門外之人，姑娘雖是人間少有的俠女，卻非長老門人，只怕他不願見妳。」凌雲求道：「不試試怎麼知道不行呢？不如我跟你一道去，請你去問問他是否願意見我，好麼？」

錢公子遲疑一陣，才道：「好吧！我們這便一起去摩天嶺拜見南宮長老。我與長老相熟，替妳求情，他或許會肯見妳的。」凌雲甚是高興，便跟著錢公子等轉向西行，來到了摩天嶺。

那摩天嶺筆直而立，高峭入雲，甚是壯觀。錢公子和孫大哥等一行人帶著凌雲向山上行去，走了半日，才來到了頂峰之上。只見那峰上好大一座廟堂，其中聚集了百來人，都盤膝坐在地上。廟堂正中高臺上坐了一個老者，看上去約有七十多歲，面貌十分奇特，額大而嘴闊，留著白色長鬚，雙目半閉，正在說法。信眾坐在臺下虔誠聆聽，全神貫注。錢公子低聲喜道：「太好了，南宮長老在山上。我們到後頭去等他老人家說完法吧。」

凌雲問：「那位老先生便是南宮長老麼？他在說些什麼？」錢公子忙道：「噤聲！南宮長老正在說法，我們沒有從頭開始聆聽，便不能從中插入，否則便是十分的不恭敬。還有，南宮長老是接近神仙的人物，不能稱他為老先生，只能稱為長老或仙人。我們都曾拜在南宮長老門下，因此可以稱他為長老，門外之人應當稱他為南宮仙人。」凌雲點了點頭，記在心中。

當下錢公子和凌雲等來到了廟後的一間客室，室中已有十多人，顯然都在等候南宮長老。凌雲見錢公子和眾人都跪坐在地上，便也學樣坐著。抬頭見那室中牆上掛了許多字畫，都是些看不明白的詩句和圖畫，她瀏覽了一會，只覺一切都十分新奇。

過了良久，廟中人聲大作，似乎在齊聲誦念什麼經文。念了一陣之後，外面眾人才散去。凌雲問道：「這些信眾當真了得，走這麼遠的山路來聽法。」

錢公子道：「這些人大半是常居山上，終年跟著南宮長老修行的弟子，稱為『修道者』。非得有超凡的資質，才能來這山上跟隨南宮長老修道，像我自己這樣的資質，只能偶爾來山上向南宮長老請教一二，他可是不會准我多待的。」凌雲心想：「原來要住在這兒，也這般不易。」問道：「修道者可是像出家的僧人、道士那樣麼？」

錢公子連連搖頭，說道：「僧人道士怎麼能拿來跟修道者相提並論？修道者所作所學，處處比佛道教的出家人高出百倍。而且我們教眾不必摒棄家庭，夫婦子女都可一起來修學。」

凌雲問道：「他們都修些什麼呢？」錢公子道：「他們在修很高深的法，很多我也不懂得。這些修道者都是爲了世人的福祉而修行，充滿了悲天憫人的胸懷，修成之後個個充滿睿智，洞徹人間眞理，便能夠幫助很多的人。」

凌雲點點頭，正想再問，忽聽門口一人叫道：「南宮長老來了！」便見剛才高臺上的老者在一群弟子圍擁下走進室中，面對室中各人作了一個奇怪的手勢。各人用雙手結起一個古怪的印，高舉額心，算是回了禮。凌雲不知所措，見眾人行禮如儀，也慌忙跟著作了。南宮長老行完禮，便在最前方的臺座上跪坐下來，雙手手心相疊，提在腰間，閉上雙眼。室中各人也都依樣坐好，閉目靜坐。

凌雲低聲問道：「這是作什麼？」錢公子低聲道：「長老要用天眼觀看大家的內心，快快安靜下來。」凌雲便也閉上了眼睛。

過不多久，南宮長老忽然睜開眼來，望向凌雲，哦哦兩聲，似乎十分驚訝。凌雲已睜開眼來，見他如此望向自己，甚覺窘迫不安。南宮長老向她凝視良久，才吸了口氣，讚歎道：「這位姑娘不是平凡的人物。她可是一位天女啊！」

錢公子、孫大哥等都甚是驚訝，一齊望向凌雲，眼神中充滿了豔羨尊敬。室中其他人也都轉頭去看凌雲，各自發出讚歎之聲。錢公子雙手結印，高舉額心，說道：「啓稟南宮長老，這位姑娘姓凌，是弟子的朋友。」

南宮長老點點頭，又向凌雲望去，不斷點頭。

凌雲本以爲他會將自己趕下山去，但聽他說自己是個不平凡的天女，不由得頗有點受寵若驚之感，問道：「請問南宮長老，什麼是天女？」

南宮長老道：「天女，便是與天神最親近的神祇。姑娘，妳是否從小便覺得自己有些與眾不同？」凌雲側頭想了想，她在虎嘯山莊時有哥哥保護，人人對她極爲關愛尊敬，確實與別的姑娘頗爲不同，便不置可否地點了點頭。

南宮長老道：「那就是了。我運用天眼看到姑娘乃是天女轉世。姑娘和我天神教有極深的緣分，我得立時啓稟教主，讓他知道我們尋到了一位天女！」轉向錢公子笑道：「開平，你的福報也眞不淺，竟然被你碰上了一位天女。這事我定會稟報給教主知道。」錢公子也笑道：「這就是冥冥中自有天意了。我在鄭州巧遇凌姑娘，只知道凌姑娘俠義過人，卻不知她竟是這般高貴的人物！」

南宮長老立即指派弟子趕去向教主報告這個大好消息，並請凌雲和錢公子等都留在摩天嶺上。

當天夜裡，南宮長老讓凌雲和錢公子等來到他的帳房中，向各人說法。他道：「我們天神教的教法十分崇高，不是一般人能夠理解的；許多人即使理解了，也無法身體力行。今日能在山上見到我、聽我說話的，都是有緣人，前生前世積了無數的善行，才能共聚在這摩天嶺，得聞高深的法理。」錢公子等都合掌稱頌長老智慧高超，發心深遠。

南宮長老又道：「很多人問我天神教的宗旨是什麼？其實很簡單，天神教就是要解救世人的一切煩惱痛苦，帶給人們歡喜滿足。這世上太多的爭鬥互殘、天災人禍，卻從來沒有人想過爲什麼人與人之間不能和平相處，互相友愛尊敬？世上人人都嘗過失望的痛苦，卻沒有人想過爲什麼不能人人所願皆足，事事由心？」

凌雲心想：「是啊。我想要見燕大哥，他卻一直不再來虎山。我若能滿足一切的願望，該有多好？」

又聽南宮長老道：「我們天神教的教主聖明大師早年便發現了解除人們一切痛苦煩惱、給予人們一切歡喜滿足的祕密，從此以後便致力於宣揚這個眞理，希望人人都能明白眞理，進而消除禍亂痛苦，永遠免除困惑苦惱，讓人人都能過上幸福的好日子。聖明大師智慧高超，看出芸芸眾生若不快些醒悟，這世間將面臨巨大災難。他知道自己使命的重要，一時一刻也不敢放棄鬆懈，兢兢業業，將自己的全副身心都奉獻於這一偉大事業。他幾十年來不知遭遇到了多少的阻難挫折、質疑打擊，他卻從不顧及自己的安危，一心一意要將眞理傳遍世間。由於聖明大師不屈不撓的精神，我們今日才有福分講說和聆聽這些甚深眞理。」

凌雲十分想知道聖明大師所說的眞理究竟是什麼，但南宮長老並未說下去，卻接著說了很多聖明大師的偉行事跡。凌雲聽了，心想：「這位聖明大師胸懷慈悲，爲了拯救世人不遺餘力，眞是難得。不知我能否見到這位聖明大師？」當夜時辰已晚，南宮長老便說到此處，讓眾人各去歇息。

過了五六日，一個傳信使者來到摩天嶺，宣告聖明教主也以天眼看到凌雲的天女身分，欣喜非常，立即認封凌雲爲「青雲使者」，那是天神教中僅次於長老、護法、尊者的崇高地位。摩天嶺上眾人聽聞訊息，都極爲歡喜興奮。凌雲原想先問一下哥哥再接受這封號，但南宮長老卻道：「姑娘天生異稟，教主和我都看出姑娘將有能力幫助很多的人。妳想想世上有多少人將因妳的幫助而離苦得樂？在此緊要關頭，妳怎忍心推拖延遲？再說，眼下正巧聖明教主的使者在此，妳若今日不受封，下回不知要等到什麼時候了。這樣的機遇實是曠世少有，姑娘千萬不要錯過了。」凌雲心想：「我回去再跟哥哥說，也是一樣。」便在山上行了認封之禮，典禮甚是隆重。凌雲自此成爲天神教的青雲使者。

典禮完畢後，教主派來的使者說道：「聖明教主指示，青雲使者雖天賦異稟，但很多教中規矩尚未得習，他老人家想讓青雲使者在摩天嶺跟隨南宮長老學習三個月，再赴天宮參見聖明教主。」南宮長老跪在地上領命，神色又是歡喜，又是惶恐。

等那使者走後，南宮長老充滿期盼地望著凌雲，笑道：「恭喜青雲娘娘，賀喜青雲娘娘！一般信徒非要學到八級以上，才有可能上天宮參見教主，而要學到八級，總得要七八年的時間才成。有些資質差些的，修習十多年都無法得見教主金面。教主對娘娘期盼極高，認爲娘娘在三個月內便能學成，有資格親去朝見他老人家！我定當盡我所能，將一切所知都傳授給娘娘。」凌雲見他如此熱切，也很好奇天神教的祕密究竟是什麼，便答應留下學習，在摩天嶺上住了下來。

此後每日南宮長老都向凌雲開示天神教的法理。頭五日他述說了許多聖明教主的身世和種種不可思議的神蹟，以及一些教中長老護法在修道過程中所經歷的艱辛困難，又是如何憑著對聖明教主的堅信不移而度過難關的故事。之後五日則說了天神教的十戒：一戒不信天神，二戒褻瀆教主，三戒不敬長老，四戒懷疑教法，五戒違抗教令，六戒隱瞞藏私，七戒相助外人，八戒叛神離教，九戒擅自傳法，十戒結交非信。南宮長老一一講解，說道：「我們天神教所作的事情，不是一般常人所能理解的。我們要拯救世間一切生靈，豈是容易的事？唯有有膽有識的人物才能加入天神教的行列，作一個以救人痛苦、予人歡喜爲己任的天神弟子。天神教教規嚴格，便是因爲這事業太過艱難，很多人都不免半途而廢，令聖明教主痛心疾首，失望萬分。這些戒條便是爲了堅定弟子的信仰，加強弟子的信心，增進弟子的意志而設。須得全數遵守無違，才配得上作一個天神弟子。青雲使者天生和我教有緣，這些戒條一定很容易遵守。娘娘是我教使者，地位高超，更應力行謹遵，作爲其他弟子的榜樣。」凌雲點了點頭，南宮長老便一一詳說各戒的細節。

到了第十日，南宮長老讓凌雲到他室中，向她單獨說法。他道：「娘娘這幾日來學習進步極快，是我所見過資質最優異的天神弟子。今日我要說的教法，將要接觸到天神教的重心了。娘娘準備好了麼？」

凌雲這幾日聽到了很多新奇的故事、規矩、戒條，此時終於能聽到最重要的祕密，甚是興奮。她已學會天神教的行禮規矩，當下雙手結印，高舉額心，向南宮長老行禮道：「弟子願意澄心受教。」

南宮長老點點頭，神色嚴肅，說道：「聖明大師在二十歲的時候，悟到了一件與人的生命有重大關係的祕密。這個覺悟可說是前無古人、後無來者，我們都是幸運之極，才能與聖明大師生在同一時候，不但得聞他老人家所悟的眞理和教誨，更能跟隨他老人家，一同爲拯救世間盡一分力。」

他頓了頓，又道：「聖明大師悟到了什麼呢？那就是我們世間所有的人都是天神的子女。天上一共有五位大神，分別爲金神、木神、水神、火神、土神。我們所居爲南地，因此是火神的後代。」

凌雲心中一動，想起哥哥曾告訴自己許多關於火教的事，嚴厲告誡自己不可受其愚弄，轉念又想：「這位南宮長老慈祥溫和，道行高深，錢公子也是聰明睿智的人中俊傑，摩天嶺上的信徒們個個單純善良、眞誠熱心，決不可能是火教的邪惡之徒。」

但聽南宮長老續道：「我們人人心中都有火神種下的『心火』，這就是爲什麼人人都會發怒。你看畜生只會發凶，只有人會發怒。這種怒氣，便是周武王所謂的『一怒而定天下』的怒了。我們都與火神血肉相連，這是再明白不過的了。只是人們出生以後，很多都忘記了自己的本來面目，不再崇拜火神，才爲世間和自身招來無窮的禍患。古代的人還常常祭祀，便是知道火神的力量。孔夫子曾說：『祭神如神在』。他是明道的人，知道火神確實是存在的。後代的人漸漸不再崇拜火神，火神見狀十分不快，便勾起人們心中的憤怒，讓人們互相殺戮仇恨。這就是爲什麼世上有這麼多的戰亂，這麼多的苦難。更甚者，不信仰火神的人，火神不但在他生時給他無盡的苦難，在他死後更會將他的神識扔入烈火地獄，依照他生時犯下的罪行，讓他焚燒許多許多世。娘娘，妳被火燒過麼？那可是疼痛得緊。妳試想想被丟在烈火地獄之中，全身受烈燄焚燒，那該有多麼的痛苦？」

凌雲想像被火吞噬的恐怖，不由得打了個冷戰，問道：「火神爲何要如此殘忍？」南宮長老連連搖頭，說道：「娘娘會這麼問，便是心地不清淨了。火神並非殘忍，祂只是不能不這麼作。不然世間將一片混亂，其慘狀將比烈火地獄還要苦上百倍。這個道理很深，教中很多人都無法明白。娘娘資質極佳，定能體會。」凌雲嗯了一聲。

南宮長老又道：「我們聖明教主乃是一位大生睿智的聖人，他在山中苦修十年，終於悟得了如何與火神溝通的方法。火神有著無與倫比的力量，能夠摧毀一切，也能給予一切。火神告訴教主，如果天下的人不信火神，火神將放出火種，讓人間爭戰不斷，人人互相厭憎，最後整個世界成爲一片火海。人們死後更會落入烈火地獄，遭受千世的焚燒之刑。爲了拯救天下於火海，爲了解救世人死後的火燒苦刑，我們教主才出山宣教，創立了天神教。他老人家已有各種神通，是火神最最信任親近的信徒，自然可以得救；但他不願只有自己一人得救，眼見天下大勢若不扭轉，將不可收拾，於是發了大願心，入世宣教救人。」

凌雲這幾日深受天神教教法的熏陶，這時聽聞了南宮長老的高深密法，雖都是聞所未聞的道理，心中充滿了神聖之感，忍不住感動地流下淚來，說道：「聖明教主這般偉大的願心事業，我竟有幸能參與其中，眞是多世造化！青雲使者一定竭盡所能，相助天神教成就大業。」

南宮長老聞言十分欣慰，不斷點頭讚許。

第五十六章　深陷邪沼

過了一個多月，凌雲聽聞的天神教條愈來愈多，漸漸深信不疑。這些日子中，她在摩天嶺受到的恭敬禮遇實是無以復加，上至南宮長老，下至弟子信眾，人人待她都比對待自己的至親還要關愛尊重。她又是歡喜，又是感動，與大家親近得如同一家人一般，讓她覺得在摩天嶺找到了自己的歸宿。凌雲原本還想著要去尋找燕龍，但在受到天神教的洗禮後，深信世上沒有比修習教法更加重要的事，頓覺今是而昨非，漸漸地便將燕龍之事置諸腦後了。這日凌雲正在摩天嶺練習火神吐納功，以藉此更接近火神，忽然面前出現了一個身形高大的青年，英挺雄健，濃眉下一雙大眼直直地望著自己。凌雲見這人不向自己行禮，還直瞧著自己，十分不恭敬，問道：「你是天神八級的弟子麼？見了青雲使者爲何不禮拜？」

那漢子不答，說道：「凌姑娘，在下奉命來此迎接姑娘赴敝宮作客。請姑娘賞光。」凌雲聽他這幾句話，便知他不是天神弟子，怒道：「這裡是神聖的天神傳教之地，閒雜人等怎可上來？」

那漢子又道：「我宮主人和姑娘有很深的淵源，與令兄凌霄大俠也相識。他派遣屬下來此，一定要請到姑娘。」

凌雲聽他提起哥哥，又一直稱自己爲凌姑娘而非青雲娘娘，甚感不耐煩，轉過頭道：「我不去！」

那漢子見請不動她，忽然出手，點了她肩頭穴道，抱起她便往嶺下奔去。凌雲啞穴被點，更叫不出聲來，心中又急又怒。摩天嶺眾人遠遠見到青雲使者被劫，大聲叫喊，紛紛追下。那漢子輕功極好，快奔下山去，後面的人竟難以追上。

這漢子便是龍幫里山了。他奉龍頭之命出來尋找凌雲，打聽到她和一個姓錢的公子作一道，察訪之下，才知這錢公子並非姓錢，卻原來便是昔日趙家劍的「才子奇俠」趙立平。他投入火教後已立了不少功勞，因他相貌英俊瀟灑，火教便派他出來誘騙凌雲加入火教。里山追上摩天嶺去，見到凌雲說話的神態，才知她中毒已深，便出手將她劫下山去。

摩天嶺派了十多個身負武功的信徒追下山來，想奪回凌雲，都被里山輕易打發了。但他擔心的不是追兵，而是凌雲信教已深，自己會逃跑回去。他一路上對凌雲嚴加看守，百般防範，卻又不敢對她太過無禮。凌雲在摩天嶺修法，須遵守不與教外之人言語的戒條，因此她一路上一言不發，里山對她說話，她也有若不聞，毫不理睬。她三番四次想逃走，都被里山發現抓回，心中對他又惱又恨。凌雲見他對自己也還算恭敬，便想出許多法子讓他吃點苦頭。里山性情沉穩厚重，一切逆來順受，從不被她激怒。

不一日，里山帶著凌雲上了龍宮。龍頭得知凌雲失蹤數月，竟受誘入了火教，又驚又惱，便讓她留在龍宮，要手下好好照顧開導於她。凌雲全然聽不進去，每日只想著要逃出龍宮，早晚在宮中大哭大鬧，吵翻了天。龍頭當時忙於對付狂教，又將開始閉關練功，見凌雲如此執迷不悟，便令里山護送凌雲回去虎山，將她交到凌霄手中，盼凌雲見到哥哥後，終能清醒過來。

趙立平等人不敢上龍宮奪人，得知里山和凌雲離開五盤山，便率了大批火教徒在途中攔劫。洛陽一場大戰，里山不敵，火教將凌雲硬劫了出來。凌雲見到「自家人」，自是極為感動歡喜。這時南宮長老下令，讓眾人直接送凌雲去「天神峰」拜見「聖明大師」——便是獨聖峰上的聖火明王段獨聖了。一行人來到漢水邊上，里山追來搶奪凌雲，正巧被凌霄遇上了，出手將妹子帶走。那時凌雲一心想去拜見聖明教主，不願回去虎山，便從哥哥那兒逃了出來，與趙立平等人會合，再往獨聖峰去。

里山深知段獨聖的殘狠惡毒，凌雲若上了獨聖峰，自必受盡折磨侮辱，成爲段獨聖手中對付凌霄的一張王牌。他追上凌雲一行人，在應山打敗了趙孫一夥，又將凌雲奪了出來，帶著她騎馬奔出數里，將趙立平等人遠遠甩開。凌雲武功不行，只能被人奪來奪去，見到此番劫走自己的又是里山，心中惱怒已極。

當夜里山帶著她在荒野歇宿，分了一些乾糧給她吃。凌雲此時修法已結束，不須守不與教外之人談話的戒律，狠狠地瞪著他，怒道：「又是你！」里山道：「不錯，又是我。怎麼，妳現在會說話了？」凌雲道：「你又要捉我去哪裡了？」里山道：「我帶妳回家。」凌雲甩頭道：「我不回去！」里山道：「妳哥哥自妳走後，在江湖上四處找妳，擔心之極。妳怎能不回去？」

凌雲道：「我哥哥又怎樣了？長老說他缺乏火性，無法明白火神的教旨。他時候未到，我現在去見他也沒用。等他時機成熟了，自己來拜在我面前，求我教他天神教的高深法理，我才願意見他。現在便讓他擔心一下又何妨？」

里山聞言，大爲驚怒。凌霄年幼時曾受段獨聖殘忍折磨，少年時更在火教手下吃盡苦頭，最後爲了克制段獨聖而甘願犧牲自己的靈能，代價不可謂不慘重，舉江湖皆知，他的親妹子竟說出如此愚癡的話語！他忍不住怒喝道：「妳如此說話，可知妳哥哥會有多傷心？」凌雲撇嘴道：「讓他傷心好了。他永遠也不會明白我如今在作的事情有多麼重要！」

里山按捺不住，揮手便給了凌雲一個耳光。凌雲自幼至長，除了幼年時曾被江離打過一巴掌外，哪裡還有人敢對她這般粗魯？登時驚得呆了，伸手撫面，眼中湧出淚水。里山掌力何等之強，若非他自制，這一掌總能打下她幾枚牙齒。里山打了她後，心中好生後悔，卻不願道歉，站起身走了開去。凌雲伏在地上大哭了起來。

次日里山帶著凌雲再往東行。里山見她雪白的臉上掌痕清晰，微覺過意不去。凌雲對他不理不睬，正眼也不看他一眼。午後兩人行在一條官道上，兩旁全是人高的野草。里山忽然大喝一聲，策馬衝入草叢，揮劍亂砍，將身周的野草斬得七零八落，草塵飛揚。凌雲不知他在作什麼，只見他回來後臉色陰鬱，心道：「你發什麼脾氣？是你捉住我，又不是我捉住你。你以爲發發狠便能嚇倒我麼？我可也不怕。」

到了晚間，二人來到一個小鎭，在客店中歇宿。里山讓凌雲睡床，自己便在椅上坐著。凌雲翻身向內，不去理他。過了好一陣，凌雲睡不著，忽聽背後傳來喘息之聲，她不敢回頭去看，心想：「他幹什麼了？」卻聽里山低聲道：「那時若有人能這麼打我妹子耳光，我不知要多麼感激他！」聲音哽咽，凌雲才知他竟是在哭泣。

隔日二人又上路，凌雲甚是好奇，忽問：「你有妹子麼？」里山嗯了一聲，說道：「她死了。」凌雲又問：「她是怎麼死的？」里山淡淡地道：「她是被人逼死的。她死的時候，比妳還大上幾歲。」凌雲道：「你沒替她報仇麼？」

里山靜了一陣，才道：「我會替她報仇的。」凌雲見他神色嚴肅，聲音冰冷，不由得打了個寒戰。過了一陣，她忍不住又問：「你妹子怎會被人逼死了？」

里山緩緩說道：「我妹子名叫清月。我們從小感情便很好，我隨著龍頭在中原闖蕩，清月在家鄉很想念我，便從家鄉跑來找我。那時有個叫作王淵的惡賊，對清月百般討好，騙得我妹子傾心於他。這惡賊是個火教徒，不多久便引誘清月入了火教。」凌雲奇道：「火教？」

里山道：「就是妳信的天神教了。有的地方叫作聖火教，有的叫天火教，也有叫天神教、神火教、狂教的，都是以段獨聖爲教主的邪教支派。妳哥哥是火教的大敵，這些人假裝成好人，引誘妳入教，自是別有居心，全是爲了對付妳哥哥。」

凌雲搖頭不信，說道：「他們根本不知道我是醫俠的妹妹。而且天神教中都是好人，我哥哥若眞與他們作對，也定是因爲哥哥不了解我們在作什麼。」

里山嘿嘿冷笑，說道：「是麼？妳哥哥當年爲解救正教武林人物而陷身火教，受盡折磨，最後作出重大犧牲，才換得中原眾武林領袖的自由和過去十年的江湖偏安。他隱居虎山，避世行醫，不知有多少江湖俠士挺身而出，誓死保護虎嘯山莊不受火教侵襲。他自己的妹子卻說醫俠不該與火教爲敵，說他不了解火教在作什麼！」

凌雲回想自己加入天神教的經過，想到南宮長老初見自己便說自己天資優異，與天神教有緣，隨即被封爲青雲使者，人人對己恭敬無比，當時只覺自己果眞是天女轉世，現在聽里山這麼說，才開始生起懷疑。但轉念又想：「聖明教主神通俱足，能夠洞察天機。這人又是誰了，憑什麼說教主所見不對？」她想起天神教眾人個個溫和善良，一齊爲了拯救世人而努力修道，與哥哥所說的火教中人大不相同，說道：「你胡說八道。我當然知道火教是壞的，但天神教絕不是火教，兩者相差了十萬八千里遠。天神教的教法都是對的，教中都是好人。只因旁人難以理解我們所作的事情，才說我們是邪教什麼的，那都是自尋死路、自外於教主寶貴教誨的說法。」

里山冷然道：「隨妳愛相信什麼，都不關我事。反正我只負責送妳回妳哥哥身邊，讓他自己想辦法救回妳。哼，當時若有人將清月送回我身邊，我可不知會有多麼感激！」

凌雲雖不高興他話中帶刺，仍舊問道：「你妹子後來怎樣了？」

里山靜了一陣，才道：「後來清月一心要和這個姓王的傢伙成親。我極力反對，清月便跟我反目，說我不懂她的心，不懂火教在作什麼。嘿嘿，跟妳剛才說的那些也沒什麼兩樣。我怎也勸不動她，她便跟著那姓王的去了。後來一個火教長老跟她說，成婚前須要先上獨聖峰去承恩。」

凌雲一怔，插口道：「我們天神教也有承恩的說法，就是去教主身邊接受他老人家的密法，讓他老人家點燃我們的心火。」

里山咬牙道：「什麼密法，什麼點燃心火？都是狗屁，都是騙人的鬼話！清月上峰去後，便在段獨聖的威迫下失身，成爲他練陰陽無上神功的犧牲者。」凌雲聽到「失身」二字，臉上一紅，捺不住心中好奇，又追問道：「什麼是陰陽無上神功？」

里山道：「那是一種邪門功夫，須用未出嫁的處子爲引來修煉。練成後遍體刀槍不入，也不受內功所傷，不但天下無敵，更可長命百歲。」凌雲聽了此言臉上更紅，但也回嗯了一聲，心想：「世上怎會有如此邪門的武功？南宮長老曾說聖明大師也有刀槍不入的本領，難道聖明大師便是段獨聖麼？不會的。」

正自思索，又聽里山道：「後來段獨聖要清月留在峰上，她不肯，想回去嫁給那姓王的，便冒險逃下峰來。火教哪能容許信徒叛教，立即派人出來捉她。清月逃去找那姓王的，沒想到那渾帳不但不珍惜她，反而勸她好好留在峰上侍奉段獨聖。清月見情人如此負心寡倖，傷心已極，又不敢回獨聖峰去，便在那姓王的面前咬舌自盡了。」

凌雲一驚，說道：「他沒救她麼？」里山咬牙道：「沒有。那人狼心狗肺，從來就沒對清月有過半分眞心。他只是憑著一張臉，到處物色勾引美麗女子，送去給段獨聖享用。妳要是還沒發覺，妳那錢公子也是一般的人物。妳道他對妳很好麼？哼，妳等著瞧好了！」

凌雲靜默一陣，才道：「你又知道了？錢公子對我關懷體貼，你看不過去了，是麼？」里山冷然道：「我自然知道。那傢伙不姓錢，姓趙，叫作趙立平，是趙家劍的傳人。那年他和他父親兩個膽小怕死，背叛了正派眾人，投降了火教。後來這小子在山西、湖廣一帶誘騙了很多女子，惡名昭彰。我這次沒能殺掉他，下回定要將他除去了！」

凌雲道：「哼，說大話，你又打不過他，怎麼殺得了他？」里山向她看了一眼，心想：「凌大俠的妹子，竟連對武功的眼光都沒有半點。」也不爭辯，只是冷笑一聲。

又行數日，兩人路經襄陽城。當夜二人錯過了進城時間，便在城外的一個莊子借宿。莊主姓周，甚是好客，請二人用了晚飯。席間周莊主談起最近在襄陽興起一個邪教，自稱天火教，吸引了很多信眾。周莊主十分排斥，大力呼籲人們勿要為這邪教所惑。凌雲原想向周家求救，幫助自己逃離里山的挾持，但聽周莊主如此痛恨天火教，想起南宮長老曾提起某姓周莊主乃是地魔的使者，專和天神作對，並說他執迷不悟，遲早會遭火神懲罰。凌雲心想：「這周莊主不是好人，一定不會助我逃走，我還是別輕舉妄動得好。」便不出聲。

次日里山告別周莊主，帶著凌雲進了襄陽城。二人在城中打尖，見館子中坐滿了身穿黑衣、頭蓄短髮的火教徒。眾人看到里山和凌雲，都側目而視，顯然知道二人是火教追尋的目標，但懾於里山的威勢，不敢輕易挑釁。二人正用餐時，忽見一群人縱馬經過大街，里山一瞥目間，見趙立平也在其中，眾人的刀劍衣服上都沾了斑斑鮮血。他臉色微變，忙拉著凌雲離開館子。

凌雲此時也看到了錢公子，正想出聲呼喚，里山已伸手點了她的啞穴，拉著她來到店後，點了她手腳穴道，將她留在客房中，逕自出房。過了半個時辰，他回進房來，面色陰沉，向凌雲道：「跟我來！」凌雲道：「去哪裡？」里山不答，帶著凌雲騎馬出城，來到昨日借宿的周家門口，說道：「火教和妳那錢公子剛剛來過這裡，妳自己看吧！」

凌雲走進屋中，才看一眼，便險些昏了過去。卻見地上橫七豎八躺的都是死屍，男女都有，死狀慘極，大多斷頭截肢，很多的頭顱和手腳都已燒成焦黑色。凌雲低頭見到腳邊一個才幾月大的嬰兒，趴在地上，嘴邊流出一灘鮮血，猶未凝結，正是周家的小孫兒。凌雲俯下身去，見嬰兒背上也有焦黑的灼傷，驚駭無已，腹中翻滾，轉過身去便嘔吐起來。里山吸了口氣，扶她走出屋去。

二人續向東行，凌雲一路默默寡言，眼前不斷出現血洗周家的慘狀。她聽南宮長老說過這家人不信火神，火神將會懲罰他們，沒想到竟是派出天神弟子去將他們一家滅門殺盡！她聽了里山的話，心中對於天神教的崇信漸漸起了動搖，但猶自不肯承認，心想：「我回去問問哥哥好了。但是，南宮長老說哥哥沒有火性，要我千萬不可聽信他的話，我卻該聽誰的才是呢？」

這一日來到一個小縣，二人在客店中投宿。晚上忽聽屋頂一響，里山立時醒覺，拔出長劍。窗外一人叫道：「龍幫的邪魔，出來領死！」

里山奔到窗邊，卻見窗外屋頂、圍牆上站滿了黑衣人，都是火教徒。當先一人是個身形瘦削的漢子，留著兩撇鬍子，雙眼精光湛然，內力顯然十分深厚。里山一驚，躍到窗外，出劍便往那人刺去。忽聽身邊咻咻聲響，四周之人同時向他發射暗器。里山回劍守禦，叮叮叮叮一陣響，將暗器全數打落，此時那瘦削漢子手中揮出一根流星鍾，直攻向里山胸口。里山側身避開，仗劍與那人交起手來。

這漢子便是火教尊者吳隙。獨聖峰得知凌雲被里山劫走，南宮長老、趙立平等無力奪回，便派了護教尊者吳隙出手。這時里山受吳隙和七八個火教徒圍攻，無法脫身，餘下幾個黑衣人已奔入房內，行禮道：「青雲娘娘，屬下相救來遲，萬請恕罪！」

凌雲點了點頭，跟著他們走出房門，忽聽里山低吼一聲，似乎受了傷。她心中一跳，回頭看去，只見里山一膝跪地，伸手按著腿部，鮮血從他指縫間流出。凌雲微一遲疑，但已身不由主，在一眾黑衣人的簇擁下出了客店，騎上馬離開那小縣，向南而去，直趕到了幾里外的一個小鎭才歇腳。

隔日凌雲尚未醒來，便聽門外一人道：「青雲娘娘，南宮長老有請。」凌雲連忙起身穿好衣衫，出門便見南宮長老坐在外廳等候。南宮長老見了她，面色嚴肅，說道：「娘娘被那邪幫護法強行擄去，時日不短。此人心地偏狹，知見不正，一定跟娘娘說了不少迷惑人心的邪說。爲了清除娘娘心中障礙，請娘娘告知這人說過的所有言語，我好爲娘娘破疑。」

凌雲遲疑一陣，才道：「他帶我去看了周家莊。那周家老小，當眞是天神弟子殺的麼？」南宮長老見她已知道此事，便道：「不錯。周家的人不信天神，教主多次派人勸導，他們卻被地魔迷住了心，堅決不肯聽從。這些人是地魔的忠實信徒，如果讓他們繼續猖狂下去，不但他們自己死後會受萬世的火燒苦刑，更將阻擾聖明教主拯救天下的大業。因此聖明教主大發慈悲，懇求火神原諒這些人。火神答應了，教主便下令將這些人先送入烈火天界，讓火神處置。」

凌雲甚是激動，大聲問道：「那周家的小嬰兒呢？他可還不懂事啊，爲什麼連他也殺了？」

南宮長老搖頭道：「青雲娘娘，這道理妳怎麼不懂？這小嬰兒體內流著他父母的血，長大以後也將跟他父母一樣不信神教，更將仇視我教教徒。我們怎能讓他長大了，又造這許多惡業？現在殺了他，實是最慈悲的作法。」

凌雲心中再也無法接受這些強辭奪理，眼中含淚，她身處天神教弟子之中，此時說什麼話都將是「不敬長老」或「懷疑教法」或「相助外人」，只能咬著嘴唇不語。

南宮長老道：「青雲娘娘，不信天神教的人原本便是世間的禍害，我們只能盡力向這些人說法，讓他們能夠開啓本性，崇拜火神。但很多人惡性深重，執迷不悟，這樣的人教主往往爲了讓他們早日解脫，才送他們先去晉見火神。娘娘要知道，爲什麼我們十戒中有『褻瀆教主』這一條？那是因爲這世上只有聖明教主一人能和火神溝通，只有他老人家一人知道什麼是對，什麼是錯。教主智慧高超，慈悲過人，他的每一個指令都絕對是爲了世人好，都絕對是正確的。我們發誓作一名天神弟子，便是將身心性命都交給了教主，教主說什麼，我們便作什麼，半點也不能懷疑。我們還未修到火功十級以上，根本無法明白火神教誨的千分之一，也根本無能判斷對錯。要避免走入偏途，永遠行在聖火正途之上，便須全心服從教主的令旨，事事跟著教主走，就不會有錯，就一定會有最好的結果。」

凌雲點了點頭，這些話聽來都很有道理，但她心中卻感到萬分的不安與存疑。

此後數日，她隨著南宮長老和錢公子等繼續往天神峰行去，暗中卻愈來愈希望里山會出現，再次將自己劫走。她想起里山那日在客店中受圍攻而受傷，不由得甚是擔心，不知他能否平安逃出，又見那武功高強的尊者吳隙也跟著同行，便不敢探問。

第五十七章　白雲依山

又行數日，這日晚間，南宮長老來到凌雲房中，笑著說道：「娘娘，我有好消息要告訴妳。教主今日派人來傳旨，說以天眼看到了娘娘未來的歸宿。他老人家說娘娘應與錢公子成親。錢公子很有慧根，一向受教主賞識，這番找到娘娘，更是大功一件。教主認為你們兩人緣分很好，令你們立即便成婚。」

這時錢公子也走了進來，臉上露出得意的笑容，說道：「青雲娘娘，教主都說我倆的緣分很好，那是決計不會有錯的。」

凌雲只驚得說不出話來。她眼見南宮長老和錢公子滿面笑容，想起清月的遭遇，醒悟自己此時也落入了同樣的圈套，臉上連笑容都裝不出，流露出恐懼之色。南宮長老見她如此，笑容頓歛，肅然道：「青雲娘娘，教主的令旨，那是誰也不能違抗的。我不是跟妳說過麼？曾有那許多愚癡之人，自作聰明，不遵照教主的意思去作，最後都惹禍上身，自食苦果。而且教主是因爲關心娘娘，才來幫妳決定婚事，要是不關心妳，他隨妳去作什麼都行，讓妳自己去胡闖吃苦也罷！教主有令要妳和錢公子成婚，妳不但不感激，竟然還敢懷疑他老人家麼？」

凌雲一時不知該說什麼，只道：「這……這婚姻之事，我得問過我哥哥才行。」南宮長老搖頭道：「傻話！妳哥哥知道什麼？」

凌雲囁嚅道：「但是……但是……」卻不知能說什麼，終於陷入沉默。南宮長老點頭道：「娘娘既然願意聽從，那是再好不過。教主令旨，想請娘娘先去朝見他老人家，在他身邊承恩數日，再與錢公子結爲夫妻。」凌雲聽到「承恩」二字，登時想起里山所說獨聖峰上的情況，哪裡敢從命，靈機一動，說道：「但是……但是我已經嫁人了。」

南宮長老和錢公子臉上變色，對望一眼。南宮長老陰沉沉地道：「娘娘這話是什麼意思？」凌雲心中怕極，仍鼓起勇氣說道：「我已嫁給里山了。」

錢公子驚怒交集，叫道：「那渾蛋碰過妳了？」凌雲低頭不答。錢公子憤怒之極，上前抓住了凌雲的手腕，又喝問：「我問妳啊！那渾蛋碰過妳了？」

凌雲手腕被他捏得疼痛，抬起頭來，大聲道：「沒錯！我們已是夫妻了。放開你這濫殺無辜、沾滿鮮血的髒手！」趙立平額上青筋暴起，臉上筋肉扭曲，憤怒已極。

南宮長老臉色極爲難看，冷冷地道：「娘娘不遵守教主的旨令，等同叛教。我教叛徒有何下場，娘娘應當熟知。」

凌雲全身發抖，她信教已深，一時無法全然忘卻所學的火教教法，想起叛徒將受烈火焚燒之刑，死後又將墮入烈火地獄，霎時臉色雪白。

趙立平見她臉現恐懼，冷笑道：「妳現在可知道害怕了，跟那渾蛋戀奸情熱時，怎地不知道害怕？妳今後便是我的妻子了，我得讓妳知道好歹！」揮掌便向她臉上打去。

趙立平忽覺手腕一緊，竟被人握住了，他大驚回頭，但見身邊不知何時多出了一個濃眉大眼的漢子，正是里山。趙立平驚慌之下，忽覺手腕一陣劇痛，原來手骨已被里山捏斷。里山隨即一掌打向南宮長老，南宮長老武功平平，這掌正中胸口，登時斷了四五根肋骨，口吐鮮血。趙立平一手斷折，他反應極快，另一手已取出鐵扇攻向里山。里山生怕引來了吳隙，不願與他纏鬥，抱起凌雲便躍出窗外，縱上屋頂，施展輕功，幾個起落，消失在層層屋脊之後。

原來那日里山被吳隙等圍攻，腿上中了月牙鏟一擊，勉強抱傷逃脫了去。他隨後又跟上火教一行人，但見吳隙也隨眾人同行，便不敢貿然出手。他這幾夜都避開吳隙，窺視南宮長老和凌雲等的動靜，盼能伺機奪回凌雲。這夜見他們說要凌雲嫁給趙立平，上獨聖峰承恩，不意凌雲竟宣稱已和自己作了夫妻，不禁一呆，見趙立平要打她，便即出手制止。

里山才躍出窗口，趙立平已大叫起來：「龍幫里山劫走了青雲使者！吳尊者快來！」吳隙聞聲奔出，見到里山的背影已隱沒在屋頂之後，忙率手下追了上去。

里山在屋頂縱躍了一陣，便落下地來，隱身於一荒廢庭園的雜草之中。吳隙等隨後追上，見他似乎消失在這園中，便令手下在園中四下搜索。

此時夜色深沉，天空烏雲密布，忽然淅淅瀝瀝地下起雨來。里山抱著凌雲躲在草叢中，壓低了呼吸。凌雲感覺到他身上的體熱，隱隱聽到他的心跳，想起自己說已與他成為夫妻的話語，臉上不由得一陣火燒。里山卻全無注意，只凝神在雨聲中分辨敵人的腳步聲，小心翼翼地在草叢中移動躲避，緩緩往後門挪去。他靠著雨聲混雜，不多時便從後門溜了出去。他知道吳隙在那園中搜不到自己，定會沿路窮追不捨，便抱著凌雲回到她原先留宿的客店，闖入一間上房，見房中並無房客，關上了房門，將凌雲放在床上。

凌雲心中怦怦亂跳：「我們回到這裡，豈不更加容易被找到？」她身上濕透，寒冷已極，躲在被窩中發抖，但聽里山坐在屋角低聲喘息。

過了一個時辰，吳隙等才回轉來。凌雲隔著牆壁，聽得趙立平咬牙切齒地道：「南宮長老被那狗賊打成重傷，千萬不可放過了那對狗男女！」

吳隙當下又分派教徒去城中各處搜索，紛鬧一陣，客店才安靜下來。凌雲這才醒悟：「他好聰明。這些人見我們跑出去，一定想不到我們會回來這裡。他們在城中到處搜尋，卻決不會來搜這客店。」不由得對里山好生佩服。

又等一陣，客店中再無聲息，只有窗外傳來的點滴雨聲。凌雲跳下床來，摸黑走向屋角。她藉著門外燈籠的光線，隱約見到里山坐在地上，臉上神色痛苦。她低聲問道：「你還好麼？」

里山腿上受傷不輕，剛才出手救出凌雲，並快奔一陣，傷口又開始流血。凌雲聞到一陣血腥味，蹲下身來，看到地上血跡，驚呼道：「你在流血？」低頭去看他的傷口，從懷中取出虎骨接續膏，便想替他敷上。

里山卻陡然打開了她的手，低喝道：「別碰我！」凌雲愕然道：「我替你止血啊。」里山冷冷地道：「不用妳在這裡假惺惺。快離我遠些，誰知道妳安著什麼心眼？」

凌雲聽了一怔，怒道：「我好意要幫你治傷，什麼假惺惺，又安著什麼心眼了？」

里山哼了一聲，說道：「那妳爲何要編造謊言？我碰過妳了麼？妳幹麼不去向妳哥哥告狀，讓他來殺了我爽快？」

凌雲臉上一紅，心想：「糟糕，我剛才說的那些話都被他聽去啦。」囁嚅道：「我……我只是臨時編出來的騙他們的。我不要和那錢……那姓趙的成親，也不要去天宮承恩，只好找個藉口瞞騙過去。」里山道：「那妳爲何將我扯了進去？」

凌雲一呆，隨即怒道：「我只是說說而已，你道我眞對你有意思麼？別作夢啦！你……你也配？」氣鼓鼓地回到床上。里山在黑暗中不再說話。凌雲想了想，又下床來，將虎骨接續膏放在他面前，說道：「這是爲了謝你救我不被那些壞人欺侮，可不是我對你存著什麼好心。」

里山冷笑道：「怎麼，妳說他們是壞人？妳不信火教了？」凌雲輕哼了一聲不答。

里山腿上疼痛，他知道虎嘯山莊治傷靈藥的神效，便取過虎骨接續膏敷在傷口上。凌雲回到床上睡下，聽他自己敷藥包紮，不斷喘氣，想必傷口十分疼痛，又想去看他，又生他的氣，過了良久才睡著。

次日火教仍在城中到處尋找里山和凌雲，二人躲在客店中不敢出來。里山道：「凌姑娘，妳哥哥此刻不在虎山，我若送妳回去，他們很可能會闖上虎嘯山莊，再次將妳劫走。我知道他們不敢去闖龍宮，不如我先送妳回龍宮住一陣子，再想法和妳哥哥取得聯繫。」凌雲生怕被天神教的人抓回去，便點頭說好。當下二人趁夜出城，向西往龍宮去。

豈知吳隙等也料到二人會轉向龍宮，已守在路上。里山傷勢未復，打不過吳隙，他十分機警，遠遠發現火教眾人攔在前路，便繞道避開。

之後的一個月中，里山帶著凌雲在山間小路行走，往往一連數日都在荒山野地中跋涉。里山腿傷未癒，凌雲體力不足，二人行走甚慢。如此行了七八日，凌雲再也支撐不住，里山只好揹著她走。

這日二人走在一條山道上，里山忽地停步，警覺前路有殺氣。凌雲道：「怎麼了？」里山不答，揹著凌雲回頭奔去，卻已不及。前面路上果然有埋伏，二十多個黑衣人從路旁衝出，向里山追來。里山只得放下凌雲，拔出長劍抵擋。那些人武功竟都不弱，七八人一齊向他圍攻，里山出手狠辣，轉眼殺傷了三人，卻無法立時脫身。另有五名火教徒出手攻向凌雲，凌雲忙抽劍抵擋，但她武功有限，在敵人手下過不了幾招，眼看便要落敗。

里山側頭望去，看見兩個人從樹後走出，正是趙立平和吳隙。趙立平走上前，鐵扇揮處，已將凌雲的長劍打飛，揮手便打了她一個耳光。凌雲驚呼一聲，跌倒在地。

里山見了大怒，心中急速動念，忽見草叢中藏了數匹馬，便飛身脫出圍攻，跳上一匹馬，揮劍割斷了韁繩，縱馬奔到凌雲身邊，伸出手去。凌雲已被趙立平毆打了數掌，見到里山奔來，想也不想，便伸出手去。里山俯身握住她的手，將她提上馬來，二人疾馳而去。吳隙怒吼一聲，流星鍾甩出，打向里山背心。里山正將凌雲抱在鞍前坐好，聽到背後風聲，已不及防避，他聽得那流星鍾來勢已緩，應不致命，當下縱馬急奔，更不稍停，但覺背上劇痛，已被那鍾擊中穴道。里山登時半身痲痹，他靠著一口氣，強撐著坐在馬上，護住凌雲，向山林中馳去。他知道入林之後追兵便不易找到，催馬直奔，深入林中。

如此在林中奔馳一陣，凌雲忽覺身後里山身子一震，接著見他鬆手放脫韁繩，向後跌下馬去，摔在草叢之中。凌雲大驚，連忙抓住馬韁，勒馬而止，跳下查看。卻見里山躺在地下，全身僵硬。凌雲又驚又悲，伸手抱住了他的身子，忍不住哭道：「你怎麼了？你怎麼了？你不能死！你不能死啊！」

里山雖受傷中穴，卻知自己不會便死，神智也清醒，見她為己流淚，感情真切，也不由得感動，低聲道：「我沒事。凌姑娘，妳快趕走了馬。」凌雲忙爬起身，在馬臀上打了幾鞭，那馬便自向林中奔去。

里山道：「我穴道被封，請妳替我按大椎穴和身柱穴解開。」凌雲定了定神，想起哥哥教過的穴位，運力點在他背上二穴上。但她內力尚淺，點穴力道不足，試了幾次都解不開他的穴道。里山靜心運氣，感覺體內真氣受阻，需得慢慢運氣打通。但聽四下一片安靜，追兵似乎未能跟上，放下了心，忽覺這麼躺在荒野之中，身旁坐著個爲己焦急掉淚的妙齡少女，也沒有什麼不好，心中生起一股說不出的奇異感受。又過一陣，他運內息打通了背心穴道，坐起身來。凌雲淚眼汪汪地望著他，見他好轉，登時滿臉喜色，忍不住伸臂抱住了他。里山一呆，也伸出手臂，將她擁在懷裡。兩人相擁了一陣，凌雲才忽地感到害羞，伸手將他推開，轉過身去。里山吶吶地說不出話來，怔然望著她的背影，心中迷迷糊糊地，不知究竟發生了什麼事。

經此一夜，二人之間少了幾分敵對，多了些幾分親信。二人都未再提起那夜相擁的事，卻在不知不覺間對彼此的依賴日漸加深。

凌雲的人雖跟著里山，心中仍擺脫不了火教的陰影。這日二人來到一個小村，停下打尖吃麵。凌雲見村人家中都供著火神和火教教主的塑像，心中不自由主地害怕起來，忽聽一個婦人罵孩子道：「你不聽教主的話，當心被丟到烈火地獄裡去！」

凌雲聽了，臉上變色，再也無法下嚥，向里山道：「我……我不吃了。我們快走吧。」二人離開那小村，當夜便在郊野中過夜。

凌雲想起那村人的言語，不禁記起南宮長老對自己的詛咒，從心底生起一股深刻的恐懼。她當夜夢到自己被南宮長老和趙立平等人綁住，丟入一個巨大的火坑，驚叫著醒來。

她睜眼見里山坐在自己身旁，關注地望著自己，忍不住撲在他懷中哭道：「他們要燒死我！他們要燒死我！」

里山輕拍她背，低聲安慰，待她哭停了，說道：「凌姑娘，妳現在如此害怕，只因爲妳無法忘記他們灌輸給妳的那些教條。妳聽我說，他們所說的一切教法，有哪一件是對的？有哪一件妳確知是眞實的？妳見過火神麼？人死後會如何，人是不是天神的子女，這些都是誰也無法知道的事，妳爲什麼這麼輕易便相信了？」

凌雲想了想，說道：「我也不知道？我那時只覺得他們說的都很有道理，很像眞的，教裡的人也都全心相信，我便也相信了。」里山道：「很多人都相信，並不表示那便是對的。」凌雲道：「但是，天神教中的人都很好，他們說要行善，要拯救世人，我以爲那都是很好的。」

里山道：「俠客在江湖中行俠仗義，也是行善助人；讀書人治國平天下，也是行善助人；佛教道教的出家人修行悟道，勸善去惡，也是行善助人。這些道理不是只有火教中有。妳聽我說，火教只是拿這些冠冕堂皇的教法來誘人入教，之後再扭曲信徒的觀念，讓他們以爲只有完全聽從火教的指令，才算行善助人，別的全都不算。妳想想看，他們連屠殺周家一家這樣的慘事都能說成是『慈悲』之舉，還有什麼傷天害理的事作不出來？他們蓄意傳授信徒這些教義，只是爲了能輕易控制他們，讓他們全成爲不會思想、不會分辨是非的傀儡。」凌雲仔細思索他的話，心中平定了許多。

此後二人不斷躲避火教的追殺，凌雲也不斷爲背叛火教的恐懼所困擾。里山百般說理勸諭，凌雲才漸漸明白自己當初投身火教，實是受人蓄意愚弄擺布的結果，這些人不靠武力，竟能將自己的心思操縱在股掌之中，委實可怖已極。凌雲不由得愈來愈信任依靠里山，知道他花了如許心血力氣，才將自己從火教的魔掌中救出，對他衷心感激。二人數月來同生共死，情愫也日漸深厚。

這日二人喬妝改扮，險險躲過了吳隙等人的追殺，晚上躲入一間破廟之中。兩人坐在黑暗的廟裡，凌雲忽道：「里大哥，他們總會陰魂不散地纏著我，我們也不知能否逃過他們的追殺。我……我若再被他們抓去，定會立刻自盡，不讓他們碰我一下。」

里山一驚，沒想到這麼一個年輕天眞的少女竟會說出如此堅決壯烈的話語。此時二人繞道逃亡，離龍宮還有多日路程，實在不知自己能否平安帶她回到龍宮。他心中一痛，伸出手去，握住了凌雲的手，低聲道：「別說這等話。我便是死了，也要保護妳周全！」

凌雲低下頭來，輕輕地道：「里大哥，我現在……現在只有一個願望。」里山聽她的語氣，隱約能感受到她心中的深切企盼，暗暗激動，轉到她身前，握住了她的雙手，顫聲道：「妳說，妳有什麼願望，我一定盡力替妳達成。」凌雲良久不語，忽然流下淚來。里山問道：「妳想回家麼？想見妳哥哥麼？」凌雲搖了搖頭，聲若蚊吟，說道：「我想和一個人在一起，卻不知他……在想什麼。」

里山聽到她這兩句話，心中突突猛跳，登時懂了凌雲的意思，全身充滿狂喜，脫口說道：「我、我也只有一個願望。」兩人雙目互視，霎時都明白了對方的心意。里山笑了起來，說道：「凌姑娘，我……我很高興，只不知這願望何時才能實現。」凌雲眼中閃著笑意，說道：「就現在吧？」里山一呆，說道：「現在？」凌雲低下頭，微微點了點頭。里山心中一股激蕩升起，笑道：「好！都依妳！」

二人當下便跪在廟中一尊古觀音前，同聲禱祝，誓願結成夫妻，一生一世互相扶持，永不分離。

里山在危難中意外娶得嬌妻，喜悅難掩；凌雲得與心上人結縭，更是歡喜之極。二人在當地躲避數日，里山才帶著妻子再行。兩人又逃過火教七八次的追殺，才輾轉回到了龍宮。

里山知道龍頭定會怪罪，便單獨先去向龍頭請罪。龍頭見他帶了凌雲回來，問起因由，才知二人已結爲夫婦，不禁又驚又怒，說道：「我派你去保護她，你卻私下和她成了親！你好大的膽子，連我的命令都不顧了麼？」

里山一膝跪地，說道：「里山有罪，請龍頭降罰。」

龍頭怒氣未息，說道：「事已至此，我處罰你又有什麼用？凌雲下山沒多久便和龍幫的人私自成婚，你要我怎麼向她哥哥交代？」里山俯首道：「我當親自向凌大俠請罪。我要告訴凌大俠，我此生定將盡心照顧雲兒，愛惜雲兒，讓她一生歡喜無憂。」

龍頭凝視著他，靜了一陣，才搖頭道：「里山，你爲了她，連我的命令都敢違背。你當眞那麼喜歡她麼？」

里山點了點頭，神色堅決。龍頭望著他的臉，不由得想起許多往事，歎了口氣，說道：「罷了！凌大俠眼下正去往峨嵋。你帶著凌姑娘跟我一同西去，等我們大事辦完，你便去向凌大俠說明請罪。」

里山道：「是。多謝龍頭開恩。」語畢卻不起身離去。龍頭問道：「怎地？」里山遲疑不語。

龍頭略一凝思，便即明白。他輕歎一聲，伸手扶起里山，用雪族語言輕聲道：「里山哥哥，那婚約，老早便解除了。你放心吧。」里山低頭道：「你不介意？」龍頭微微一笑，說道：「我祝福你。」

於是里山隨後便帶著凌雲，與龍幫眾人同行入川。

第五十八章　故人之情

凌雲向哥哥述說了下山、入火教、爲里山所救的種種經過，凌霄只聽得心驚肉跳，出了一身冷汗，說道：「原來我完全誤會了！我還道妳受了龍頭的欺侮，在漢水遇到妳時，妳跟我說龍幫將妳關在龍宮，又說龍頭欺負了妳，我只道……」

凌雲搖頭道：「那時我全心信仰火教，見到你時，就只知道說龍幫欺負了我什麼的。後來多虧山哥捨命相救，喚醒了我，我才沒有繼續錯下去。龍頭大哥起初很不高興他和我私自成親，後來也成全我們，要他好好照顧我。」

凌霄望著妹子的臉龐，長長鬆了一口氣，心中又是歡喜，又是安慰。他原本以爲妹子受人逼迫而失身，實際情況卻是好上百倍，雖仍不快她私自成親，但至少她是心甘情願、兩情相悅，所嫁之人也是自己十分欣賞的英雄豪傑。他望向躺在床上沉睡未醒的里山，說道：「這人很好，哥哥很喜歡他。」凌雲大喜，伸臂抱住了哥哥，笑道：「我就知道你會喜歡他！」轉頭望向夫君，心下十分得意。

凌霄見到凌雲臉上含情脈脈的神色，心中不知是何滋味，說道：「雲兒，妳……妳此後便留在他身邊了，是麼？」凌雲理所當然地點了點頭。

凌霄倏然明白，妹子已嫁作他人婦，再也不會回到虎山，如以往那般和自己相依爲命地過日子了。他心中頓感一陣失落，歎了口氣，說道：「里少俠武功高強，龍幫勢力龐大，龍頭雄才大略，妳留在龍幫中，不會受人欺侮的。」

凌雲點了點頭，知道哥哥將要離去，下次不知何時才能見面，不由得又流下淚來。凌霄摟了摟她，說道：「乖雲兒，妳要好好對待里少俠。妳日後若需要什麼，哥哥總是在這兒的。妳何時有空，帶里少俠回來虎山，好讓爺爺見見妳的夫君。」凌雲點頭哭道：

「好，我一定常常回去。」

凌霄替她抹去了眼淚，望著她的臉龐良久，才走出棚去。

凌霄想起日前自己竟對龍頭生起如此深重的誤會，甚至恨他入骨，直欲取其性命，回想起來只覺慚愧萬分，後悔莫及，心想：「龍頭派里山出來保護雲兒，我未能報答他的恩情，竟出手打傷了他！我該立即去看看他的傷勢。」

他正想去找飛影，卻見一個少婦站在不遠處，明波流盼，正是扶晴娘子。凌霄向她行禮道：「辛夫人，在下今日失手打傷龍頭，萬分歉疚，請妳帶我去見他，讓我向他謝罪並趕緊施治。」

扶晴秀眉微蹙，說道：「龍頭確實傷勢不輕。我聽說凌大俠來送解藥給里山，特來請你去替他瞧瞧。請跟我來。」

當下領著凌霄走去。走出數步，扶晴忽然站定腳步，回頭道：「凌大俠，我真是不明白。龍頭花了這麼多的心血去救你妹子，和你又是舊識，你怎能下手如此之重？」

凌霄搖頭歎道：「全是我糊塗，誤會了他。今日蒙他相饒，反將他打傷，心中真是……唉，真是萬分歉疚。」

扶晴凝望著他，說道：「凌大俠，容我問一句，閣下和龍頭是如何認識的？」凌霄一呆，說道：「我只在岷峰上跟他說過幾句話，怎說得上認識？」

扶晴側過頭，說道：「奇怪了，你們兩個都說不認識對方，卻又明明識得彼此。他若不認識你，怎會費這麼大的功夫，派里山從火教手中救出你的妹子？你見過我的雙手劍法，也見過他的佩劍冰雪雙刃，那夜在長平坡去向你示警的，正是龍頭的替身，長得和龍頭十分相似，你卻又說你識得她。」

凌霄一聽之下，如遭雷擊，頓時呆在當地，回想自己數度見到「燕龍」，一次是在黑夜，兩次是遠遠見到，並未能真正看清她的面目；而那「燕龍」對己全然陌生，有若素不相識，難道她真的只是個替身？

他脫口道：「那我在龍宮中見到的……」扶晴接口道：「寒冰窟中那人，是龍頭命人假扮的。她認爲當時不是現身見你的時機，便找了個守衛來當替身。」

凌霄心下悽惶無措，顫聲道：「如此說來，難道……難道龍頭便是她？」扶晴凝目望著他，說道：「你和她經過一場你死我活的激戰，竟然還不明白？」

凌霄腦中一片混亂，心急如焚，說道：「妳快帶我去見她！」

扶晴望著他，微笑道：「凌大俠，我再問你一句。你歡喜她麼？」

凌霄從未在人前吐露心意，此時聽她直言相問，想到自己竟然親手打傷了她，心中激動，說道：「我知她已心有所屬。」扶晴道：「你是說浪子麼？」凌霄點了點頭。

扶晴拍手笑道：「我終於懂啦。原來是這麼回事！她和浪子並沒有什麼，只是同行江湖的友伴而已，這是浪子親口跟我說的，你自己去問問她就知道了。嘻嘻，她來中原作了這麼多好玩的事兒，竟然全都瞞著我！我這就帶你去見她吧。」

兩人才走出幾步，便聽得人聲響動，數十丈外有人大聲呼喝。扶晴臉色一變，奔上去看，卻見對面黑壓壓的一群人，看服色都是正教中人，一人高聲呼叫：「兀那龍幫，我們已知你等是雪艷胡的後代，快快將正教的拳經劍譜還來！」凌霄心中一驚：「正教中人發現了！」

扶晴眉頭一皺，當即指揮龍幫幫眾在岷峰口列陣擋住，雙方一時對峙不下。

但聽得正教中人叫聲愈來愈響，凌霄望見空照大師、王崇眞和子璋和尙站在正教隊伍之前，手中各持兵刃，似乎打算不顧一切殺進龍幫。

王崇眞也已看到了他，叫道：「凌兄弟，龍幫中人是雪艷胡的傳人，非我族類，其心必異，你快回來！」

凌霄心中擔憂，快步來到正教陣營。王崇眞問道：「凌兄弟，你去送解藥給龍幫的里山麼？」凌霄道：「是。我等今日傷他，手段殊不光明。」

子璋和尙呸了一聲道：「什麼光明不光明？這些人都是雪艷胡的傳人，是我們的大對頭。他們往年以卑鄙手段偷去了正派的武功祕笈，我等今日無論用什麼手段對付他們，都是理直氣壯，無可厚非。」

王崇眞道：「凌兄弟有所不知，多年前雪艷來到中原，奪去了少林的金蠶袈裟和武當的七玄經，從此中原武功外傳，因此這些龍幫高手今日才會使少林武當兩派的武功。」司馬長勝道：「我等自當相助少林武當奪回袈裟和密譜，誅滅這些偷學武功的賊子，以報當年之仇！」其餘正派眾人都高聲稱是。

凌霄見各人恨意深重，暗暗心驚，轉頭見段青虎率領了虎嘯山莊的五十多名江湖豪客也在一旁，便迎了上去。段青虎道：「剛才火教派了個使者來，告知龍幫各人乃是雪艷胡的傳人，正教因此大舉來攻。我們知道凌兄弟在此，便與正教同來。」劉一彪問道：「大師哥，我們要與正教一起攻打龍幫麼？」

凌霄搖頭道：「不。師弟、段兄，我決意保護龍幫。你們若願意相助，便請出手抵擋正教中人。」

段青虎、馮遁和劉一彪等聽了，都是一怔。段青虎道：「凌兄弟，你可是認真的？」凌霄點頭道：「龍幫曾從火教手中救出雲兒，於我有恩，我不能坐視他們被正教圍攻。」段青虎當即道：「好！凌兄弟，我們一切聽你指令。」

正說時，但見龍幫陣營中緩緩走出二人，當先一人正是龍頭，一個紅衣少女在旁攙扶著她。兩人走到正派中人面前站定，紅衣少女冷冷地道：「各位自居名門正派，卻與火教聯手，趁人之危。你等今日明明敗在本幫手下，卻仍有臉結夥前來叫陣，當眞無恥已極！」

子璋和尚踏上一步，喝道：「小妖女是什麼人？什麼與火教聯手，一派胡言！快將書譜交還了來！」

紅衣少女朗聲道：「我是龍頭的族妹辛曉嵐。火教奸邪險詐，無惡不作，正教素來與之水火不容。今日我幫與正教爭奪寶劍，火教為謀其私，挑撥你們前來夾攻，好打擊我幫，壯大火教的勢力。也虧得你們這些人個個毫無信義，今日明明輸在本幫手下，竟然不顧臉面，受火教的教唆又來挑釁。」

正派眾人聽她義正辭嚴，呼聲稍歇，有些人更將舉起的兵刃放下。放眼往山下看去，果見遠處打起了火教的旗幟，火教教眾已布好陣勢，準備攻山。尚施、舞雩和龍幫所屬的三山五嶽各幫派都守在山下，正教五大派若從山上夾擊，龍幫前後受敵，龍頭更受了傷，似乎連站都站不穩，強弱之勢再明顯不過。看來正教中人今日不費吹灰之力，便能奪回拳經劍譜。

空照合十道：「辛幫主，我等無意與火教聯手。老衲只有一句請問，閣下果眞是雪艷胡的後人麼？」

一片寂靜中，龍頭緩緩說道：「雪艷和胡兒，確是在下的先人。」

正派中人登時一陣大譁。空照道：「既是如此，閣下今日腹背受敵，我們也不願趁人之危，出手強攻。只教閣下賜還敝派的袈裟，武當的七玄經，我等便即退去。」

龍頭道：「這些經譜，都不在我等身邊。諸位既出口索求，我等日後自當奉還。」

少林派的另一老僧空否卻大聲道：「本派武功都給你們這些妖邪偷學了去，這麼多年，你們也不知抄去了多少遍，還了武功密譜又有何用？快快自己廢了武功，我等才會放過汝等妖邪！」

龍頭望向他，傲然道：「在下的先人確曾奪去貴派的祕笈。但是請問諸位掌門，我等修習同樣的武功，今日一戰，是我等的武功強呢，還是貴派的武功強？」

正派中人盡皆默然，各人心中雪亮，龍幫的先人雖以不光明的手段奪去了兩派的武功祕笈，但竟能修成更加高深的武功，甚至能勝過本派的掌門人，確然極有本事。

王崇眞道：「貴派的武功，可說與我等不相上下。若論起武功的精純，你們可不如我等專修一門。」扶晴笑道：「是麼？不知再過一百年，武當會不會有人悟出以雙手使四象劍的妙訣？」王崇眞一時語塞。

空照道：「貴幫既然不肯自己作個了斷，我等只好出下策了。阿彌陀佛！」他這聲佛號一出，正教中十人一齊躍出，向龍頭和扶晴攻去。其中四人攻向龍頭，四人攻向扶晴，另二人在旁掠陣，自是事先早已商量好的陣勢。

凌霄不料眾人動手如此之快，連忙高呼：「且慢！」飛身上前，欲待護住龍頭。卻見眼前銀光點點，正教奔在最前方的四人大叫一聲，向後倒下，凌霄閃身避開那銀光，已看清那是扶晴射出的暗器，形如鱗片，色作純銀，也不知扶晴用什麼手法，竟能同時射出數十枚。正教中四人中鏢，其餘或揮袖擋開，或用刀打下，只阻得一阻，又繼續攻上。

扶晴揮劍抵敵，龍頭將辛曉嵐扯到自己身後，冰雪雙刃出鞘，護住身周。凌霄見她傷重，在眾高手圍攻下，只怕擋不了數招便會被置於死地，大叫：「住手！」揮劍擋開王崇眞的長劍，左手格開空照的去掌，護在龍頭身前。

正教中人見凌霄出手，都是一愣。王崇眞道：「凌兄弟，你竟要回護他麼？」凌霄道：「正是。這位朋友是我舊識，於我有恩。我今日定要保護她周全，各位誰要出手，便先來和我過招！」此時段青虎和馮遁已率領虎嘯山莊眾豪客，上前護住龍幫眾人。

正教眾人見有此一變，都大出意料之外，相顧愕然。

忽聽辛曉嵐低呼一聲，凌霄回頭看去，但見龍頭坐倒在地，吐出一口鮮血。她重傷之下又催動內力接招，內息翻湧，終於不支。凌霄大驚，連忙俯身查看，伸手去探她的脈搏，感覺她內息一片混亂，大爲憂急。

龍頭只覺呼吸愈來愈微薄，勉力睜眼望向他，輕聲道：「凌大哥，多謝你出手相護。」

凌霄耳中聽得她熟悉的語音，不再以嘶啞嗓音掩藏，心中震動，抱住了她的身子，顫抖著手揭開了她的面具，露出一張靚麗難言的臉龐，正是久違不見的燕龍。凌霄激動難已，哽聲道：「燕兄弟，妳……妳爲何要掩藏眞面目，竟讓我……讓我失手打傷了妳？」

燕龍望著他微笑，說道：「我要公公平平地和你打一架。」凌霄搖頭道：「妳何苦如此？」燕龍微微皺眉，閉上眼睛，昏了過去。

許飛也見到了燕龍的面目，驚道：「大哥，她竟是燕兄弟麼？」凌霄道：「是。」許飛凝目望向凌霄和燕龍，抿嘴不語。他多年前初識凌霄時，便對他深信不疑，甚至在與他相交未深時，便已願意捨命保衛他。凌霄離開獨聖峰後，三人義結兄弟，許飛對他更是死心塌地的欽敬信服。此時他見到凌霄憂急的神色，知道他對燕龍的關心非比尋常，心中明白，這是結義兄長最需要自己信賴他的時候，當下朗聲道：「在下與這位燕兄弟昔日曾相交一場，朋友義氣長在。我今日與我大哥一起，誓死保衛龍幫！」

正派中人見此變故，更是驚訝不已。餘下四派見正教分裂，都覺今日難以強攻龍幫。空照大師搖了搖頭，說道：「凌大俠和許少掌門竟要回護這邪幫頭目，老衲不知當如何相勸。少林今日便不爲難龍幫，日後自當再上五盤山討教。阿彌陀佛！」王崇眞則道：「凌兄弟，我們相交一場，盼你好自爲之。」二人各率少林、武當門人，下山而去。

子璋和尚和司馬長勝眼見正主兒少林、武當都已罷手，峨嵋和雪峰兩派已成不了氣候，也只能各自退去。

許飛走上前來，向凌霄道：「大哥，我今日盡了兄弟朋友之義，卻恐忽於師門職責。我這得去了，你善自珍重。燕兄弟大好後，請代我向他致意。」凌霄點了點頭，低聲道：「三弟，多謝你。」許飛微微一笑，率領點蒼門人下山而去。不多時，岷峰上正派眾人便已散盡。

凌霄望向懷中的燕龍，見她雙目緊閉，臉色雪白，顯然受傷極重。他不禁自責懊悔不已：「我竟將她打傷至此！當時我心中充滿憤恨，出手滿是狠猛殺意。唉！一把無名火，竟讓我打傷了自己最在意的人。愛恨之間，竟是如此捉弄人！」心中明白，她今日寧可自己中掌，仍收劍相饒，自是爲了顧念舊日的情義，想到此處，心中只有更加難受。

扶晴低聲問道：「有救麼？」凌霄皺眉道：「內傷甚重，我得立時以內力替她治傷。」

便在此時，山下傳來一陣呼喝吶喊之聲，愈來愈近。曉嵐奔近前來，臉色驚惶，說道：「火教已攻上山了！」

扶晴施展輕功，奔到山頭往下一望，果見處處火頭四起，火教眾人各持火把，從四面八方向山上掩來，隱隱可聞火教徒高呼之聲：「龍頭身受重傷，已然斃命！龍頭身受重傷，已然斃命！」

燕龍身子一顫，呼出一口氣，睜開眼來，說道：「扶我過去。」凌霄道：「妳的傷勢極重，不可妄動！」燕龍咬著嘴唇，對曉嵐道：「快扶我過去！」曉嵐望向凌霄，凌霄眼見燕龍命在旦夕，但他自也清楚眼下情勢，燕龍若不現身，火教認定龍頭已死，定會拚死猛攻，局勢危殆。凌霄微一遲疑，俯身扶起了她，說道：「我跟妳一起去。千萬不可離開我的身邊！」燕龍點了點頭。

扶晴領著凌霄和燕龍來到一處高地，但見尚施和舞雩正率領龍幫幫眾阻擋火教進襲，山腰上打殺之聲震天價響，雙方各有數百人互持刀劍廝殺，好一場大戰！此時天色已然全黑，山道上點起了數百支火把，將眾人的身影映照在四周的山壁之上，火光血色，雜然交錯。火教教眾身著黑衣，龍幫幫眾身著青衣，兩邊都已各有數十人死傷。龍幫情勢顯然較為不利，許多幫眾已被火教教眾阻隔圍攻，猶自勉力支持。尚施被流星趕月吳隙纏住，舞雩則與無法無天石雷對敵，皆難脫身。里山此時已然醒轉來，抱傷領著一隊幫眾緊緊守住上山的通道。

扶晴高聲呼道：「龍頭在此，更無受傷。火教妖魔小丑，有種的便上來領死吧！」她嬌柔的聲音藉著高深內力，遠遠地傳了出去。龍幫眾人見龍頭現身主持戰局，一齊歡呼，士氣大振。

火教眾人見龍頭傲然站立山頭，都是一驚，再見到凌霄站在他身旁，更不由得惶惑起來。許多教眾都知道凌霄曾是明王正式冊立的神火聖子，至於他為何離開獨聖宮，是否還是神火聖子，教眾都不十分清楚，對他十分恭敬中，另有三分驚疑，三分恐懼。

石雷怒吼道：「辛龍若今日明明被凌霄打成重傷，你們休想作假騙人！」

扶晴笑道：「石禿子，你口中沒半句人話。龍頭不是好好地站在這兒麼？凌大俠是我們龍頭的好朋友，怎麼可能出手打傷她？你們唆使正教那些狗崽子來找麻煩，也是凌大俠一力回護，早將五大派一股腦兒全都趕下山去啦。」

火教眾高手心中都想：「莫非凌霄真是龍幫的朋友？龍頭明明受了重傷，還能來此督戰，莫非他今日受傷真是假裝的？」

便在此時，燕龍使盡全身力氣，拔出雪刃，高舉過頂，叫道：「龍幫好兄弟們，聽我號令，合力殺退火教邪徒！」龍幫幫眾耳聽龍頭登高一呼，個個高聲回應道：「龍頭平安無恙！龍幫人人奮勇殺敵！」情勢登時逆轉，身穿青衣的龍幫幫眾逐漸將黑衣火教教眾逼退下山。

凌霄站在燕龍身旁，緊緊握著她的手，不斷將內力傳送到她體內，感覺她的手愈來愈冰冷，身子顫抖不停，心知她重傷後虛弱已極，全靠著一股堅韌的毅力，才能忍受內傷之苦，挺立當地。他知道燕龍隨時能倒下，也知道自己無法勸她退去。他只能站在當地，冷汗浹背，任由恐懼焦慮充斥心頭。

扶晴此時已衝入戰場，接過石雷的攻招，舞雩便揮劍攻向火教其餘教眾，和里山一起救出了數十個龍幫幫眾。在里山和舞雩的猛攻下，火教教眾死傷慘重，不斷後退。龍幫眾人聲勢大振，大聲呼喊，奮勇上前，向火教反擊。

不多時，扶晴白綢帶飛出，擊中石雷的臉面，他登時滿面鮮血，狼狽後退。吳隙仍與尙施鬥在一起，脫不開身。尙施武功原本勝過吳隙，但他今日與空照比拚掌力，內耗過多，仍舊十分虛累，心知再纏鬥下去，也無法挫傷吳隙，便即收手。

吳隙見石雷受傷，情勢不利，高聲叫道：「今日暫且讓龍幫逍遙，放過他們一馬。大家退！」揮動月牙鏟護住身周，率領教眾退去，命火教數十名未受傷的教眾斷後，不多時便退得乾乾淨淨。

龍幫這一役雖勝，己方也受創甚重，五十多人喪命，數百人受傷。尙施指揮眾人救護傷者，掩埋死者。此時已近中夜，眾人盡皆疲累不堪，尚施派人輪班守夜，餘人就地歇息。

第五十九章　病榻重遇

燕龍眼見勝負分明，吁出一口氣，回身走開幾步，忽然眼前一黑，身子往前倒下，再無知覺。凌霄緊跟在後，連忙伸手扶住，將她橫抱而起，但見她面如金紙，氣息似有若無，心中驚懼，叫道：「燕兄弟，燕兄弟！」

他心知能否救得她性命，全在這一時三刻之間，慌忙抱著她奔回龍幫營地。曉嵐眼見龍頭傷勢沉重，早已預作準備，迎上前來，說道：「快帶她進入棚中！」引凌霄進入一間木棚。凌霄道：「我得立時替她治傷。十二個時辰內，不可打擾。」曉嵐道：「凌大俠請放心，我們會在外守住。」

凌霄關上門，將燕龍放在棚中床上，伸指細細替她診脈，運氣感受她的內息，思考醫治之方。他一生醫治過無數病者傷者，但這回傷者竟是自己最心愛的女子，偏生又是被自己打傷，心中情緒翻騰，如何能「安神定志，無欲無求」？又如何能「不得問其怨親善友，普同一等」？只能作到「皆如至親之想」，內心憂急惶恐，反覆思慮良久，才決定從心經入手救治。雖然需時較長，耗費內力較多，但對傷者的醫治最爲徹底，能保住大部分的舊時功力。

他在床上盤膝坐定，扶她坐起。她昏暈未醒，無法坐直，凌霄便讓她靠在自己身上，胸口膻中穴靠上她背心靈臺穴，雙手握住她的雙手，緩緩將內息運入她體中。

過了約莫六個時辰，凌霄終於以渾厚內息打通了她的手少陰心經。燕龍醒轉過來，感到自己靠在一人身上，低聲道：「凌大哥，是你麼？」

凌霄運氣不斷，低聲道：「是我。妳別作聲。」又運氣在她心經走了一周，直到她心經無礙，才停止運氣。燕龍胸口仍舊疼痛，但心經一通，性命便已無虞，自己緩緩運氣在心經行走，吁出一口長氣。

凌霄扶她躺下。這時外邊天色已亮，凌霄坐在她的床邊，見她臉色蒼白已極，毫無血色，心中難受，伸手替她整理鬢邊散髮，一如當年在虎山上替她醫治虎爪之傷時。他輕聲問道：「妳身子覺得如何？」燕龍道：「還好。心經通了，其他幾個經脈還是不行。」凌霄道：「妳休息一下，我一會再繼續爲妳運氣療傷。」燕龍點點頭，微笑道：「有勞你了。」

凌霄搖頭道：「我失手打傷妳，讓妳受傷如此之重，只能懇求妳原諒，盡力將妳治癒。」燕龍道：「我們當時生死相搏，你險些被我刺死，這掌便打死了我也是應當的，我怎會怪你？」

凌霄忍不住道：「妳為什麼不早些與我相認？唉，我若知道妳便是龍頭，知道雲兒受了妳的照顧，便不會與龍幫為敵，更不會與妳動手。」

燕龍閉上眼睛，靜了一陣，才睜眼道：「凌大哥，昨日你我一戰，痛快淋漓。我想我這一生中，未必能再次遇上像你這樣的對手，再經歷一場如此精采的比鬥。」

凌霄聞言默然。他自然知道武功高手一生中最難求的，便是一位旗鼓相當的對手。燕龍和他乃是當今武功數一數二的頂尖高手，能有機會在天下英雄前奮力一拚，各使絕藝，生死相搏，實是人生一大快事。而此刻二人相認之後，心中自都清楚，往後彼此或會切磋武藝、較量功夫，但如昨日那般使盡全力的殊死之鬥，卻再也不會有了。那場激鬥雖凶險至極，回想起來卻彌足珍貴。

燕龍見到他的臉色，知道他完全明白自己的心思，微笑道：「值得的，是不是？」

凌霄不得不同意，但見她臉色蒼白，氣息虛弱，仍不禁心痛，說道：「妳若有了個三長兩短，我眞不知……眞不知……」

燕龍自然知道自己這回受傷極重，一腳已踏入了鬼門關，卻仍笑道：「有醫俠在此，我怎會有什麼三長兩短？」

凌霄聽她溫言，眼中一熱，只能慶幸這一掌沒眞打死了她，不然自己不知要自責到何地步。他忽然想起，自己出掌時使盡全力，燕龍卻並未當場喪命，而只是身受重傷。除了她自己修為深厚外，也是因為自己數月前曾運氣為王守仁紓緩肺疾，內力消耗甚多，不復顛峰之時。當時他一心想延長王守仁的壽命，毫無所惜，才令內力減退不少。豈知這一念之善，竟避免了一場幾令自己後悔終身的慘事，保住了心愛女子的性命，又怎是他始料所能及？

他心中激動，說道：「雲兒的事，我眞不知該如何謝妳才是。」燕龍搖頭道：「你該謝的是里山。他是個很好的男子，一定會好好對待雲兒的，你可放心。」

她說了這許多話，感到氣息虛微，又閉上了眼睛。凌霄道：「我再替妳運氣，最好能一氣打通了心包經，接下來再治任脈和其他經脈，就比較好醫治了。」

燕龍點點頭，兩人便又開始運功治傷。燕龍盤膝而坐，凌霄伸掌與她雙掌相抵，將內息緩緩傳送過去，又過了三個時辰，才打通了心包經。凌霄見治傷順利，甚是喜慰，更不停手，繼續治療她胸口其他經脈。這時燕龍的內力已恢復了兩三成，凌霄感到她體內好幾股陰柔眞氣橫衝亂行，與自己輸入的內力相抗。凌霄又試了幾次，停手道：「妳的內力陰寒，與我的眞氣相抵觸。請妳試著將眞氣貫注於背後督脈和手上諸經，避開腎經、胃經、肝經和任脈等受傷經脈，好讓我爲妳治療。」

燕龍依言而行，她受傷甚重，內力亂成一團，這時只覺胸口傷處有如火燒，其他各處卻充斥著自己體內的寒氣，冰涼徹骨。她生於西北極寒之地，練就一身綿密的陰寒內力，傷後內力分散混亂，無法自制，幾度想集中內息，便覺氣血翻湧，險些又嘔出血來。她咬牙忍受，勉力集中內息，一絲絲歸於背後督脈和手上的心經、心包經、肺經、腸經等處，讓凌霄的內力運走於自己的胸腹之間，治療受傷的經脈。凌霄的內力以陽剛爲主，這一掌之傷也源於陽剛之力，他此時以厚實溫熱的內力替她治傷，燕龍只覺身上前熱後冷，手熱腳冷，胸熱頭冷，難受之極。

又過了三個時辰，燕龍的內力漸漸聚集，在督脈中聚匯，愈來愈強盛。凌霄此時已打通了她前胸的腎經、胃經和肝經等經，唯獨任脈尚未打通，感覺她自身的內力將要衝回任脈，心中焦急，催動內力想盡快打通她的任脈。兩股陰陽之氣各自在前後脈絡間遊走，運行漸速，忽地燕龍督脈中的眞氣無法抑制，從兌端過承漿，衝入了任脈，與凌霄的陽剛眞氣在膻中穴相撞。初遇時兩股眞氣勢道猛烈，燕龍被震得如五臟六腑都要翻轉來，吐出了一口紫血。

二人都是大驚，凌霄正想收回內力，忽覺二氣衝撞後便互相容納，互相攝受，成爲一股極強的眞氣，沛然莫能止禦，在燕龍周身大穴間遊走。凌霄心中大喜：「時機剛剛好！這內力一過，正好打通了她的任脈。」正要撤掌，那眞氣忽地猛然從燕龍手掌中傳來，在他身內運了一個大周天，又從他的手掌傳回燕龍體內。二人都從未有過如此的經驗，一股眞氣竟能同時在二人身上傳遞，毫無阻礙。原本二人所修的內力迥異，內息無論如何不能相通，此時因醫治內傷，內力互相衝撞而融合，時機巧妙，竟令眞氣互通，對二人的修爲都大有助益。此時他們並不知道眞力互通的奇用，只覺十分驚異。過不多時，那股眞氣漸漸歸於平和，陰陽又各化分，凌霄的陽剛內力回歸到他身中，燕龍的陰柔內力則留在她體內。此時燕龍通體舒暢，積鬱之氣一掃而空，有如繃緊的弦突然鬆開，躺倒在床上，昏睡了過去。

凌霄也鬆了口氣，撤掌而息。他仍不放心，伸指替燕龍搭脈，仔細感受她的內息，知道她傷勢已癒，但要完全恢復，仍須假以時日休養生息。凌霄望著她沉睡的臉龐，心中忽然升起一股難以形容的激動，自己苦苦等候了這許多年，終於再次見到意中人，怎料此番竟又是在病榻邊照料她！他想起開始替她治傷之前，燕龍生死未卜，自己憂心如焚的感受，再也忍耐不住，伏在床榻之旁，掩面哽咽起來。

燕龍靜靜地躺著，恍惚中隱約聽見身旁之人的低泣聲。她並未睜開眼睛，只覺心頭感到一股奇異的溫暖慰藉。

過了不知多久，燕龍悠悠醒轉，只見室中黑暗，四下寂靜無聲，一時不知身在何處。微一轉身，發現自己躺在床上，這才想起：「凌大哥替我治傷……」坐起身四下一望，凌霄卻已不在棚中，心下暗覺失望，在靜默中回想著他守在自己身邊，悉心替自己運氣治傷的時刻，那經歷雖痛苦難受，卻足堪回味。

過不多時，侍女采霖推門而入，見她坐起身，喜道：「龍頭醒了！」

轉眼之間，扶晴、尚施、舞雩、里山和曉嵐一齊擁進棚中，圍在燕龍身邊，連聲探問。扶晴坐在床邊，拉起燕龍的手，見她臉上隱隱透出血色，微笑道：「妳氣色好多了，這條命可是揀回來啦！」

燕龍點了點頭。她重傷初復，仍感氣虛，斜倚在床上與眾手下談論幫中之事。尙施向燕龍報告火教攻山的經過，本幫死傷情況。燕龍歎道：「我預料火教會趁亂偷擊，早有準備，卻沒料到自己會受傷，也沒料到正教會來夾擊，昨夜可危險得很哪。」尙施道：「多虧龍頭抱傷現身，主持戰局，大家因而信心大增，奮勇殺敵。」

燕龍搖頭道：「我未能與大夥並肩抗敵，心中好生慚愧。」扶晴道：「妳只差沒丟了一條命，還想出手對敵？若不是凌大俠在旁守著妳，又立即替妳治傷，妳只怕當時便已沒命了。」曉嵐望著燕龍，說道：「凌大俠自昨夜起替妳治傷，一直到今晚，整整十二個時辰，想必消耗了極多的精神內力。他在那邊棚中歇息。妳要我去請他過來麼？」

燕龍再搖搖頭，說道：「不必。我卻不明白，他何必要花這許多心血救我性命？」眾人前日都見到凌霄對她情急關心的模樣，早知二人關係絕不尋常，心中雪亮，卻誰也不敢說出口。扶晴望了眾人一眼，說道：「龍頭，妳跟他是舊識，這其中原因，大約只有妳最清楚。」

燕龍嗯了一聲，她是眾人的首領，一向矜持，不願多談凌霄的事，說道：「他盡力救我，自是因爲他昨日誤傷了我，過意不去，又或是因爲我們救了他的妹子，他心存感激。」扶晴微微一笑，說道：「或許是，或許更有其他原因。」

燕龍不去理她，問道：「可有龍湲劍的消息？」

里山道：「落葉帶人追了上去，見到那四個女子是往南昌去了。」燕龍道：「查出她們是什麼來頭了麼？」尚施道：「我們在江西的眼線據報，那四個女子乃是江西寧王的姬妾。」

燕龍哼了一聲，說道：「寧王野心可大得很哪。大家今夜好好休息，我們兩日後便拔營出發。里山，你讓龍幫屬下各幫派自行散去，其餘幫眾跟我去南昌。」

眾人都出去後，唯有扶晴和曉嵐留了下來。扶晴神色嚴肅，盯著燕龍不語。燕龍低聲道：「妳有什麼話，就爽快說出來吧。」

扶晴滿面責備之意，說道：「妳原本不該受傷的，爲何在那緊要關頭收劍相饒，將自己的性命交在他人手中？」燕龍道：「我即使受傷，也不曾礙了大事。」扶晴道：「妳明知他心生誤會，恨妳入骨，一心想置妳於死地，卻饒他不殺。這不是自殺是什麼？妳怎知他這一掌打不死妳？妳抱傷出來主持戰局，拖延醫治，怎知自己不會傷重而死？妳又怎知道他能治得好妳的傷？妳沒送命，算妳好運！」

燕龍默然，忽然想起朦朧中曾聽見淩霄在自己床旁啜泣，心中一軟，確信自己這麼作全是値得的。她低聲道：「他往年對我有恩，因此我不能下手殺他。」

扶晴歎了一口氣，說道：「燕兒，世間還有誰比我更瞭解妳的性子？妳鍾意了他，爲何不爽爽快快說出來，卻要這般掩掩藏藏？里山都另娶他人了，妳還有什麼好顧忌的？」

燕龍臉色一變，說道：「扶晴，妳在我面前說這些胡言亂語，是何用意？」曉嵐忙勸道：「姊姊莫惱。扶晴姊姊，龍頭身子未癒，妳就少說兩句吧。」

扶晴卻笑了起來，說道：「傻孩子，我是爲了妳好。妳今日不認，改日也要認的。」起身出棚而去。

凌霄在另一棚中閉目休息。忽聽門口微響，一人走了進來，卻是陳近雲。他叫道：「大哥。」凌霄睜開眼，說道：「近雲，你的傷還好麼？」陳近雲道：「我還好。大哥，我有件事想跟你談談。」凌霄見他神色很不自在，問道：「怎麼了？」

陳近雲歎了口氣，說道：「這都是我自己糊塗。我去桂花教時，遇上了赤兒姑娘，和她……和她結下了孽緣。現下我愈陷愈深，唉，我眞不知該如何是好？」

凌霄一怔，說道：「你不是已和方姑娘定了親麼？你一向善於自制，怎會如此？」陳近雲將當時中了迷藥的事說了，又道：「但我之後又與她同行同宿，那便不是迷藥了，是我自己迷戀她，無法自拔。」

凌霄不知該說什麼，只道：「那你打算如何？」

陳近雲抱著頭道：「我不知道。她……她性情直爽，我們一起在江湖上行走，也很合得來。唉，我一向憤世嫉俗，以爲世人大多心口不一、虛僞做作，表面上遵守禮法，背地裡無惡不作。豈知我自己也作出如此有違仁義之事？我想，既然作了，便得認它。但……

但我又怎能帶她回關中？方姑娘若知道此事，定會傷心之極。」

凌霄素知這義弟的性子，似他這般出身的官家子弟，娶個三妻四妾本是常事。但陳近雲對情之一字極爲執著，非遇到情投意合的女子不娶，因此才將婚事拖延到二十七八歲還未定下。而這兩個女子一個出身富貴官家，一個出身草莽江湖，絕不可能同居一堂，共事一夫。就算她們願意，陳近雲自己也絕對無法安然接受齊人之福，是以才苦惱至此。

凌霄歎了口氣，說道：「近雲，我也不知你該如何取捨。我只覺得，兩位姑娘中，你必定得選擇一位，切莫遲疑拖延。你若決定與方姑娘廝守終身，便當向赤兒姑娘說明清楚，斷然離開她，回去與方姑娘成親。你若決定與赤兒姑娘一起，便當去向方姑娘誠心道歉，解除婚約。你仔細想想，你願意與誰共度一生，願意爲誰付出一切，只求她平安喜樂？」

陳近雲愁眉深鎖，心下好生難以委決，說道：「兩位姑娘，我都不想傷害。」

凌霄旁觀者清，他想了一陣，才道：「如今的情況，你勢必將傷害到其中一人。你若爲了不想傷害哪位姑娘而勉強自己與她相守，只怕也非明智。你得看清自己心裡眞正想與誰相伴一生，如此抉擇，才能無愧於心。」

陳近雲點了點頭，說道：「我得去好好想想。」他告別了凌霄，又去與燕龍等龍幫中人道別，與赤兒相偕下山。

凌霄目送二人下山，他口中沒有說出，心中卻想：「近雲若娶了方姑娘，這一輩子便再也別想在外流浪了。依他的性子，不出幾年定會氣悶之極。這位赤兒姑娘生於草莽，能夠陪伴他行走江湖，與他同生死、共患難，或許更適合他一些。」他知道近雲心中已有定見，不需自己多說。他眼見義弟爲情所苦，反思自己在情字之上亦是一片迷茫，也不禁喟然長歎。

第六十章　雪艷傳奇

這日晚間，燕龍讓尙施等宴請虎嘯山莊眾人，感謝眾人相護之義。段青虎等原本不明白凌霄爲何出手解救龍幫，但席間見尙施、扶晴、舞雩、里山等人都是十分光明直爽的人物，也都傾心結交。

晚飯之後，凌霄來到燕龍的木棚探望，她卻並不在棚中。凌霄擔心她的傷勢，見曉嵐在一旁，便問道：「辛姑娘，請問龍頭去了何處？」曉嵐臉現憂色，說道：「她說要一個人出去走走，讓我們別去打擾她。」凌霄一愣，說道：「她身體還沒完全恢復，去哪兒了？」曉嵐微一遲疑，才道：「她去那邊山峰上了。凌大夫，你可能去勸勸她，讓她早些回來？她心情不大好，我們都擔心她的身子，卻不敢去勸她。」

凌霄點了點頭，便舉步向山上走去。該處地勢甚險，他施展輕功，一直來到峰上，卻見斷崖之上一人抱膝獨坐，仰望天上盈而將缺的明月，動也不動。

凌霄緩緩走近，那人聽到他的腳步聲，並不回頭，只道：「凌大哥，你來了。」正是燕龍的聲音。

凌霄來到她的身後，低聲道：「外邊冷，妳怎麼不回棚裡休息？」燕龍道：「我想一個人坐坐。」凌霄脫下外袍披在她身上，說道：「山風大，妳內傷初癒，莫再受了風寒。」燕龍低聲道：「多謝你。」靜了一陣，忽道：「凌大哥，你看，今兒已是九月十七，月亮還這麼圓。」凌霄在她身旁坐下，也抬頭望向天上的一輪圓月。

燕龍從身旁地上拾起一柄劍，緩緩抽出劍身。那劍雪白而薄，正是冰雪雙刃之一。凌霄望著她拔劍，動作極緩極沉，他似乎能感受到她內心深處強烈的哀傷，輕輕歎了口氣。

燕龍聽到他的歎息，全身一震。她抽出長劍，陡然劃出，在空中發出嗡嗡聲響。劍身反射月光，映出一片冰冷的慘白。

凌霄道：「這是妳母親的劍，是麼？」

燕龍一呆，側頭問道：「你怎麼知道？」

凌霄道：「妳離開虎山後，秦掌門曾來過山上。他提起當年與妳母親決鬥時，妳母親用的正是一雙雪白寶劍。」

燕龍凝視著劍鋒，手指從劍柄緩緩滑至劍尖，澀然一笑，說道：「前日是我娘的忌日，也差點……成為我的忌日。」

凌霄歎了口氣，說道：「我眞不知自己竟能對人生出如此強烈的恨意，尤其是對妳……」燕龍不讓他再說下去，插口道：「凌大哥，我絕沒有怪你的意思。你打傷我，原本是我自找的。你替我治傷，我永遠不會忘了你的恩情。」

凌霄靜默一陣，忽然問道：「妳的母親……她已去世很久了麼？」

燕龍道：「十年了。」她抬起頭，怔然望著遠處的山峰，眼神中露出一片奇異的迷濛，好似在那一剎間，她渾然忘了自己是誰，忘了自己身處何地。凌霄望著她的臉龐，在月光下有如白玉一般純淨無瑕，眼神中卻含藏著說不盡的哀傷沉鬱。她閉上了眼睛，低聲哼起一首小曲，曲調哀涼，如泣如訴，彷彿草原上孤獨的馬頭琴所奏出的悲歌。凌霄聽得心神動搖，也閉上了眼睛。

曲聲漸漸悄然不聞，她低聲道：「凌大哥，我娘是個命苦的人。她這一輩子辛苦的時候比快樂的時候多太多了，但她始終對我很好。」抬起頭，說道：「我跟你說說我娘的故事，好麼？」

凌霄知道她的母親便是昔年曾奪走武當七玄經、令中原武林慄慄自危的胡兒，也就是自己的父親曾為之神魂顚倒的傳奇女子，不由得好奇，回答道：「自然好。妳說吧。」

燕龍抬起頭，輕輕地開口：「二十多年前的一個雪夜，西北天山的一間木屋裡，一個十九歲、即將臨盆的少女獨自躺在冰冷的床上，木屋裡只有她一個人，沒有人來看望她，也沒有人來幫助她。她疼痛了一個晚上，才生下了一個女嬰。她因產後虛弱險些昏厥，但她知道自己不能昏過去，她掙扎著拿起床頭的劍，割斷了嬰兒的臍帶，將孩子摟在她溫暖的胸前。」她一邊說，一邊撫摸著手中的雪刃。凌霄倏然領悟：當年那位母親用來割斷臍帶的，正是這柄劍。他感到一陣淒涼。月光下，他看到劍柄上刻著四個字：「字囑愛女」。他側頭望向放在地上的另一柄雪刃，卻見劍柄上也刻著四個字：「冰清雪潔」，字跡豪放而雄勁。

燕龍的聲音在空曠的斷崖上，寂靜的月夜裡，顯得悠遠又空靈。她續道：「那時天剛亮，她感到很冷，很疲倦，但她卻無法闔眼。她望著懷裡的孩子，又是驕傲，又是悲哀，又是歉疚。她一邊哭，一邊說：『孩子，我對不起妳。』接著她就聽到門外傳來人聲。七八個人來到她的木屋外，打開門，見到那個初生的女嬰，都皺起了眉頭。他們沒有多說什麼，只是告訴年輕的母親，馬車停在外邊，她該走了。

「於是這母親掙扎著下床來，抱著嬰兒蹣跚地走出門外。很多人在一旁望著她，卻沒有人來扶她一把。大家的臉色比地上的冰雪還要寒冷，還要無情。母親低著頭爬上了馬車，拿起馬鞭往馬臀上打去。她頭也不回地離開了，駕著馬車在杳無人跡的冰天雪地中緩緩前進。她不知道自己能去哪裡，大地這麼大，卻哪裡有她的容身之處？她能活下去麼？她的女兒能活下去麼？冰寒的北風刮在她的臉上，她好似全然麻木了，根本無法去想這些事情，只是不停地催馬急行。

「她在草原上行走了兩日，那匹馬撐不下去了，倒地死去。她割下馬肉帶在身上慢慢吃，抱著孩子在雪地中行走。她走了許多日，終於支持不住，昏倒在雪地裡。幸好當時有一群蒙古人在附近紮營，救了她回去，但她已經虛弱得說不出話了。那些蒙古人可憐她，分了一些羊奶乳酪給她吃。她大病了一場，每日都得向人乞求，才能分到一些微薄的食物。她不在乎自己的死活，但她爲了懷中的嬰兒，不得不苟延殘喘地活下去。她骨瘦如柴，奄奄一息，在病榻上輾轉了幾個月，所有人間的快樂、希望、溫暖，似乎都離她極爲遙遠。除了懷中的孩子，她一無所有。」

凌霄聽到這裡，忍不住問道：「她……爲什麼會淪落到這等地步？他們爲什麼要趕她走？」

燕龍歎了口氣，說道：「我自己也是年長以後，才漸漸明白了當時的情況。那少女的母親是雪艷，是一族的領袖。她在雪艷的八個兒女中容貌最美，天資最聰穎，武功也最高強。她自幼極受母親寵愛，是個不折不扣的天之驕女。但是她和她的兄弟姊妹有一點不同的地方：別人都有父親，她卻沒有。她是雪艷去中原時懷上的孩子，大家只知道她的父親是個漢人，此外就什麼都不知道了。她的名字叫作胡兒，意思是『客人』。」

她轉過頭，望向凌霄，說道：「凌大哥，你可知道『雪艷』二字，是什麼意思？」凌霄道：「我只知道妳的外祖母來中原時，自稱雪艷，那不是她的名字麼？」

燕龍搖頭道：「那不是她的名字，是她的稱號。雪艷是我們雪族獨特的傳承。你想必已知道，我和尚施、扶晴等都是雪艷的傳人。我們是來自西北天山額爾木的一族人，叫作雪族。傳說幾百年前，我們的祖先爲避戰亂，從中原漢地遷居西北，數百年來與天山的維吾爾族婚配雜居，但仍保有自己的語言風俗，與回族、維吾爾和哈薩克人並不相同。我們雪族最獨特的一點，便是雪艷的傳承。雪艷乃是雪族領袖的稱號，好似你們漢人叫首領、幫主、皇帝等等。雪艷不是常常有的。幾百年來，每隔三四代，族中便會出現一個才智過人的女子，或領導族人度過難關，或爲族人立下大功。第一代的雪艷便是領我們從中原遷去西北的始祖，傳說那時中原征戰頻仍，人人朝不保夕，第一代雪艷因此帶領族人遷地避禍。第二代的雪艷替我們爭取到大片的土地，讓我們在額爾木安居，過著十分優渥的畜牧生活。後來西北各族常常侵犯我們的土地，搶奪我們的牲畜，第五代的雪艷便從中原學了武功，以抗外侮。

「我的外祖母便是第六代的雪艷，也就是你們中原漢人所知的雪艷。她雄心勃勃，一心要練成天下第一的武功，精勤修練歷代雪艷傳下的武功，藝成後來到中原，奪去了少林派的金蠶袈裟。她原想奪取武當七玄經，但她孤身一人，留在中原多年，奪經不成，反而受了傷。

「她回到雪族時，懷了一個孩子，當時並沒有人知道孩子的父親是誰，只知道那是個漢人。這孩子便是我母親胡兒了。我娘並不是雪艷，但長大後武藝領先眾兄弟姊妹，雪艷便派她再去中原奪七玄經。她從武當偷走了七玄經，又想奪取龍湲劍，卻沒有成功。那時她與秦掌門在泰山絕頂決鬥，竟不可自制地愛上了他。她是個天眞而執著的女子，一心以爲情郎會與她相守一世，因此她將一切都給了他。但是秦掌門卻遺棄了她，娶了另一個姑娘。當時她的心全碎了，歸途中才發現自己已懷上了他的孩子。她又傷心又慚愧，只想盡快回到母親的身邊。但她回到雪族時，卻正逢母親舊傷發作，纏綿病榻，沒多久便去世了。我娘的那些同母異父的兄弟姊妹一向心中妒忌於她，便說她在外失身懷胎，讓一族蒙羞，在她生下孩子的第二日，便將她趕了出去。」

凌霄忍不住問道：「但雪艷自己，不也在漢地懷了一個孩子回來？」

燕龍道：「是，但她是雪艷，又有誰管得著她？我娘在母親的保護之下，原也會沒事，但雪艷一死，她在族中的地位便十分爲難。她雖自幼在雪族中長大，但大家仍舊將她當成外人，說她有漢人的血統，不是眞正的雪族人。他們忌憚她武功高強，怕她掌握族中權柄，又不願殺她，因此決議以她未婚懷胎爲藉口，將她放逐，逼她離開雪族。

「那幾年她過的眞不是人的生活。她被蒙古人救回去後，病了幾個月才漸有起色。她帶著我在西北各族中借居，作些粗賤低下的雜役，藉以維生。她在別人眼中，不過是個孤苦伶仃、卑微無助的可憐女子；但她在我心中卻是世界上最溫柔、最善良的母親。她那時被族人逼得差點死在雪地裡，此後處境無比淒涼孤獨，她卻從來沒有怨恨那些趕走她的人。她說他們只是害怕她而已，害怕她會奪走雪族領袖的寶貴地位。她一點也不責怪他們，就像她一點也不責怪遺棄她的秦掌門一樣。」

凌霄歎道：「妳母親有此遭遇，而能夠心無怨恨，實屬難能。」

燕龍輕輕揮動雪刃，臉上出一抹怒意，說道：「我卻總是為她抱不平，氣得流淚不止。不止我到今日還不明白，她怎能不恨這些對不起她的人？換作是我，就算不立誓報仇雪恨，也會心中憤恨難已。但她確實一點也不怨天尤人，反而活得很瀟脫，很自在。我很小的時候，她就跟我說了雪艷的傳奇，和她自己的故事。她說她有過快樂的童年，有過美麗的愛情，現在她有了我，她只覺得老天待她不薄，她這一生已算非常幸運，非常滿足了。她唯一的缺憾就是感到對不起我，讓我一出生就是個沒有父親的孩子，一出生就在草原上流浪，沒有族人，沒有別的親人，也沒有家。她自己是個沒有父親的孩子，因此她深深知道其中的辛苦，而她竟讓自己的孩子也處在同樣的境地，她為此十分愧疚。

「其實我小的時候全不知道愁苦的滋味。我只知道草原上的白花每年都開得很漂亮，只知道我娘是世上最美麗的人，她的皮膚比雪還白，她的眼睛比天上的星星還明亮。只要在母親的身邊，我就安心了。我們母女相依為命，一起幫人牧羊，換取住處和三餐。那時有不少人追求我娘，她都拒絕了。有幾次壞人想侵犯她，她將他們打跑了。她每次保護自己，我們就得搬家。我們在每個地方都待不長，到處流浪。她跟我說，我的父親和她的父親都是漢人，都在中原，如果有一日她死了，我可以去投靠他們，他們一定會收留我的。我那時不相信她會死，說我要永遠陪在她身邊，不要去投靠別人。她聽了很感動，說她也是一樣，只希望能永遠守著我，不離開我。

「我們母女過了一段平靜的日子，後來卻因爲一件事，改變了我們的命運，也改變了我的一生。我娘精通雪族武功，閒時便教我一些內功拳腳。待我長到五六歲，她發現我對武功特別有天分，什麼招式都一學就會，不用教第二遍，她心底浮起了一個奇怪的念頭：難道她的女兒可能是雪艷？她自己一半是漢人，我爹也是漢人，那麼我身上的雪族血統只有四分之一分，我仍有可能是雪艷。但是雪艷大多是隔了三四代才出現，我與上一代雪艷只隔了兩代，我有可能是雪艷麼？我若眞是雪艷，族人又怎會承認？她仔細觀察了很久，心中愈來愈確定我是雪艷。她知道這是關乎雪族興衰的大事，便想帶我回到雪族，向族人說明。但她害怕我若不是雪艷，如此回去不免自取其辱。於是又等了幾年，等到我八歲了，她心中有了九分的把握，才帶我回雪族。」

凌霄道：「妳這麼回去，倘若不是雪艷，可有得苦頭吃了。」

燕龍點頭道：「確是如此。我娘也是鼓足了勇氣，才帶我回去的。我們剛回去時，族人已集中了一群聰明穎悟、體格健壯的孩子一起學武，舞雩、扶晴、里山等都在其中。族人的打算是，這一代若沒有雪艷出現，便培養出一群武功高強的年輕高手，也足以保衛家園，並將雪族的武功傳下去。我們回去後，族人當然不相信我是雪艷，對我母親口出譏嘲，但還是收留了我母女。他們看我似乎有些天分，便讓我跟著那些孩子一起練武。扶晴當時十四歲，最爲出色，她不但聰明貌美，而且雙手能夠分使雙劍，武藝超凡出眾。族中長老正考慮是否要尊奉她爲雪艷。」

凌霄道：「已有扶晴在前，年紀又比妳大得多，妳要爭奪雪艷之位，想必困難得緊。」

燕龍轉頭望向他，說道：「凌大哥，你是這麼想麼？當時我們族人、我娘和我，都相信雪艷是天生命定的，是雪艷就是，不是就不是，雪艷之位不是爭奪得到的。」

凌霄道：「原來如此。」

燕龍歎道：「唉，我今日回想起來，也不知是不是如此？總之，扶晴原也不想作雪艷。她生性放蕩，又生得美艷無比，小小年紀，在族中已有許多的情人。她若一旦作了雪艷，便得負起許多責任，不能再這麼任性。族中長老爲了她的這個習性十分頭痛，不知該否尊奉她爲雪艷。過了幾年，我年紀大了一些，武功也漸漸強了，比扶晴猶有過之，又通過了驗證雪艷的種種測試，族人才認證我爲雪艷。此後讓我學習種種中原武功和雪族的輕功劍法，以及唯有雪艷得傳的極陰奇寒內功。那幾年我專心學武，長年隨著師長和一群同門在雪山中修練，每隔三四個月才回家一次。唉，我沉迷武學，爭強好勝之心又強，一顆心都在練武之上，我娘去世時，我竟……竟沒在她身邊。」

凌霄心想：「她幼年時與母親相依爲命，母親去世對她的打擊定然很大。」問道：「妳的母親是生病去世的麼？」

燕龍低頭道：「是的。她病了幾個月，卻不讓我知道，怕妨礙我修練。那時我十四歲，正是練功最著緊的時候。我們當時正練輕功，在兩座山崖間牽一條繩子，從繩上走過。我走到一半時，忽然想起我娘，心中絞痛，失足跌了下去。那一跌下去，便是粉身碎骨了。幸得扶晴和里山各從兩邊擲出繩索，讓我抓住，我才沒眞跌下去。當夜我便一個人騎馬趕回族中，趕到時我娘已閉眼了。她……唉，雪族雖對不起她，她仍舊爲族人著想，帶了我回來。沒想到我尚未正式成爲雪豔，她便去世了。」

凌霄感受到她心中的後悔哀痛，安慰道：「妳母親只盼妳成爲雪豔，爲她爭一口氣，因此才不讓妳知道她生病。她天上有靈，見到妳今日成爲雪豔，領導族人，定然十分安慰。」

燕龍歎道：「當時我卻惱怒得很，怪族人瞞著我，讓我沒有見到我娘的最後一面。而且我娘身體虛弱，都種因於她生下我第二日便被族人趕出去，在苦寒雪地之中行走數日，險些死在雪地裡。此後她每到冬日便要大病一場。我娘之死，讓我對族人惱恨交加，幾個月都不跟任何人說話。但我畢竟是雪豔，難道能反目將自己族人都殺了？」

她吸了一口氣，續道：「我後來聽他們說，我娘走得很平靜，我相信她是的。我記憶中的她總是萬分平和溫柔，從不發怒，從不怨歎。她有過風光的時刻，有過衝動的激情，但那都是過去的事情了。她臨死前向人說，她知道我被認證爲雪豔，放下了心事，覺得這一生已沒有什麼可以牽掛的，因此走得很安心。她只活了短短的三十三年，卻經歷了別人不能明白的苦痛，度過了別人不能忍受的寂寞。我總想，她的一生就如一顆閃耀的流星，光彩燦爛之後，便是無盡的黑暗，無盡的悲涼。」

山風吹來，凌霄不由得長歎一聲。誰能料想得到，這位充滿傳奇、曾讓自己的父親顚倒難忘，讓自己的母親憤而離家的一代高手、絕世美女，命運竟是如此坎坷淒涼。

第六十一章 若即若離

燕龍沉默一陣，才還劍入鞘，說道：「凌大哥，這些往事我從未告訴他人，我也不知自己爲什麼會說了這許多，但盼你別介意。」

凌霄道：「不要緊。謝謝妳跟我說了這許多，讓我對妳的身世略有了解。」他頓了頓，又道：「且讓我瞧瞧妳的傷勢。」伸手去探她的脈搏，覺知她內傷已痊癒大半，假以時日，應能恢復舊時功力，心下甚是安慰，說道：「妳大傷初癒，不該再多勞心了。」燕龍微微一笑，說道：「夜已深，咱們回去吧。多謝你……多謝你來聽我說話。」

二人並肩走下山峰。燕龍道：「凌大哥，我們幾年前在虎山上匆匆一會，我並未向你說出關於雪族的事，還盼你不見怪。」

凌霄道：「不，雪族之事甚是隱祕，妳原本不須告訴我。但我現在回想起來，卻不免十分好奇。妳以雪艷之尊，當時怎會獨自在中原闖蕩？」

燕龍歎道：「這其中的原因，卻是不足爲外人道了。我是逃出來的。當時族人知道我定會再入中原，很怕我又像前一代的雪艷或是我娘一般，去中原和漢人生孩子，便想讓我和族中的男子成婚。那時我還只一十六歲，尚不能發號施令，我不願受他們擺布，便逃走了。我一個人來到中原，無意中遇上了浪子成達大哥，跟著他闖蕩江湖兩年多。我上虎山見你，便是那兩年中的事。後來我去了泰山找秦掌門，下山之後，便遇上了扶晴他們。當時族中長老見我逃走，派了一群和我一起學武的青年出來找我。他們知道我爹是秦少嶷，便追來了山東泰山，終於找到了我。其時我已過了二十歲，已是雪族的正式首領，不怕他們再逼我成親。」

凌霄道：「原來如此。」心想：「她現下已是一族的領袖，但幼時爲了成爲雪艷，想必吃了不少苦頭。」

燕龍見他不語，說道：「凌大哥，我的身世便是如此。你覺得奇怪麼？」

凌霄道：「不，我只覺得妳的身世很坎坷，小小年紀就作了一族的首領。妳此刻不過二十出頭歲數，便得擔起這許多的責任。」

燕龍聽了一呆，停下步來，心中一陣感動，暗想：「這世上人人都依靠我、仰賴我，卻只有他是這般體惜我。」

凌霄也停下步，說道：「燕兄弟……」燕龍忽道：「凌大哥，你就叫我燕兒吧。」

凌霄三年來對燕龍百般思念，此刻聽她軟語相待，心中欣喜再難自禁，輕聲叫道：

「燕兒。」

燕龍聽他喚自己的名字，心中感到一陣異樣，低下頭去，頰上泛紅。凌霄心中一動，見她臉上雖不施脂粉，但秀麗無瑕，不似扶晴的嬌豔嫵媚，卻自有她脫塵絕俗的丰采。他癡癡地望著她的臉龐，心中縱有千言萬語想說，當著她的面，又哪有半句說得出口？他回想在虎山上初次遇見她的情景，其後她以龍頭之身出現，與自己對敵，揚威江湖的種種，只覺如夢如幻，似假若眞。他胸中升起一股衝動，只想盡己所能，保護眼前這個女子。

燕龍抬起頭，睜著一雙清澈的秀目回望著他，嘴角露出微笑，似乎已明白一切他說不出口的心意。

夜深人靜，凌霄送燕龍回到木棚，自己回往虎嘯山莊眾人聚集處。他躺下身來，想著胡兒哀涼淒美的故事，想著燕龍奇特的身世，緩緩閉上了眼睛。

而燕龍躺在木棚中，卻沒有闔眼。她在黑暗中沉思，想著她向凌霄說了的許多事，和更多沒有說出的事。她想起三年前在泰山腳下的客店之中，自己倏然明白了他的心意，爲他下定決心的那一刻。如果那時扶晴他們沒有找到她，或許她便已回去了虎山，或許她的一生都會不一樣了。但是現在呢？她能回去麼？她回得去麼？她已不是三年前的她，凌霄卻一點也沒有變。

她想了很久，將到天明，才作出了抉擇。這不是容易的決定。世上有這麼一個愛她至深的人，她能爲他作些什麼？

她希望他快樂平安地活著，希望他永遠不要再面對他難以承受的恐懼和痛苦。

她作了決定，才閉上眼睛，眼角輕輕流下兩行淚水。

次日清晨，燕龍令龍幫眾人拔營收拾，準備下山。她請凌霄來到她的木棚，向他道：「凌大哥，我們就要下山了。我想請你替我作一件事。」凌霄道：「我能幫到妳什麼忙，自當效勞。」

燕龍望著他，說道：「你與少林空照大師相熟，我想請你替我將這封信送去給他。」說著遞過去一封信。凌霄接過了，說道：「或許我不該問，但妳爲何寫信給空照大師？」

燕龍微一遲疑，說道：「信裡沒有寫什麼。」頓了一頓，又道：「但信紙上有毒。」凌霄一驚，盯著她道：「妳要我替你送信去，毒死空照？」

燕龍道：「正是。」凌霄搖頭道：「我不能作這事。」將信放回桌上。

燕龍似乎甚是驚訝，抬頭望向他道：「少林此時已知道龍幫和雪艷的關係，定會來找我們索回袈裟，殺我報仇。我若不殺了空照，他遲早也會殺了我。你難道不願救我的命？」

凌霄搖了搖頭，說道：「燕兒，妳怎能要我去殺我的朋友？」

燕龍道：「難道爲了我，你也不肯麼？你不殺他，不就等同殺死我麼？」凌霄露出不悅之色，說道：「莫說空照大師是我的朋友，就是任何別人，我又怎能爲了妳去殺他？妳與正派仇怨甚重，難道我要一一去殺死他們，才算救妳的命？妳……妳究竟想要如何？」

燕龍冷然道：「我想要如何，你怎會還不明白？我成立龍幫，便是爲了傲視武林，稱雄天下。我遠來峨嵋奪劍，只不過是個藉口罷了，目的便是要挑戰中原武林，懾服正派首領。這些人不過是我稱霸天下的障礙，我遲早要殺死他們的。你不肯幫我，那也不要緊。」

凌霄默然不語。燕龍又道：「凌大哥，你的爲人誰不清楚？這些江湖上的紛爭你一向絕不插手。但這次你爲了雲兒與我交手，又爲了我與正教爲敵，其後更相助龍幫與火教作對，大違你的本心。我只道你願意爲我作更多的事，原來我想錯了。」

凌霄歎了口氣，說道：「燕兒，我想勸妳一句，不知妳能否聽信。正派中人原本便因舊隙仇視雪艷胡，妳這般大舉向正教各派啓釁，同時又與火教爲敵，昨日情勢便凶險之極，如此下去何能自保？」

燕龍搖頭道：「我來中原，便是要掀起風波，獨霸天下，哪裡會怕這點凶險危難？我是不達目的絕不罷休的性情，你這幾句話是勸不動我的。」凌霄聽了她這些話，默然不語。

燕龍靜了一陣，才道：「凌大哥，你這次助我維護龍幫，又救了我，我很承你的情；

無端將你捲入江湖風波，我很覺對不起你。這份情義來日當報，咱們就此別過吧。」

凌霄望著她絕美而冷肅的面容，心中冰涼，再也說不出第二句話，過了良久，才道：「妳重傷初癒，多多保重。」輕歎一聲，轉身離去。

當日凌霄便與虎嘯山莊眾人離開岷峰，向山下走去。燕龍沒有多說什麼，卻來相送。她和凌霄並肩走出一段，兩人都默然不語。將到峨嵋山腳，凌霄忍不住問道：「你們下山後，有何打算？」

燕龍道：「我們要作的事情，你最好永遠也別知道。」凌霄聽她語氣冰冷，歎了口氣，說道：「燕兒，我很後悔，三年前分別之時，未曾說出我想說的話。」他頓了頓，才低聲道：「妳隨時回來虎山，我總是會在那兒的。」

燕龍沒料到他會說出這話，微微一呆。

凌霄又道：「江湖風波險惡，妳善自珍重。」燕龍想起上次二人在虎山分離之際，凌霄也是這般囑咐著她，心頭一緊，不禁咬著嘴唇，點了點頭。

凌霄望著她的臉，心中難受已極。兩人雖對面而立，兩人的心思卻如隔山越海般遙遠。他內心深處極度嚮往回歸虎山、行醫濟世的平淡生活，卻又難以捨棄眼前這心愛的女子。他曾幻想與她一起浪跡江湖，但此時的燕龍卻已不是當年那個遊蕩江湖的俠客了。他想起自己對她的三年相思，此番再見，才知二人的道路畢竟沒有交集，頓覺有如一場夢，雖醒而猶眷戀不已。他忍不住想要衝口說出：「我就跟妳去吧，天涯海角，我都跟妳一起。妳要稱雄江湖，妳要與正教火教爲敵，我都不在乎。」但他心底清楚，即使自己願意，燕龍也不會讓他相隨。他歎了口氣，轉過頭去。

燕龍望著他，說道：「凌大哥，你回虎山路上，須提防火教偷襲。」凌霄點了點頭，忍不住問道：「妳要回龍宮麼？」燕龍道：「不。告訴你也不妨，我要去南昌追尋龍湲劍。」凌霄問道：「妳查出那四女的來歷了麼？」燕龍點頭道：「她們是江西寧王的姬妾。」

凌霄不由得好奇，問道：「寧王？他爲什麼要搶奪武林中的寶劍？」燕龍道：「武林中傳言：『龍湲寶劍，武林翹楚』。人人都道劍中定然藏了武功祕笈一類的寶物。事實上，傳說還有一句：『劍定天下，咸尊九五』。因此也有人以爲龍湲劍中藏有君臨天下、登踐帝位的祕密。寧王野心很大，一向覬覦大寶，多半因此才來江湖中尋找龍湲劍。」

凌霄搖頭道：「一柄寶劍，就能讓他篡位成功麼？」燕龍道：「他奪取寶劍，或許只是討個吉兆罷了。我聽說他招兵買馬，早已儲備多年。當今皇帝貪玩任性，不理國政。寧王要造反篡位，也不是全無機會。」

凌霄道：「妳此行凶險，須一切當心。」燕龍道：「我理會得。」

二人相望凝視一陣，凌霄才轉身與虎嘯山莊眾人同行離去。

燕龍當日也率領龍幫眾人離開峨嵋，回向東去。一行人趕了一日路，燕龍大傷初好，甚覺疲倦，向手下道：「你們哪一人先行一步，去南昌打探情況。」扶晴道：「我去吧。」燕龍道：「甚好。我們在南昌會合。」

當夜一行人在客店中就寢。夜深時分，扶晴來到燕龍房中，說道：「龍頭，我有要緊事跟妳說。」燕龍已睡在床上，起身問道：「什麼事？」

扶晴向站在一旁的侍女采霖道：「妳出去一會兒。」采霖向燕龍望去，燕龍點點頭，她便走了出去，帶上房門。

扶晴在她床前坐下，開口說道：「我有一件事要問妳。」她從懷中取出一物，持在手中。燕龍在燈光下看得清楚，正是那柄供在龍宮之寶血石之旁的小刀。她臉色一變，問道：「妳爲何將這事物帶來此地？」扶晴道：「因爲我想知道，這柄刀從何而來，妳又爲何將它放在龍宮中？」

燕龍不答，伸手道：「還給我。」扶晴眼中閃著光，將手一收，問道：「這刀又不是妳的，爲何要還給妳？」燕龍眼神冰冷，忽然伸指點向扶晴手腕的外關穴。扶晴見她當眞動手，輕嘿一聲，將小刀放在床上，順勢避開她的一指，說道：「妳不肯說，那就算了，何須動手？」

燕龍拿起小刀，收入懷中，說道：「我不准妳再碰這刀。」

扶晴臉上似笑非笑，說道：「也罷。」正要起身，似乎忽然想起什麼，說道：「我明日往江西去，凌大俠也往東去，我一路上多半會碰上他。我想與他作一道，妳可不介意吧？」燕龍淡然道：「那是妳的事，我管不著。」

扶晴微微一笑，說道：「我若要和他相好呢？妳也不管麼？」燕龍臉色微變，說道：「扶晴，妳若敢動他，我不會放過妳！」

扶晴歎了口氣，說道：「燕兒，我是真心喜歡了他。妳讓他就這麼走了，不是明白得很麼？妳若對他無情，怎可不許我對他有意？」燕龍默然不語。扶晴又道：「咱們以前便說好的，妳不管我的事，我愛和誰好，妳都不會過問。現下我知道凌大俠和妳交情非比尋常，因此才來多問妳一聲。」

燕龍哼了一聲，說道：「是，妳愛向誰投懷送抱，我哪裡管得著？」扶晴笑道：「是啊，我可不像妳，守身如玉，想掙個貞節牌坊麼？妳和那浪子一起兩年，也沒讓他碰妳一下，我可佩服得緊。」

燕龍怒目向她瞪視，說道：「妳知道些什麼？」

扶晴悠然道：「我知道得可多了。我在七盤關遇見浪子，和他度了一夜。他這人挺不錯的，不負了浪子之名。」

燕龍哼道：「妳和浪子，正是一對。」扶晴笑道：「是啊。他也這麼說。他卻說妳冷如冰山，他連碰都沒碰過妳一下。」

燕龍坐起身來，冷然道：「扶晴，妳來跟我說這些話，究竟想怎樣？」扶晴歎口氣道：「我也不想怎樣。像凌霄這樣用情至深的人物，世間可是少之又少，我實在無法忘懷。燕兒，我說句老實話，他對我若有對妳情意的一分，我便心滿意足，情願嫁他為妻，一生服侍他都不後悔。他到底有什麼不好，妳竟然讓他就這麼走了？」

燕龍道：「我跟他原本沒什麼交情，現在恩怨已然理清，何必留他？他又不會幫咱們的忙。」扶晴盯著她的臉，說道：「妳不用對我說謊。」

燕龍轉過頭去，靜了一陣，深吸一口氣才道：「妳難道不明白？他已為中原武林犧牲太多，在火教手中吃了太多苦頭。我怎能再次將他捲入與火教的爭鬥之中？」

扶晴搖頭道：「燕兒，妳太不明白感情這回事。真正深情之人，絕不會為了這些理由而拋下心愛的女子。好比妳母親吧，妳到今日還不能原諒秦掌門，異地而處，妳想凌霄以後知道了，會原諒自己麼？」

燕龍默然一陣，才搖頭道：「我母親是個值得愛的人，我卻不是。他就算勉強遷就我，心中也不會快活。」

扶晴道：「他若不遷就妳，妳為何不遷就他？妳母親當年為了秦掌門，可是什麼都不顧了。」

燕龍道：「我母親對秦掌門用情至深，那又不同。」扶晴望著她，笑道：「是麼？妳果然對他沒什麼情意，那好極了，快將他讓給我吧。」

燕龍心中煩亂，著惱道：「我管不著妳的事。但妳若敢傷害他，我絕不會饒妳！」

扶晴嫣然一笑，說道：「我這回認真至極，妳不用擔心。」起身向外走去，到了門口，又回頭道：「燕兒，妳便打算一生如此麼？」

燕龍俯身躺下，背向門口，冷冷地道：「我不管妳的事，妳也少來管我！」

扶晴又是一笑，推門走了出去。

（第三部「神劍之泣」　待續）

國家圖書館出版品預行編目資料

靈劍・卷二／鄭丰作, -初版-台北市：奇幻基地出版；家庭傳媒城邦分公司發行；2009. 07（民98. 07）
面：公分. -（境外之城）

ISBN 978-986-6712-75-3（卷2：平裝）

857.9 98009729

ISBN 978-986-6712-75-3
EAN 471-770-290-440-1
Printed in Taiwan.

奇幻基地官網及臉書粉絲團
http://www.ffoundation.com.tw/
http://www.facebook.com/ffoundation

鄭丰臉書專頁
http://www.facebook.com/zhengfengwuxia

城邦讀書花園
www.cite.com.tw

靈劍・卷二（劍氣奔騰書衣版）

作　　者／鄭丰
企劃選書人／王雪莉
責 任 編 輯／王雪莉

版權行政暨數位業務專員／陳玉鈴
資深版權專員／許儀盈
資深行銷企劃／周丹蘋
業 務 主 任／范光杰
行銷業務經理／李振東
副 總 編 輯／王雪莉
發　行　人／何飛鵬
法 律 顧 問／台英國際商務法律事務所　羅明通律師
出版／奇幻基地出版
　城邦文化事業股份有限公司
　台北市104民生東路二段141號8樓
　電話：(02)25007008　傳真：(02)25027676
　網址：www.ffoundation.com.tw
　e-mail：ffoundation@cite.com.tw
發行／英屬蓋曼群島商家庭傳媒股份有限公司城邦分公司
　台北市104民生東路二段141號11樓
　書虫客服服務專線：(02)25007718・(02)25007719
　24小時傳真服務：(02)25170999・(02)25001991
　服務時間：週一至週五 09:30-12:00・13:30-17:00
　郵撥帳號：19863813　戶名：書虫股份有限公司
　讀者服務信箱 e-mail：service@readingclub.com.tw
　歡迎光臨城邦讀書花園　網址：www.cite.com.tw
香港發行所／城邦（香港）出版集團有限公司
　香港灣仔駱克道193號東超商業中心1樓
　電話：(852) 2508-6231　傳真：(852) 2578-9337
　e-mail : hkcite@biznetvigator.com
馬新發行所／城邦（馬新）出版集團
　【Cite(M)Sdn. Bhd.】
　41, Jalan Radin Anum, Bandar Baru Sri Petaling,
　57000 Kuala Lumpur, Malaysia.
　電話：603-90578822　傳真：603-90576622
　e-mail：cite@cite.com.my

封面設計／黃聖文
排　　版／浩瀚電腦排版股份有限公司
印　　刷／高典印刷有限公司
■2009年（民98）7月28日初版一刷
■2023年（民112）12月22日二版3刷

售價／300元

廣　告　回　函
北區郵政管理登記證
台北廣字第000791號
郵資已付，免貼郵票

104台北市民生東路二段141號11樓

英屬蓋曼群島商家庭傳媒股份有限公司城邦分公司 收

請沿虛線對摺，謝謝

奇幻基地

每個人都有一本奇幻文學的啓蒙書

奇幻基地官網：http://www.ffoundation.com.tw
奇幻基地粉絲團：http://www.facebook.com/ffoundation

書號：1HO021Z　　書名：靈劍．卷二（劍氣奔騰書衣版）

請於此處用膠水黏貼

奇幻基地

讀者回函卡

謝謝您購買我們出版的書籍！請費心填寫此回函卡，我們將不定期寄上城邦集團最新的出版訊息。

姓名：________________ 性別：□男 □女

生日：西元________年________月________日

地址：________________

聯絡電話：________________傳真：________________

E-mail ：________________

學歷：□ 1.小學 □2.國中 □3.高中 □4.大專 □5.研究所以上

職業：□ 1.學生 □2.軍公教 □3.服務 □4.金融 □5.製造 □6.資訊

□7.傳播 □8.自由業 □9.農漁牧 □10.家管 □11.退休

□ 12.其他________________

您從何種方式得知本書消息？

□ 1.書店 □2.網路 □3.報紙 □4.雜誌 □5.廣播 □6.電視

□7.親友推薦 □8.其他________________

您通常以何種方式購書？

□ 1.書店 □2.網路 □3.傳真訂購 □4.郵局劃撥 □5.其他

您購買本書的原因是（單選）

□ 1.封面吸引人 □2.內容豐富 □3.價格合理

您喜歡以下哪一種類型的書籍？（可複選）

□ 1.科幻 □2.魔法奇幻 □3.恐怖 □4.偵探推理

□5.實用類型工具書籍

您是否為奇幻基地網站會員？

□ 1.是□ 2.否（若您非奇幻基地會員，歡迎您上網免費加入，可享有奇幻基地網站線上購書75 折，以及不定時優惠活動：
http://www.ffoundation.com.tw/）

對我們的建議：________________

____

____

請於此處用膠水黏貼